KB033622

비망록, 직지로 피어나다

제9회 직지소설문학상 우수상 수상작

비망록, 직지로 피어나다

이영희 장편소설

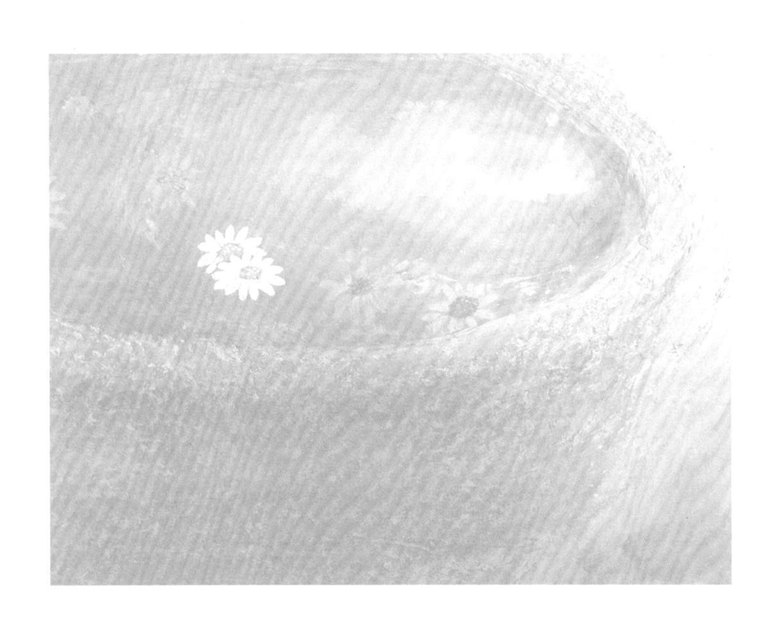

도화

■ 작가의 말

좋아서 책을 읽고 썼는데 1인 1책 강사를 하며 직지에 대해 무지하다는 게 부끄러웠습니다. 공기와 물뿐 아니라 많은 것에 빚지고 산다는 생각도 들었습니다. 금속활자 직지와 훈민정음에 다가가 빚진 마음을 조금이라도 갚고 싶다는 생각으로 출발했습니다.

관계된 수십 권의 책을 읽으며 여러 가지로 구상을 했으나, 낯선 소재에 다가서기 전 늘 묘덕에 집착하고 머무르게 되더군요. 그러면서 묘덕으로 인하여 가슴이 답답하고 많이 울었습니다. 마침표를 찍으며 명치끝을 누르던 가벼운 통증이 거짓말처럼 사라졌습니다.

천애 고아 묘덕이 백성을 사랑하는 마음으로 금속활자 직지 발간에 전액 시주하며 인생 비망록을 남겼습니다. 묘덕의 증손자 기현은 고려의 패망으로 복천암에 은거하다가 장영실의 제자가 됩니다. 소항주에서 실종된 스승을 찾지 못하고 돌아가 비망록을 훈민정음으로 기록할 다짐을 합니다. 거기서 만난 구텐베르크가 조선에서 더 배워 성서를 발간할 것으로 전개됩니다,

천지동근 물아일체天地同根 物我一體라고 했으니까요. 하늘과

땅의 뿌리는 하나이고 나와 더불어 일체라는 이 말은 우주가 생길 때부터 진리일 것입니다. 십 사오 세기에도 우주는 하나로 연결되어 있었고 멀리 떨어진 유럽과 고려도 틀림없이 왕래가 있었을 것입니다. Corea로 세계에 널리 알려진 것이 그 시대부터이기 때문입니다.

독일 마인츠시를 방문하여 생생하게 쓰고 싶었습니다.
그러나 생각뿐, 코로나로 마인츠시를 가지 못하고 구텐베르크가 기현을 따라 조선에 오는 것으로, 안타깝지만 더 나을 수도 있는 마무리를 했습니다.
묘덕의 비망록이 시간으로 빚어져 직지로 피어난 것이지요.

글은 혼자 쓰지만 많은 음덕에 기대었습니다.
좋은 책이 되도록 도움을 주신 문우님과 인연 닿은 여러분, 늘 웃게 해주는 가족들, 출판사에도 고마움을 전합니다.

2021. 겨울의 문턱에서
이영희

| 차 례 |

해설

비망록, 직지로 피어나다

토사구팽

'스승님이 실종되셨다.'

기현은 맥이 탁 풀리면서 아무 일도 손에 잡히지 않았다. 집중해서 일을 하기 때문에 이제는 손에 익어 척척 하는 일도 실수하여 혼쭐이 났다. 아직 장인이 되기엔 턱도 없지만, 스승님께 가끔 칭찬을 듣기도 하는 그다.

"정신 못 차려. 그러다 눈깔 빠지겠다."

"…."

벽력같은 소리가 들렸다. 기현은 그제야 정신이 번쩍 났다. 평소에도 스승님이 기현을 칭찬하는 것을 못마땅해 여기던 교리가 때는 이때구나 하고 야단을 쳤다. 교리는 성군께서 훈민정음을 만드는 것을 반대하는 최만리 대감이 심어 놓은 사람이다.

주자소 일을 마치고 어제 집으로 가는 길에 발길이 자연히 스승님댁으로 향했다. 평소에 열려 있던 대문이 닫혀있고 아무리 두드려도 개미 소리도 들리지 않았다. 머리를 쥐어짜 생각해도 궁금증이 풀리지 않았다.

'스승님은 어떻게 된 것일까. 혼절하시고 병환이 깊어져 꼼짝도 할 수 없는 것일까. 혹시 돌아가신 것은 아닐지….'

기현은 몸이 달았다.

"사물을 다른 관점으로 정확히 봐야 하느니라. 고정관념으로 그냥 보면 아무것도 보이지 않는 것이여."

스승님은 늘 그렇게 새로운 눈으로 사물을 봐야 한다며 혼신의 힘을 다했다. 일에 빠지면 퇴청도 안 하고 매듭을 지으려 해서 기현도 같이 밤을 새운 적이 많았다. 주자소 직원들도 그 성심을 헤아리지만, 가끔 일에 미쳤다고 말하기도 했다.

그런 스승님이 얼마 전 심혈을 기울여 왕의 어가인 연을 새로이 만들었다. 그의 감독으로 제작된 왕의 가마가 부서지는 사고가 난 것이다. 그 바람에 대신들이 불경죄로 곤장 100대를 때리고 파직시켜야 한다고 상소했다. 그를 아꼈던 세종은 곤장 100대를 80대로 감해 주었을 뿐 더 구제해 줄 수는 없었다. 왕에게 위해를 끼치면 대역죄로 처벌되는 것이 당시로써는 당연한 일이었기 때문이다.

스승인 장영실은 어린 시절부터 기구 만지는 것을 좋아해서 일을 마치고 나면 틈틈이 병기 창고에 들어가 녹슬고 망가진 병장기와 공구들을 말끔히 정비하곤 했다. 마을 사람들이 종종 망

가진 농기구 수리를 의뢰할 정도로 마을에서 유명한 아이였다. 동래현의 관노였는데 관상감 출신의 남양 부사 윤사웅의 추천으로 한양에 올라와 태종 때부터 궁중에서 일하게 되었다. 먼저 수동 물시계인 경점기更點器를 말끔하게 고쳤다. 세종은 그 공로를 인정하여 대신들의 반대를 무릅쓰고 상의원 별좌에 임명하였다. 1423년 노비 신분을 벗고 상의원 별좌에 임명되었으니 당시의 신분 제도에서는 매우 파격적인 인사였다. 스승은 과학 발전에 기여한 공로로 정3품인 상호군 까지 올랐다. 당시의 엄격한 신분 제도의 벽을 넘어선 입지전적인 인물이기도 하다.

세종 시대에 이루어진 놀라운 과학 발전의 한 기둥을 차지하고 있는 스승님은 조선 초기의 과학 기술을 비약적으로 발전시킴으로써 세종의 치적에 큰 방점을 찍었다.

시계가 없었던 고대에는 낮 동안은 해 그림자를 통해 시간을 측정했고, 밤에는 별자리의 움직임을 관찰하여 시간을 측정했다. 하지만 날이 흐리면 해도 별도 보이지 않는다. 그래서 만들어낸 것이 물시계 자격루였다. 자격루에서 시간을 알려주면 궁궐 밖에 있는 종루에서 북이나 종을 쳐서 오정이나 인정(밤 10시경) 등의 시각을 백성들에게 알려주었다. 서울의 거리 이름인 종로鐘路는 바로 이 종루에서 유래된 것이다. 스승인 장영실은 천문대와 각종 천문 기구를 제작하고 천체의 위치와 운행을 측정하는 일종의 천문 시계인 혼천의와 강우량을 측정하는 측우기를 만들었다. 자격루를 만든 지 5년 후에 더욱 정교한 시계인 옥루를 만들었다. 옥루는 시간을 알려 주는 자격루와 천체의 운행을 관측하는 혼천의의 기능을 더한 것이다. 시간은 물론 계절의 변화와 절기에 따라 해야 할 농사일까지 알려 주는 다목적 시계였다. 1434년에는 김돈, 김빈 등과 함께 금속활자인 계미자보다 작고 정교한 경자자를 만들었고, 이를 다시 개량한 것이 바로 갑인자甲寅字이다. 태종 때 만들어진 계미자는 활자가 고르지 못하고 활자를 고정하기 위해 밀랍을 사용해야 했기 때문에 많은 양을 인쇄할 수 없었다. 갑인자는 이십 여만 자를 만드는 데 이 개월이 걸렸으나 글자의 모양도 아름답고 선명했으며 전보다 두 배는 빨리 인쇄할 수 있었다. 이 갑인자로 수많은 책을 출판할 수 있게 되면서 세종 시대는 문화의 풍요로움을 누릴 수 있었다.

그런 스승님인데 그동안의 뼈 깎는 노력과 공로가 사상누각처럼 어가와 같이 무너졌다.

'올해가 면천되신 지 이십 년째가 되는 1442년인데….'

기현은 별생각이 다 들었는데 저녁을 같이하던 시간에 스승님께서 하신 말씀이 떠올랐다.

"아버지는 귀화한 중국인이고 어머니는 동래현의 관기였네. 그러니 나도 동래현의 관노가 되었지. 부모 중 한 분이 노비면 자동으로 노비가 되는 것이니. 비천한 신분에도 타고난 재능과 기술을 연마하고 이를 알아주신 성군이 계셔 오늘의 내가 있는 것이니 몸이 부서지라 일해야지. 그러니 자네들도 열심히 살게.

진인사대천명을 잊지 말고."

기현은 기다리지만 말고 스승을 찾아 나서야겠다는 생각이 들었다. 다시 스승님댁으로 발길을 돌렸다. 마침 친척 노인이 앞집에 산다고 하던 말이 떠올라 대문을 두드렸다.

"주인장 계시오? 스승님댁에 인기척이 없어서 문을 두드렸소이다. 상호군 나리 안부를 아시오?"

"나리는 떠나셨사옵니다. 곤장을 맞아 살가죽이 다 터지고 뼈까지 으스러졌는데 부끄럽다고 행적을 감췄구먼요."

"어디로 가셨는지 아시오?"

"며칠 전에 연구하던 금속활자랑 천문시계를 독에 넣어서 땅에다 다 묻더이다. 아주 이 나라를 떠나시는구나 했는데 제 짐작이 맞았소이다. 성군께서 왕위에 오른 후 상호군 나리의 재주를 알아보고 천문 기구 제작법을 배우라고 중국으로 보내신 적이 있었소. 아버지가 원나라 소항주에서 귀화하시어 그곳 이야기를 가끔 하며 그리워했나이다. 아무도 모르는 그곳에 숨어 살고 싶다 하셨소."

"어르신 고맙소이다."

"제 몸 상하는 줄도 모르고 퇴청 후에도 밤새 연구하고 실험하며 그 대단한 것을 만들어 저러다가 병나지 했는데 토사구팽을 시켜? 나쁜 놈들. 시기하고 질투하는 것도 분수가 있지. 무게만 잡는 양반 놈들이 천민의 너울을 벗고 새로운 과학기구를 발명하여 이름을 날리는 꼴을 더는 못 보는 거지. 어디 두고 보자 하고 벼르고 있는데 그런 실수를 해가지고…."

"그러게요. 내 편 내 수족이 없다는 게…."

"토끼가 죽고 나면 개를 삶아 먹는 게 세상의 이치라지만 그래도 그럴 수가 있어? 성군께서도 연세가 높아지시니 젊을 때 같지 않고 판단력이 흐려지신 게야."

노인은 분을 못 이겨 식식댔다.

'주소를 알아도 외국인데 중국말 한마디도 못 하니 혼자서 무작정 찾아 나설 수 없지만 그렇다고 나 몰라라 할 수는 더더군다나 없다. 아무것도 모르는 철부지에게 손재주가 있다고 주자소에서 일하게 해주시고, 기초부터 가르쳐주신 스승님을 어찌 모르는 척 할 수 있을까.'

기현은 같은 처지인 정진에게 심정을 토로했다. 정진도 혼자 고민하고 있었는지 흔쾌히 같이 찾아 나서자며 집에 다녀와서 바로 출발하자고 한다.

기현은 언제가 될지도 모르는데 신미 대사에게 인사는 하고 가야 할 것 같아 복천암으로 출발을 했다. 복천암은 우리나라 팔대 경승지의 한 곳으로 전해지는 소백산맥의 줄기 속리산의 암자다. 속리산은 제2 금강 또는 소금강 등으로도 불릴 만큼 절경이다.

'산은 푸르디 푸르고 초목 사이로 보이는 구름은 무심히 희구나.'

기현은 헐떡거리며 첩첩산중을 오르는 중에도 역시 속세를 떠난 명산이구나 감탄을 하며 얼마 만에 복천암인가 생각에 잠긴다.

'이런 첩첩산중에 말발굽 소리라니….'

귀를 세우는데 말 탄 사람이 확 지나가더니 복천암으로 들어간다.

우주 원리를 담은 문자

어떤 일이 있어도 당황하지 않고 의연한 신미 대사가 기현을 반기기보다 가사 장삼을 고쳐 입고 냉수 한 그릇을 준비하라고 이른다. 기현은 어떤 대단한 신도가 오는데 파발이 오고 신미 대사가 저렇게 옷매무시까지 고칠까 궁금했다.

조금 있으려니 귀티 나는 선비가 들어서는데 부처님 후광이 비치는 듯했다.

"대사, 오랜만이오. 그동안 잘 지내셨소?"

"소승을 부르시지 않고 어찌 이 누추한 암자까지 행차하셨사옵니까?"

"대사의 말을 듣고 상형제지像型制止를 생각해 봤소. 형상을 본떠서 만든다는 말이니 얼마나 과학적이오. 장영실도 아닌 산중에 은거하는 대사가 그런 생각을 했다니 역시 명불허전이오. 내 마음이 급해져서 오늘 초정으로 행차하는 길에 이리 들렀소."

"소승이 감히 깊은 뜻을 어찌 헤아리겠사옵니까. 우매해서 아직 구체적인 생각은 하지 못했사옵니다."

'아니 장영실이라니. 어느 선비가 스승님의 함자를….'

기현은 귀를 바짝 세웠다.

"혀뿌리가 목구멍을 막는 모양을 본뜬 어금닛소리 ㄱ, 혀가 윗잇몸에 닿는 모양을 본뜬 혓소리 ㄴ, 입 모양을 본뜬 입술소리 ㅁ, 치아의 모양을 본뜬 잇소리 ㅅ, 목구멍 모양을 본뜬 목구멍소리 ㅇ, 어떻소? 우선 자음을 이리 만들고 모음도 그 형상을 본떠 만들면 되겠다 싶으오."

"성은이 망극하옵니다. 어리석은 백성을 가르치는 데 도움이 되는 우리의 소리글자를 만드시려는 뜻이 하늘에 닿았음이옵니다."

"책을 보는 중에 그로 말미암아 생각이 떠올라 나랏일에 시행한 것이 많았는데, 이번에는 신미 대사의 말씀이 책보다 주효했소. 올해 농사도 풍작이고 나랏일도 급한 것이 어지간히 해결되었으니 내 오늘부터 초정에서 훈민정음 창제에 집중하려 하오. 대사도 참여해 주시오. 숭유억불이 국시이고 반대하는 신하들이 많으니 세상의 눈을 조심해야 할 것이오."

"천학 비재한 소승을 불러주시니 몸 둘 바를 모르겠사옵니다."

선비는 기현이 올린 물을 마시며

"물맛이 참 달다. 그래서 이 암자가 복천암福泉庵인 게야. 청정한 물은 사람을 도통하게 한다고 하지. 그래서 신미 대사가… 다 이름값을 하는 것이지. 그래. 이 총명하게 생긴 젊은이는 이름이 뭐라?"

"기현起賢이라 하옵니다."

"고려의 왕실이었느냐?"

"…."

갑작스러운 하문에 기현은 어찌할 바를 몰라 사시나무 떨 듯했다. 고려가 망하고 조선이 들어선 후 살아남기 위해 절집으로 숨어 들은 사람들이 많았다. 윗 대조가 고려 왕실인 기현도 그중 하나였다. 왕王 씨 위에 인人자를 씌워 전全 씨로 바꾸는 가문이 있었고, 점 하나를 찍어 옥玉 씨로 바꾸기도 했다고 한다.

"이 아이의 조부가 충선왕의 부마였다고 하옵니다. 증조모가 직지심체요절을 청주 목 홍덕사에서 금속활자로 찍을 때 전액을 시주했사옵니다. 취암사에서 목판으로 찍을 때도 엄청난 시주를 했사옵니다. 증조모가 그것을 적어 놓았는데 이 아이가 그것을 다시 제대로 기록하겠다고 활자에 매달리고 있사옵니다. 집안의 내력인지 이 아이도 활자 만드는 일에 재주가 있사옵니다."

"훌륭한 일을 하셨다. 그 시절에 그런 큰 기부를 하셨다니 대단한 가문이다. 주자소에서 일하렷다?"

하시더니 돌아가셨다.

가신 뒤에 신미 대사가 이 나라의 임금님이시라고 알려주었다.

'아니 진작 알았더라면 내 스승님을 살려달라고 간청드렸을 것을….'

위엄과 인자함으로 가신 자리에서도 후광이 비치는 듯하여 기현은 자신도 모르게 합장했다.

"뜻글자인 한문은 하루 세끼 밥 먹고 살기도 바쁜 백성들이 배우고 익히기엔 너무 어려워. 백성들이 배우기 쉽고 물소리 새소리도 그대로 적을 수 있는 아주 편리한 문자를 만드시겠다는 게야. 그동안 사대부들의 전유물로 여겨온 문자를 백성에게 가르쳐서 생각을 트이게 하시겠다는 것이지. 어느 임금도 생각 못한 몇백 년 만에 한 분 나올까 말까 하는 성군이시지. 문자를 아는 우리들은 그것이 어렵다는 것도 모르고 지냈는데…."

'이런 산골의 무지렁이가 나라님의 용안을 뵌 것만도 황송한데 이름까지 물으시고 어리석은 백성을 가르치는 우리의 소리글자를 만드신다니….'

기현은 증조모가 남기신 비망록을 다시 한번 훑어봤다. 할머니를 생각하며 수도 없이 읽고 생각하며 상상의 나래를 펴서 책이 반질반질하게 때가 묻었다. 일찍 홀로 되셔서 유복자나 다름없는 자식을 키우며 어떻게 그 큰 종갓집 살림을 챙기셨는지. 거기에 백성을 생각해 서책을 만드는 작업에 큰 시주를 하고, 그 과정을 일일이 적어 비망록으로 후세에 전하셨으니 참 여걸이라는 생각이 들었다.

"증조모께서는 책을 많이 읽으셔서 세상의 문리를 꿰뚫고 계셨던 게야. 홍덕사와 취암사, 윤필암에 전액 시주를 하시고 돌아가셨는데 10여 년 후 고려가 망했지. 기부를 안 했으면 아마 축재했다고 재산을 다 몰수당하고, 우리 가문이 멸문지화를 당했을 것이야."

아버지가 하시던 말씀이었다.

기현은 생각할수록 증조모님이 훌륭하시고 특별한 분이라는 생각이 들었다. 이제 백성을 어여삐 여기시는 임금님께서 백성을 가르치는 쉬운 소리글자를 만드신다니 기현은 뛸 듯이 기뻤다. 언젠가는 이 비망록을 다시 정리해야지 하는 생각을 하고 있었는데 백성을 위한 글자를 만드신다니 그의 꿈이 앞당겨지는 듯했다.

기현은 부처님 앞에 합장했다.

'대자대비하신 부처님, 백성을 아끼는 성군께서 강건하시고 대업을 이룰 수 있도록 가피를 내려주시옵소서. 저희 증조모께서는 천애 고아인 여자의 몸으로 글자를 익히고 후세를 위해 이런 기록을 하셨사옵니다. 그 귀한 돈을 다 기부해서 금속활자로 서책을 만들어 후세에 남기셨사옵니다. 성군께서 만드신 쉬운 소리글자를 제가 제일 먼저 배워 아녀자도 읽을 수 있는 서책을 만들도록 가피를 내려 주소서. 나무아미타불.'

'부처님께서는 무릇 마음이 있기만 하면 결정코 부처님이 될 수 있을 것이도다 하셨다. 여기서 마음은 세간의 번뇌에 가득 찬 망상이 아니라 무상의 보리심을 뜻하는 것이라고 말씀하셨

는데….'

백성을 위하는 증조모의 뜻이나 백성을 위하는 성군의 뜻이 같다. 그러면 증조모님이 극락왕생하신 것인가 생각하던 기현은 이 무슨 무엄한 짓인가 싶어 주변을 살폈다.

기현이 스승에 관해 말씀드릴 새도 없이 신미 대사가 급하게 떠났다. 기현은 같이 떠나니 굳이 말씀드리지 않아도 되겠구나 싶은 생각이 든다. 첩첩산중이라 뻐꾸기 소리만 구슬프게 들려온다. 생면부지로 맡겨져 동자승으로 지낸 시절이 떠올라 터덜터덜 내려오는데 무엇이 뒤에서 잡아 끄는듯하다.

정진은 할머님이 위독하셔서 당분간은 떠날 수가 없다고 한다. 기현은 이왕 마음먹은 것이니 소항주를 찾아가는 방법을 알아보았다. 육로로 가면 6개월이 걸리나 배편을 이용하면 일주일이 걸리지 않는다고 한다. 스승님이 그렇게 되시고 주자소의 사람들이 무섭고 덧정이 없다. 기현은 스승님이 안 계시는 주자소에서 저들에 의해 잘리느니 일단 휴직원을 내는 게 나을 듯했다. 활자 새기는 일이 좋지만 우선 스승님을 찾고 다른 일은 그다음이라는 생각으로 복천암을 향했다.

정진의 할머니가 병환이 깊어져 돌아가시는 바람에 중국행은 더 늦추어졌다.

'이러다가 남의 나라 어느 하늘 아래서 돌아가시는 것은 아닌지….'

기현은 걱정이 되고 마음이 혼란할수록 합장하는 일이 잦아졌다. 갈맷빛 삼림 사이로 뻐꾸기 소리가 들려와 심사를 뒤흔든다.

'그래 너는 누가 그리워 그렇게 구슬피 우느냐. 외로운 중생끼리 마음이 통하느냐. 누군가는 새의 지저귐과 날갯짓을 보면서 노래하고 춤춘다고 하는데 네 소리가 누군가를 애타게 찾는 소리로 들리니 내 마음을 네가 아는 것이더냐.'

사 개월여 만에 신미 대사가 돌아왔다.

초정은 고을 동쪽 삼십 구리에 있는데 초수椒水는 그 맛이 후추 같으면서도 차고, 그 물에 목욕하면 병이 낫는다고 한다. 특히 눈병이나 피부병에 효험이 있다고 하는데 늘 책을 가까이하셔 눈병이 끊일 날이 없는 임금께서 백 이십삼일 간 훈민정음 창제 마무리를 여기에서 하셨다고 한다.

집현전 학자 최항, 박팽년, 이선로, 이개가 참여했고, 세자와 수양대군, 안평대군, 왕의 내외척을 관장하는 강희안도 관여했다. 여럿이 참여했지만, 임금께서 워낙 출중한 지혜로 안을 내시어 주위를 놀라게 하셨다. 자음의 상형 제지를 먼저 구상하시고 모음도 그 형상을 본떠 만드셨다.

아래아(·)는 혀가 오그라들고 소리가 깊은 것으로 그 둥근 것이 하늘을 본뜬 것이며, 으(ㅡ) 자는 혀가 조금 오그라드니 소리가 깊지도 낮지도 않은 것으로 그 모양의 평평함이 땅을 본뜬 것이다. 이(ㅣ) 자는 혀가 오그라지지 않고 소리가 낮은 것으로 그 서 있는 모양이 사람을 본뜬 것이다.

훈민정음은 음양오행의 철학을 바탕으로 했다. 목·화·토·금·수의 오행五行과 춘·하·계하·추·동의 오시五時, 각· 치·궁·상·우의 오음五音과 동·남·중앙·서·북의 오방五方을 다 결부시켜 우주원리를 담은 문자다. 집현전 학자들이 유구무언이었다고 전해진다.

이조 판서 허조, 집현전 부제학 최만리와 정창손 등이 심하게 반대하여 최만리가 반대 상소문을 올렸다. 임금은 명나라에서 만든 한자의 발음표기 책인 고금운회거요를 번역하여 반대하는 자들을 설득했다. 해외 학자 조언까지 받은 후에 반포할 예정이라고 한다. 몇 년 후 우주원리를 담은 문자, 우리의 소리 말 훈민정음 스물여덟 글자를 반포하신다니 기다려진다.

기현은 신미 대사가 설명하는 훈민정음이 빠르게 이해되었다. 빠르게 이해하는 것만큼 욕심도 생겼다.

'어떻게 하면 증조모님의 비망록을 처음부터 훈민정음으로 기록한 것처럼 쓸 수 있을지.' 신미 대사님은 사한전방詞翰傳芳이라는 시집을 남기셨는데 청출어람은 되지 못해도 그에 버금가는 서책을 한 권 만들어 보고 싶다.'

기현은 생각이 더 많아졌다. 어찌 보면 불경을 공부하거나 참선을 하는 일보다 더 많은 생각을 해서 주자소 물을 먹었다고 이래도 될까 반성을 했다. 그러면서도 스승님을 생각하면 조바심이 일었다.

'정진한테서 빨리 연락이 와야 할 텐데. 초행인 대국을 혼자 간다는 것은 만용이고….'

기현은 그제야 스승님의 실종과 소항주로 상호군 나리를 찾아간다는 말씀을 신미 대사에게 소상히 드렸다.

"곤장 팔십 대를 맞고 온전한 사람이 어디 있다더냐. 아까운 사람 하나 잃었구나. 그 아까운 인재를… 만일 못 찾으면 바로 돌아와야 하느니라. 훈민정음을 반포하면 갑인자로 새겨서 백성들에게 배포할 예정이니 금속활자를 찍어내는 장인이 많이 필요할 것이야."

"저는 주자소에 휴직원을 냈나이다."

"아까 임금께서 너에게 관심을 보이시더구나."

'그게 무슨 소용이 있으랴. 나중에는 사직할 생각으로 일단 휴직원을 냈는데….'

천지동근 물아일체

"천지동근 물아일체天地同根 物我一體라는 말을 카타이(중국)에 갔다가 들었어. 하늘과 땅의 뿌리는 하나이고 나와 더불어 일체라는 말이라는구먼. 그러니 우주는 다 연결되어 있어서 동양과 서양이 떨어져 있지만 많은 게 같다는 뜻이라지."

"쿠자누스 신부님, 누가 철학자 아니라고 할까 봐 철학적이고 고상한 말씀만 하십니다그려."

"내가 원래 호기심과 탐구심이 많지 않은가. 자네는 꼬레아라는 나라를 들어봤는가? 그 나라에서는 수백 년 전부터 금속활자로 책을 찍어냈다고 하던데 그때는 나도 건성으로 들었으니…"

"카타이나 지팡구(일본)는 들어 봤어도 꼬레아(대한민국)는 금시초문이구먼."

구텐베르크가 못 믿겠다는 투로 말했다.

"유식한 사람은 자신의 무지를 아는 사람이지…."

구텐베르크가 거주하는 마인츠는 어려운 정치적 변혁의 상황에서 전통의 도시 귀족보다는 길드의 정보권과 동의권에 더욱 더 중점을 둔 새로운 시의회 헌법을 제정하였다. 도시 귀족과 길드 간의 다툼으로 도시 귀족의 구성원들은 강제로 도시를 떠나야 했고, 일부는 항의의 표시로 스스로 도시를 떠나기도 했다. 1440년대에는 도시의 재정 상황이 너무 참담하여 마인츠는 주변 도시들, 특히 프랑크푸르트 근교의 도시들로부터 많은 부채를 져야만 했다.

구텐베르크는 여러 명의 공동경영자와 함께 기술적 처리 방식과 상품의 제작을 재정적으로 해결해 줄 재정 단체를 만들곤 했다. 그런데 구텐베르크의 기업 연합이 쪼개질 위험에 처하게 되었다. 1439년 생산에서 1년을 잘못 계산하여 1440년에야 비로소 아헨의 성지 순례에서 성지 참배 거울 판매가 가능했기 때문이다. 구텐베르크의 도제이기도 하고 한때 동업자였다가 사망한 안드레아스 드리첸의 동생이 이를 고소한 것이다.

1437년 이래 구텐베르크는 슈트라스부르 시민인 안드레아스 드리첸에게 '보석의 광택과 세공'을 가르쳤는데 주화와 금세공 작업을 하는 일종의 도제 수업 지도였다.

부유한 하급 귀족 집안에서 자랐고 사업적 수완이 있는 구텐베르크에게 가장 힘든 시기였다. 이를 아는 니콜라우스 쿠자누스 신부가 운을 뗀 것이다.

"내가 이번에 교황청 사절단으로 호르무즈와 참파를 거쳐 카타이를 다시 방문하게 되었어. 마인츠에서 카타이 거리에 비하면 카타이와 꼬레아는 아주 가까운 거리지. 작년에 새로 교황에 즉위하신 니콜라우스 5세는 대대적인 개혁을 표방하셨지 않은가. 더는 성서가 성직자와 귀족들의 전유물이 아님을 선언하셨지. 그래서 내가 카타이에 다녀온 후 내 책임으로 교황청에서 성서를 인쇄할 계획이야. 지금 자네 기술로는 대량생산이 가능하지 않을 것 같아서 말이야. 그것만 수주하여 제대로 찍으면 자네 형편이 확 필 텐데…."

"역시 어릴 때 친구는 다르구먼. 그런데 가는 데만 사년이 걸린다고 하지 않았나."

"이제 구미가 당기는구먼. 이번에는 일 년 정도 걸리는 직항로를 택하려고 해. 호르무즈와 참파를 거쳐야 하니 그래도 팔천 킬로미터가 넘을 것이야.

아랍 상인 신 압타라는 수십 년간 중국에 거주하며 향로 무역을 통해 수백만의 재산을 모았고 번장을 역임했어. 송조는 그에게 회덕 장군이라는 봉호를 내리고 암만국을 대표하는 사신으로 임명하기도 했지. 후에 지방의 군학을 재건하는데 적지 않은 금액을 헌납했다고 해. 13세기에 프란체스코 수도회 수도승 피안 델 카르피네는 카타이가 엄청난 부국이며 도시의 성벽이 금으로 건설되었다고 했지 않았는가. 마르코폴로도 지팡구 왕의 궁전이 온통 금으로 뒤덮여 있으며 수많은 방의 바닥도 이 센티

미터 두께의 정제된 금으로 깔려 있었다고 기록했잖아. 꼬레아에 대한 기록이 없어서 아쉽지만…."

"호기심이 일지만 내가 교황청 사절단도 아니고…."

"자네, 그 젊은 날의 배짱과 융통성은 어디로 갔나. 앞을 내다보는 안목도 있고 수완도 좋은 사람이. 한자 동맹도 이미 결성되어 있고 내가 떠나는 시기에 같이 갈 수도 있고 새로운 상단을 구성해 갈 수도 있지 않은가. 자네는 재정 단체를 이미 여러 번 만들었지 않았나? 청빈을 실천해야 하는 성직자가 꼭 이런 말까지 해야 하겠나."

니콜라우스 쿠자누스 신부와 요하네스 구텐베르크는 마인츠에서 어려서부터 같이 큰 친구라 허물이 없다. 쿠자누스 신부가 성직자가 되고 구텐베르크가 사업을 하다 보니 최근에는 만남이 좀 뜸했지만 순수한 우정이야 변하겠는가. 사제인데도 저리 걱정을 해주는가 싶어 구텐베르크는 모처럼 살맛이 났다.

'더군다나 그가 카타이를 다녀온 후 42행 성서 인쇄를 한다니 이 기회를 놓칠 수 없지.'

구텐베르크는 주변을 정리하고 쿠자누스 신부와 같이 떠나기로 마음을 굳히고 서둘러 준비에 나섰다.

길 잃은 길

새벽부터 까치가 울어 좋은 소식이 있으려나 했는데 정진이 복천암으로 왔다. 기현은 이미 준비를 다 하고 기다리고 있었으므로, 휴식을 취하고 가자는 말도 하지 않고 서둘러 벽란도로 향했다.

벽란도는 가보지 않았는데 증조모님 비망록에 나오는 가장 가까운 항구라 기시감이 있다. 증조모님은 그 옛날에 남장을 하고 거기서 대국에 다녀오시지 않았던가. 달리다시피 갔는데도 마음만 급하지 꽤 여러 날이 걸렸다.

떠나려는 배에 쏜살같이 올라탔다. 사람들이 다 비슷하게 생겼는데 지껄이는 말을 알아들을 수가 없다. 거의 중국 상인들 같다. 도자기 비단 칠기류 등을 수출하고 향료, 금, 동, 철, 주석, 술 등을 수입한다고 한다. 정진이 어찌 알았는지 밀무역선 일지도 모른다고 했다.

날씨도 그런대로 좋고 어찌나 빨리 가는지 둘은 뱃멀미도 모르고 곤한 잠에 빠져들었다. 일주일이 걸려서 항구에 도착했다. 중국의 항주일 것으로 생각했는데 중국 글씨가 아니고 비슷한 다른 글자가 사방에 씌어 있었다. 기현과 정진은 무엇인가 일이 잘못되었다는 생각이 들었다.

일본의 나가사키라고 한다.

"아니 우리는 중국의 항주 가는 것으로 알고 탔는데 어찌 이런 실수를…."

"우리가 반대 방향 배를 탔다는 것이네."

입국 심사자가 말이 안 통하니 손짓, 발짓 다 하다가 옆에서 기다리라고 한다. 한문으로 써서 필담을 나누려는데 못 알아보는가 보다. 한 식경은 지났는데 어떤 사람이 나타났다. 통사인지 한국어로 말하여 그들도 반갑게 답하니 부교가 알아듣고 계속 질문을 한다.

"어느 나라 사람이오?"

"조선 사람이오."

"어디로 가는 길이오?"

"중국 항주로 가려고 하오."

"지금 조선에서 중국 항주로 직접 가는 해로는 없소이다. 여기를 경유해서 그리로 가야 하오. 무역상이 아닌 것 같은데 무슨 일로 가오?"

"소항주의 스승님을 찾으려고 하오."

"그전에는 벽란도에서 바로 가면 사오일 걸렸는데 지금은 중국에 명나라가 들어섰지 않소?"

"명나라도 다 중국이지 않소."

"급한데 왜 그렇게 멀리 돌아서 가오?"

"명 태조 주원장이 신왕조 수립 직후부터 해금海禁 정책을 쓰고 있소이다. 연해 주민의 출해出海를 금지하니 입해入海도 자연히 금지하는 것이오."

"해금 정책이라니요?"

"같은 조선인이니 말씀드리지요. 절강과 복강 연안 지역을 근거지로 삼고 있는 장사성과 방국진 세력은, 한반도에서 중국 남동해안에 이르는 지역에서 창궐하던 왜구와 결탁하여 명 정부를 괴롭히고 있소. 그래서 바닷길을 금하고 있소.

"그러면 어떻게 하오?"

"기다렸다가 내일 벽란도로 다시 가든지 모레 참파로 가서 육지로 가든지 하면 되오."

"참파도 중국이오?"

"아니오. 바로 그 옆에 인접해 있는 나라인데 해로로 중국에 직접 들어갈 수 없으니 거기서 육로로 항주에 가는 게 빠르지요. 인도네시아계의 참족이 세운 왕국이오."

"그 두 길밖에 없소?"

"네."

참 난감했다. 육지로 갈 것을. 마음만 급해서 해로를 택해 괜스레 더 걸리게 되었다고 생각하니 기현과 정진은 힘이 쭉 빠졌다.

“벽란도로 되돌아가서 육로로 소항주가려면 육 개월 이상 걸린다는데 아무래도 해로가 더 빠르겠지?”

“그만큼 위험하지만, 더 빠르겠지. 거기서 항주가 가깝다니 참파로 가자.”

이튿날 참파로 가는 작은 배에 승선했다. 바람이 몹시 거셌다. 천둥이 맷돌 가는 소리를 내더니 귀신이 씻나락 까먹는 듯 번개가 사방에서 번쩍한다. 바다가 구름 덩어리와 합치는 것 같더니 독한 독사 대가리 같이 널름댄다. 미친 듯이 출렁이는 파도를 피하려고 선장은 닻을 내렸다. 간신히 작은 섬에 닻을 내리고 피했는데 새벽에 보니 옆에 암초가 있었다. 암초를 발견했으니 말이지 난파되어 전부 다 물귀신이 되었을지도 모른다는 생각을 하니 소름이 끼쳤다. 파도가 좀 잔잔하여 닻줄을 풀었으나 바다 한가운데서 갈 수도 머물 수도 없어 표류했다. 무릇 십 여일을 가니 배 안에 마실 물이 없어서 생쌀만 씹어 허기를 달랬다. 그 쌀도 통사가 동향사람이라고 친절하게 구해준 것이다. 더군다나 배에는 물이 떨어졌다.

‘이러다가 바다 한 가운데서 물고기 밥이 되는 것은 아닌지….’

간신히 한 섬에 이르렀는데 어떤 배가 다가와 기현이 탄 배를 에워쌌다. 그 섬의 순라선인 듯했다. 말이 안 통해 손으로 물을 떠서 마시는 시늉을 하니 그 사람들이 뜻을 이해하고 물 한 동이를 주었다. 너무 좋아서 허겁지겁 마시고 모두 쓰러져 정신을 차리지 못했다. 그쪽 사람들이 다시 물을 더 갖다주는 것을 끓여서 마셨더니 비로소 정신이 들고 멀쩡해졌다. 한 보름 걸린다는 게 바다 한가운데 있기를 스무날, 다시 동북풍을 만나 한 달을 더 갔다.

거대한 폭풍우가 또 몰아쳤다. 검은 구름이 세상의 독한 바람을 다 끌고 왔는지 삽시간에 모래를 날리면서 캄캄해진다. 그 사이로 번갯불이 인간을 태워 죽이려는 듯 도깨비불을 켜고 달려든다. 벽력과 천둥이 뒤엉켜서 용이 되지 못한 이무기가 떨어지듯 배가 흔들흔들하더니 암초에 부딪혔나 보다. 배가 막 부서져 조각이 떨어져 나가는 것 같은데 앞에 정박하려는 큰 배에서 손을 내밀어 겨우 올라탈 수 있었다. 돌아보니 탔던 배는 이미 산산조각이 났다. 아찔한 순간이었다.

'참 위험했네. 우리가 살아 있는 것인가? 다 죽을 뻔했구나….'

기현과 정진은 그제야 아까 손을 잡아준 사람한테 인사를 해야겠다는 생각이 들었다. 먹과 붓을 찾아 종이에 "감사感謝"라고 필담을 했다. 피부가 하얗고 키가 큰 그 사람들은 파랗고 깊은 눈에 코가 높았다. 그 사람은 하얀 두루마기 같은 끈도 없는 옷을 입었는데 한문을 아는지 알았다는 시늉을 했다.

항구에서 앞 사람들 뒤를 따라가는데 앞에 가던 심목고비深目

高鼻한 사람에게서 황금빛 나는 무엇인가가 툭 떨어졌다. 기현은 얼른 주웠다. 그들은 모른 채 그냥 간다.

"황금같은데 여비도 거의 바닥이 났으니 그냥 주지 말까?"

"그래. 우리가 가져온 은자가 거의 바닥났으니 훔치는 것보다야 낫지. 주운 것이니까."

"…."

"…."

"그래도 우리 손을 잡아준 사람들인데…."

욕심이 났지만 돌려주었다. 예의 매우 감사하다는 표정을 보였다.

조금 더 가니, 한 관원이 검은색 의복을 걸치고 머리에는 말총 모자를 쓰고 의자에 앉아 있는 게 보였다. 그도 글로 물었다.

"어디서 왔소?"

"조선에서 왔소."

"조선에서 여기까지 왜 왔소?"

"우리는 중국 항주를 직접 갈 수가 없어서 일본을 경유하여 이리로 와서 가려고 하오."

"항주에는 왜 가오?"

"소항주의 우리 스승님을 찾아가는 길이오."

"우리나라의 태자가 일찍이 조선인에게 살해되었으니 우리도 당연히 너희들을 죽여서 원수를 갚아야겠다."

이 글자를 보고 이제 죽는구나 싶어 어쩔 줄 몰라 하는데 이미 간 줄 알았던 아까 그 심목고비한 사람들이 들어섰다.

"아니 이 고마운 사람들을 여기서 만나다니… 무슨 일이오?"

"우리는 조선인인데 조선 사람이 이 나라 태자를 죽였다고 우리를 죽인다 하오."

조선인이란 말에 그 사람들이 깜짝 놀라며 횡재를 만난 듯 쳐다본다.

"조선 사람이라고 했소? 이 사람들은 아주 좋은 사람들입니다. 황금으로 된 시계와 묵주를 주워서 주인에게 돌려준 사람들이오. 허락해주신다면 이 사제가 인우보증을 서고 데려가겠소."

"신부님께서 그리 말씀하시니 그리하도록 하시지요."

그 관원은 신부님과 잘 알거나 전도를 받은 듯했다.

"감사하오."

글로 써서 필담하고 머리 숙여 인사를 했다.

기현과 정진은 이게 꿈인가 싶었다. 착하게 살아야 복 받는다고 했는데 어찌 이리 바로 복을 받을 수 있는지. 그리고 저 흰 피부에 눈이 깊고 푸르며 코가 높은 사람들하고 전생에 무슨 인연이 있는지 고맙기도 하고 호기심이 일었다.

'착하게 살아야 한다.' 둘은 터덜터덜 나오며 중얼거렸다.

경치가 아름다운 곳에는 반드시 단청을 입힌 누각이 있는데 만든 법식이 화려하다.

누각 밑에서 잠시 쉬어가자고 한다.

아름다운 누각 아래서 기현이 글로 써서 필담으로 물었다.

"어느 나라에서 오셨는데 두 번씩이나 저희를 구해주셨는지요? 감사하옵니다."

"로마 교황청 사절단으로 카타이에 가는 길이오. 나는 니콜라우스 쿠자누스 신부이오."

하더니 손을 내밀며 안으려 해서 깜짝 놀라 뒷걸음을 쳤다. 그 나라 인사법인 듯하다.

"저기는 친구 구텐베르크이오."

"반갑습니다. 독일 마인츠에서 온 요하네스 구텐베르크이오."

"저희도 카타이의 소항주에 가나이다. 저는 조선에서 온 허기현이고 친구는 최정진이오. 어찌 이런 인연이 있는지요. 저희 인우보증을 서 주셨는데 길을 모르니 따라가겠소."

"참 기이한 인연이오. 전지전능하신 하느님께서 미리 다 예비해두셨으니 초행인데 같이 가시지요. 아멘."

그러더니 쿠자누스 신부는 그 나라에 대해 잘 알고 글도 아는지 글로 써서 필담했다.

이 나라는 절기가 항상 온난해서 사시 긴 봄날 같으니 늘 넓은 소매의 홑옷을 입는다. 남자들은 바지를 입지 않고 단지 한 자 정도의 비단으로 앞뒤를 가릴 뿐이다. 사람들은 남자가 셋이면 여자는 다섯이다. 토지가 비옥하고 논이 많아 쌀 수확을 세 번

하고 일 년에 누에를 다섯 번 친다고 한다.

진기한 새와 이상한 동물들을 집마다 기르며 기이한 꽃과 보화가 곳곳에 있다.

주위에도 우리가 야자나무라고 하는 종려와 바나나라 부르는 파초가 울창하다. 야자 잎 사이에는 실이 있어 이것으로 실을 짠다. 그런데 몸체가 집채만 한 코끼리가 파초를 먹으며 나팔소리를 처량하게 낸다. 이 코끼리를 닦아주려면 사다리를 타고 올라가야 할 것 같다. 코끼리가 파초를 얼마나 잘 먹는지 말이 골초 먹듯 한다. 코는 어금니보다 길어서 자벌레 같고 코 등은 누에 같은데 물건을 끼우는 것은 족집게 같아서 두르르 말아서 입에 넣는다.

원나라가 확장정책의 야망으로 참파를 정복하려고 군이 쳐들어왔다. 늙은 왕은 자진해서 원나라의 신하가 되고, 국내에서 가장 아름다운 코끼리 이십 마리를 매해 공물로 보낸다고 했다. 명나라로 바뀐 지금도 공물은 계속 바치고 있다고 한다. 참 살기 좋고 부유한 나라라는 생각이 들었다. 쿠자누스 신부와 구텐베르크가 교황청 외교사절단의 숙소를 다녀오는 동안 기현과 정진은 누각 아래서 기다리기로 했다.

'스승님은 지금 어떤 상태이실까. 갈 때까지 별고 없으셔야 할 텐데….'

정진이 잠에 곯아떨어진 것을 알고 기현은 종조할머니가 남긴 비망록을 펼치고 상상의 나래를 펴기 시작했다.

억겁의 인연

그냥 있기엔 불을 뒤집어쓴 듯 얼굴이 화끈거리고 마음이 너무 심란하여 묘덕은 고사리가 올라왔나 본다고 절 뒷산으로 한달음에 내달았다. 겨우내 움츠렸던 가지에 활짝 핀 참꽃이 어젯밤의 얼룩으로 보여 묘덕은 몸이 움츠러들었다. 수줍은 미소로 살포시 다가오는 원추리꽃도 눈에 들어오지 않는다.

'내가 미쳤지. 팔만대장경에도 술은 번뇌의 아버지요, 더러운 것들의 어머니란 구절이 있는데. 이십여 년 아무 일 없이 절에서 잘 살고서 어쩌자고 그런 실수를 저질러서…

스스로 출가한 것도 아니고 절집에 버려져서 살아온 기구한 팔자니 큰 스님같이 살지 못해도 손가락질받을 일은 하지 않으려 했는데….'

막냇동생 같은 사미승을 어리다고 경계하지 않아 그런 실수를 저질렀나 싶어 부끄럽기 짝이 없었다.

움직이지 못하고 말을 못 해도 확실하게 땅에 뿌리를 내린 나무나 풀이 부러웠다.

마음속에만 간직한 연모의 마음을 내보일 수도 말할 수도 없고, 다리가 있으나 가고 싶은 곳을 마음대로 갈 수도 없다. 그런 자신이 불쌍하다고 생각했는데 거기다 제 몸 관리를 못 하여 일을 그르쳤으니….

묘덕은 한참을 그냥 멍하니 앉아 있었다.

고사리를 핑계 댔지만, 고사리가 눈에 들어올 리 없다.

그때 절 쪽에서 벽력같은 소리가 들렸다. 무슨 일이 있는가 싶어 내려가려는데 동시에 멀리서 말발굽 소리가 들려왔다.

"피웅~"

"히이이 히잉."

소리가 들리더니 말이 고꾸라지며 웬 사내가 말에서 굴러떨어졌다. 자세히 보니 화살이 사내의 다리를 스치며 말의 다리를 관통한 것 같다. 말 옆에 쓰러진 사내에게 다가갔다.

"괜찮으시오?"

"…."

"아니 정안군 나리 아니 옵니까?"

절 신도인 정안군 나리였다.

묘덕은 정안군 나리의 다친 다리 피를 닦은 다음 가지고 있던 오징어 뼛가루를 상처 부위에 바른 후 무명천으로 그의 다리를 묶었다. 다행으로 상처가 크지 않았다.

"괜찮소. 그런데 집사님은 상비약을 항상 가지고 다니나 보오. 유념성이 대단하시오. 고맙소."

"가끔 스님들한테 필요해서 가치고 다니는 게 습관이 되었사옵니다."

정안군의 사냥 솜씨는 이미 명궁으로 소문이 나 있어 사냥을 즐기는 역대 왕들이 첫 번째로 꼽는 궁사였다. 거란에 매를 선물한 게 시발이 되어 귀족들 사이에서 매를 잡는 풍속이 있었다.

"걸을 수 있으시겠사옵니까? 제 어깨에 팔을 얹고 걸어보시지요."

사뭇 선머슴같이 살아왔으나 사내가 팔을 걸치자 전율이라기엔 뭐한 뜨거운 기운이 확 지나갔다. 아까는 다친 상처에 약을 바르느라 맨살을 보았어도 아무렇지 않았는데 남정네라는 생각이 이제야 들었다. 아버지 같은 나이지만 그도 사내니 한창인 처녀한테 느낌이 없으면 이상한 일이었다.

상처가 크지 않아도 다리다 보니 묘덕은 부축에 힘이 들었다. 스님들이 하는 격구나 체력 단련을 스스럼없이 같이했으니 체력에는 문제가 없을 터이다. 아무래도 여자임이 들통날까 봐 긴장하고 경직되다 보니 땀이 비 오듯 했다.

"힘이 드는가 본데 쉬어가지요."

"힘드실 텐데 제 생각만 했사옵니다. 쉬어가시지요."

묘덕은 짐짓 아무렇지 않은 척 시침을 뗐다.

"아까부터 궁금했사옵니다. 누가 정안군 나리한테 감히 활을 쏘았을까요?"

"사방에 오랑캐들이 깔려 있으니 아무도 믿을 수가 없소. 혹여 매사냥을 핑계 삼아 사람 사냥을 하기도 하는데 그 포획물이 됐을 수도 있소. 이 나라가 걱정이오이다."

"저는 아무래도 이해가 안 가옵니다. 정안군 나리같이 인품이 좋으시고 왕실이신 분에게 이럴 일을 벌인 사람이 있다는 게 어불성설이지요. 오랑캐들이 여기까지 왔나 보옵니다."

정안군은 안국사의 오래된 신도로서 매월 초하루, 보름, 관음재일, 약사재일, 지장재일은 물론 부처님 오신 날, 백중, 하안거, 동안거, 입춘, 동지 등 행사가 있을 때마다 거른 적이 없다. 신분이 유별한데도 왕림할 때마다 따뜻한 말로 안부를 물어 친근감이 드는 점잖은 신도다. 귀한 신분임에도 직접 의술을 배워서 의원에게 가지 못할 처지의 신도들한테 다가가 보살피고 있어서 칭송이 자자하다.

오리가 넘는 길을 그렇게 왔더니 묘덕은 땀에 목욕을 한 듯 겉옷까지 젖었다.

"이런 몸으로 집에 가면 더 걱정할 테고 부왕께 전해질 수도 있소. 사냥을 떠나면 보통 며칠은 걸리니 알리지 마셨으면 하오. 머무르게 요사채 한 곳을 쓸 수 있을지요?

"마침 큰 스님께서 들어오셨나이다."

묘덕으로 부터 정안군의 이야기를 들은 큰 스님은 급히 달려

나왔다.

"으음. 정안군께서 오셨다고? 어쩌다가 다리를. 큰일 나실 뻔 하셨사옵니다. 나무아미타불…. 정안군께서 우리 절에 머무신다면 누추하지만, 영광이옵지요. 다 나을 때까지 그저 마음 편히 쉬어가소서."

아까 나던 소리가 무엇이었을까 궁금했는데 난장판이 된 것을 보니 물을 필요가 없었다. 큰 스님이 안 계신 절을 오랑캐가 뒤지고 갔나 보다. 부족한 공녀와 환관을 물색하면서 놋그릇을 비롯해 돈이 될 만한 것은 다 가지고 갔다고 한다.

정안군에게 며칠 동안 세숫물도 떠다 주고 공양도 날라다 주는 게 집사인 묘덕의 일이었다. 다행인 것은 정안군이 지팡이를 짚고 해우소는 혼자 간다는 것이다.

"집사가 정성을 다하여 내 이제 움직이는 데 불편이 없소. 부왕께서 연경에 계시는데 입조하라 하시어 조만간 들어가야 하오. 은혜를 입었으니 작은 것이라도 집사한테 보답하고 싶소. 원하시는 게 있으면 말씀해 주시지요. 어려워 말고 솔직히 말씀해 주시오."

"크게 한 일도 없는데 은혜라니요? 갖고 싶은 게 없사옵니다."

"무안하니 단번에 거절치 말고 생각해보시지요."

"…."

"대국을 한번 구경하고 싶사옵니다."

'아니 내가 미쳤나? 정안군 나리를 따라 대국을 간다? 당장 해

우소와 잠자리는 어떻게 하고….'

묘덕은 그토록 연모해도 모른 척하시는 큰 스님이 어떻게 하시나 보고 싶고, 어린 석찬 스님 볼 면목이 없어서다. 심술이 잠재적으로 똬리를 틀고 있다고 묘덕은 쓴웃음을 지었다.

"대국을 구경하고 싶다고 하셨소? 한두 명 넣는 것은 문제가 아닌데 큰 스님께서 허락하시겠소? 내가 직접 말씀드리는 게 좋을 것 같소만."

"아니옵니다. 제가 말씀드려야지요."

"…."

"대국에는 우리 것보다 좋은 약재도 많고 좋은 서책도 많다고 하옵니다. 스님들을 위해 약재와 경전이 필요하다고 하면 허락하실 것이 옵니다. 저는 기마도 배웠고 격구 등 체력훈련도 산속에서 스님들과 계속 같이했으니 짐이 되지는 않을 것이 옵니다. 나리같이 서책을 많이 읽지는 못했어도 어려서부터 큰 스님한테 천자문부터 배우고 경전을 필사했사옵니다."

"입조하라니 황제 생일을 축하하는 연행단을 이끌고 가기로 했소. 시간이 급박하여 벽란도에서 배로 출발하려고 인원을 최소화했소. 해로는 늦어도 5일이면 되는데 육로는 사오 개월이 걸리게 되오. 각자무치角者無齒라고 해로는 빠른 대신 더 위험하고 뱃멀미가 엄청나오. 떠나기 한참 전에 요기를 해야 하오. 그러면 큰 스님의 허락을 받으시지요."

겁 없이 말은 꺼냈어도 사실 묘덕은 이만저만 걱정이 되는 게 아니었다.

처음에는 손목에 향을 올려놓고 불을 켜는 연비가 겁났으나 잠깐 따끔하더니 이내 괜찮아졌다.

부처님의 수계 제자가 되는 수계식이 끝나고 큰 스님께서 말씀하시었다.

"이놈 참 당차구나. 어른들도 겁을 내는데…."

큰 스님은 칭찬하더니 수계식이 끝나고 사위가 조용해지자 묘덕을 불렀다.

"지금부터 너는 연화가 아니고 묘덕이다. 묘덕아, 이제 부처님 제자가 되었으니 지금부터 내 말을 잘 들어야 한다. 부처님께서 모든 중생을 돌보시니."

"…."

"나무아미타불 관세음보살."

"…."

"지금부터 내가 무슨 말을 해도 놀라지 마라. 달라지는 것은 아무것도 없느니라. 너는 어려서 봉황과 연꽃문양이 있는 강보에 싸여 내게로 왔구나. 말을 시작하면서 나를 아비로 공양주를 엄마로 불렀지. 어떤 피치 못할 사정이 있어 내게 왔지만 나는 너의 재롱에 빠져서 참선도, 중이라는 것도 다 잊어버릴 지경이었다. 오해도 많이 받았지만 모든 것을 세월이 덮어주더구나. 묘덕 계첩도 받고 했으니 이제부터 너는 사내아이니라."

"…."

묘덕은 하염없이 눈물이 쏟아졌다.

'내가 절에 버려진 아이라니….'

'그럼 다른 행자승이나 사미승들과 다르지 않다는 말이네. 그래서 큰 스님을 아버지라 부르지 못하게 하고 공양주 보살을 어머니라 부르지 못하게 했구나. 절에서는 그러는 것 아니라고 하더니 그런 연유가 있었네….'

묘덕은 그제야 모든 게 이해가 되었다.

큰 스님을 아버지로, 공양주 보살을 어머니로 알고 자라선지 뼛속에 있는 힘이 다 밖으로 빠지는 듯 묘덕은 몸을 가누기 어려웠다.

여느 스님들하고 자신의 몸이 다르다는 것도 그제야 의식이 되었다. 이후로 묘덕은 두리번거려 살핀 다음 해우소에서 앉은 채 얼른 볼일을 보게 되었다. 그러나 남장을 하니 자연스레 행동거지도 사내같이 되었다. 연화라는 호칭도 점차 묘덕으로 바뀌었다.

동병상련의 정

보름을 앞둔 달빛이 창호지 틈새로 들어와 뒤틀린 심사를 더 처연하게 한다. 오늘 공양주 보살은 행자승을 데리고 볼일 보고 온다며 떠났으니 혼자 남아있는 자신이 더 처량하다.

공양주 보살은 떠나며 재차 단속했다.

"연화 공주님, 세상없이 급하게 문 두드려도 누구든 열어주면 안 되어요. 절대로…."

부모 정을 모르고 자란 묘덕은 공양주 보살이 어미같이 잔소리해도 싫지 않았다. 수계를 받기 전에는 다들 연화 공주로 부르다가 지공 스님으로부터 수계를 받은 후에는 자연스레 묘덕으로 불렀다. 하지만 공양주 보살은 여자아이임을 잊지 말라는 듯, 둘이 있을 때는 연화 공주로 호칭했다. 묘덕 계첩을 받고 큰 스님께서도 이제부터 사내아이로 살라 하셨지만 한결같은 공양주 보살이 자식 챙기듯 한다고 절 식구들이 수군거릴 정도였다. 그러면 묘덕이 미소년이라 자기 딸이 생각나 그렇게 부른다고 얼버무렸다. 오래되니 이제는 집사인 묘덕을 남장한 여자로 보는 사람은 없는 듯하다.

묘덕은 큰 스님께서 하신 말씀이 떠올라 잠도 오지 않고 뒤척이다가 공양주 보살이 신신당부하며 문 열어 주지 말라 했는데도 달빛을 따라 시적시적 밖으로 나왔다.

몇 걸음 했는데 해우소 쪽에서 꺼억꺼억 하며 짐승 우는 소리가 들렸다. 무서운 생각이 들었으나 다시 들어 보니 울음을 참는 사람 소리다. 절 생활이 하루 이틀도 아니고 담력으로 버티며 요사채 앞에서 두 식경이나 기다린 것 같다. 나가는 뒷모습이 석찬 같았다.

"석찬 스님!"

무엇을 감추다 들킨 듯 깜짝 놀라는 그를 불러서 공양간 방으로 데리고 들어왔다.

"어디 아프오?"

"여기가 아파서요."

가슴을 가리키는 그에게서 일 년 전 큰 스님을 따라 들어와 절의 허드렛일을 하며 눈물 콧물 다 짜던 행자승의 어린 티가 보였다. 아궁이에 불을 붙이지 못해 절절매다가 겨우 불이 붙으면 그 연기에 또 찔끔거렸다. 물지게를 이기지 못하고 넘어져 물을 뒤집어쓰고 울던 모습이 떠올랐다. 패던 장작이 튀어 올라 눈 밑을 다치고 피를 흘리던 모습도 떠올랐다.

'그런 어려운 시절 다 참고 이겨내어 이제는 사미승이 되었는데….'

묘덕은 공양간에서 공양주 보살이 감춰둔 밀주를 여러 병 찾아냈다. 아무 소리 않고 찾아낸 밀주를 석찬에게 권하니

"절에 웬 탁배기? 큰 스님 알면 경치시옵니다."

하면서 도둑질하다가 들킨 사람처럼 도리어 겁을 먹은 얼굴이다. 왜구와 몽골족이 약탈을 일삼고 왕족이나 귀족들이 자기 안위만 생각하니 백성들은 초근목피로 연명을 하는 사람들이 늘어났다. 타락한 세상의 중생들을 구제해야 하는 절에서도 고기를 먹고 술을 마시는 땡중이 많이 생겨났다. 그러나 백운 큰 스님이 계시는 안국사만큼은 술이나 고기를 일절 하지 않았다. 다만, 공녀가 되는 것을 피하고자 조혼을 했는데, 청상과부가 된 공양간 보살이 대처에 나갔다가 올 때면 시름을 달래는 망우물이라며 용케 구해서 들고 오곤 했다.

"꼭 연화 공주 나이만 한 딸이 있어요. 그 양반 장례를 치르고 돌아오다가 소복을 입은 채로 짐승같이 당했어요. 재가 여자가 더럽혀진 몸으로 살 수 없어 따라가려고 부자를 먹었지요. 부자가 사약 재료이지만 보약에 소량 쓰이기도 하는데 아마 나는 부자가 맞는 체질이었나 봐요. 철면피하게 살아났지 뭐예요. 업보인지 애꿎게도 바로 태기가 있었어요. 죄 없는 태아까지 죽일 수

없어 이를 악물고 버티며 출산을 한 후 밤에 이리로 도망을 쳤지요. 설마 산모가 없어지랴 방심하는 때에."

"인물이 좋아서 졸지에 당하셨나 봐요. 예쁜 꽃은 피기 무섭게 꺾인다지요. 여자를 꽃이라 하는 이유가 거기 있었나 보네요."

"그러니 나라 꼴이 말이 아니지요. 부왕의 후비를 강간하는 세상이니 잡배들까지 모방하여 정숙한 여자들을 범하고…."

공양주 보살의 젖을 먹으며 엄마로 알고 커온 묘덕은 겪어 보지 않았어도 그녀의 모든 것이 이해되어 가슴이 아렸다.

"공양주 보살 인물이 참 좋아. 너무 조신하고 정숙해서 여염집 여자 같지 않고 전생에 왕비였던 것 같아요."

"아니, 피해서 도망쳐 왔다는 소문이 있던데 청상과부가 되고 울타리 없는 과수원이 무서워 절로 온 것 아니오? 덕분에 우리는 좋지만."

"…."

공양하던 신도들이 지껄이는 소리를 묘덕도 들었다. 여기 온 지 이십여 년이 넘었다는데 그놈의 소문이 아직도 그녀를 따라다닐 만큼 그녀는 곱고 기품이 있었다.

한참을 가만히 있던 석찬이 진정되었는지 입을 열었다.

"오늘이 여기 들어 온 지 일 년이 되는 날이옵니다. 어제가 어머니 기일이고 아버지가 왜놈에게 끌려간 지 일 년이 되었나이다. 합포가 집이었는데 포구에 나갔다가 집에 왔더니 어머니가 눈을 뜬 채 쓰러져 있고 집이 난장판이었나이다. 이전에도 왜구가 한 번 쳐들어와 온 집안을 쑥대밭이 되게 뒤지고 무엇을 내놓으라 했지만, 사람을 죽인 적은 없었는데…. 아버지를 발로 차서 쓰러뜨리고 왜놈 셋이서 돌아가며 어머니에게 짐승같이 몹쓸 짓을 하자 어머니가 혀를 깨물고 자결을 했다 하오이다. 나중에 옆집 할배가 울면서 하는 이야기를 들었사옵니다."

아버지는 물론 밭 솥까지 다 들고 갔으니 살 방도가 없어 지나가시는 큰 스님을 따라 왔다며 석찬은 긴 한숨을 쉬었다.

"휴우…."

"출가하면 속세의 일은 다 잊어버릴 줄 알았는데 수양이 안 돼서 아직도 그날이 생생히 떠오르니 중노릇을 계속할 수 있을지 장담을 할 수 없나이다. 나무아미타불 관세음보살."

"…."

"올해 몇 살이지?"

"열여섯 살이옵니다."

"아버지가 뭐 하시는 분이었어?"

"서적점에 나가셨나이다. 할아버지는 서적점에서 나무에 글자를 새기는 사람이고 아버지는 금속활자를 만드는 사람이었다지요."

"서적점은 주자鑄字와 서적 인쇄를 맡아보는 관청이지 않소? 나도 큰 스님이 매일 필사를 시키셔서 필사하지 않게 많은 책이 있으면 좋겠다고 생각했는데 그런 중한 일을 하셨다고….”

“할아버지가 실수하여 끓인 쇳물에 한쪽 눈을 실명하고 도망을 와 합포에 정착했다 하옵니다. 용하게도 왜놈들이 소문을 들었는지 금속활자 주조에 관계된 책이 있을 것으로 알고 가져가려 했나 보옵니다. 할아버지가 자필로 적어 놓으서서 가보같이 갖고 계셨는데. 그래서 왜놈들이 비법이라 생각하고 그 책을 찾고 아버지 기술을 이용하려 끌고 갔나 하옵니다. 다행히 그 책은 장광 빈 항아리 속에 숨겨놔서 왜놈들이 가져가지 못하고 제가 가지고 왔나이다.”

“어린 사람이 큰 스님을 따라오며 어떻게 그것을 가져올 생각을 했지? 숙명이네….”

“….”

“나도 서적점에 심부름하러 간 적이 있는데 그런 귀한 책을 가지고 있다니 석찬도 금속활자 배우면 쉽게 찍을 수 있겠네.”

“그렇게 쉽게 할 수 있는 일이 아닌 것 같사옵니다. 얘기를 하도 들어서 이해는 하옵니다. 그리고 큰 스님을 따라 서적점에 가봤는데 눈에 익더이다. 성불사에서는 서적점같이 직접 경전을 찍어 낸다고 들었사옵니다. 그런데 이게 돈이 엄청 많이 들고 무척 위험하다고 하옵니다. 할아버지도 실명하셨지만 실습하다가 폭발로 두 눈이 빠져 앞을 못 보는 사람도 있다 하옵니다.”

‘기회가 되면 배워서 나중에 나도 직접 해 보고 싶다.’

그 집안 내력이라는 생각이 들면서 자신도 호기심이 인 묘덕은 나이가 한참 어린 사미승에게 동병상련의 정을 느꼈다. 측은지심이 일어 괜찮다며 그의 등을 토닥이고 꼭 안아주었다. 불쌍한 것. 사바세계라 하지만 어쩌자고 하늘은 우리에게 이런 고통을 주시는지 수행이 안 된 중생이라 알 도리가 없었다. 묘덕은 말술도 마다하지 않는 사내대장부처럼 밀주를 연거푸 마시고 탁배기 잔을 석찬 앞에 밀어 놓고 따랐다.

"어찌 사미승이 술을 입에 대겠나이까? 집사님이나 많이 드시지요. 아직 술을 입에 대 본 적이 없사옵니다. 드시는데 옆에서 말벗해 드릴게요."

묘덕은 집사 일을 보며 평소에도 선머슴같이 살아와서 거침없이 마셔댔다.

"한 번만 입에 대보오. 울적할 때는 세상을 잊는 망우물이 돼서 편안하게 해 주오. 나도 일찍 수계를 받았지만, 술을 과음하지 말라 나와 있지, 입에 대지 말라는 계율은 없소."

"…."

속에 맺혀있는 한을 끄집어내다 보니 거리감이 없어졌는지 석찬도 더 거부하지 않았다.

"잡으시오. 잡으시오. 이 술 한잔 잡으시오.
이 술 한잔 잡으시면, 천만년이나 사오리다.
이 술이 술이 아니라 이슬 받은 술이오니
쓰나다나 잡으시오.

마신만큼 취하니 정직한 친구 술!
처음 만난 친구도 한 잔 술 주고받으면
좋은 친구 되고 할 일없는 백수도 한잔 하면 백만장자가 되고
내일 삼수갑산에 갈망정 마시는 순간만큼은 즐거운 술 잡으시오."

석찬이 잔을 받으니 묘덕은 본래 호기로운 애주가였던 듯 권주가가 절로 나왔다. 석찬은 그런 것을 어찌 아느냐며 장단을 맞추듯 마신다.

묘덕은 성장하며 세상과 별로 교류가 없었으니 다들 그렇게 사는 줄 알았다. 지공 스님으로부터 묘덕 계첩을 받은 후 출생의 비밀을 전해 들었다. 청천벽력이었고 믿기지 않았다. 그래도 좀 커서 생각해보니 그때 너무 어려서 충격이 덜 했을 수도 있었겠다 싶었다.

묘덕이란 이름은 보살 명으로 그 본래의 의미를 보면 '위로는 불법의 진리를 구하고 아래로는 중생을 제도하는 상구보리 하화중생上求菩提 下化衆生의 보살도를 두루 닦아서 미묘한 공덕을 원만히 갖추라는' 뜻을 지닌 이름이다. 뛰어난 덕이란 의미이고, 묘덕 보살 즉, 문수보살文殊菩薩을 말하기도 한다.

불법의 진리를 구하고 중생을 구제하는 묘덕이란 수계 명을 받아서인지 큰 스님으로부터 많은 불경을 배웠다. 매일 읽을 양을 정해주고 질문을 했다. 모르는 것은 한번 더 읽어 보고 공양

주 보살한테도 물어보았다. 매번 질문에 맞는 대답을 하는 학구적인 묘덕을 보고 큰 스님은 영특하다며 격려를 아끼지 않았다.

"총명도 업을 당적하지 못하고 건혜도 생사를 면하지 못하도다. 만약에 진실로 참학하고자 한다면 그 참구는 모름지기 진실한 참구여야만 하고 깨달음은 반드시 진실한 깨달음이라야만 비로소 얻을 수 있는 것이도다."

점점 학구열이 생기지만 걷잡을 수 없는 다른 마음도 콩나물같이 쑥쑥 자랐다.

'밑으로 다 빠져도 콩나물은 물이나 주지. 나는 물도 주지 않는데….'

사람의 마음은 참 묘한 것이어서 이제껏 아버지로 알던 큰 스님이 남자로 느껴져서 얼굴이 화끈거렸다. 겉은 멀쩡한데 이거 미친 것 아닐까 싶어 꼬집어보기도 했다. 나무관세음보살을 찾아도 신묘장구대다라니를 수시로 지송해도 달라지지 않았다.

"그래도 석찬은 아버지 어머니 얼굴이라도 알지. 나는 봉황과 연꽃문양이 있는 강보에 싸여 안국사 일주문 앞에 버려졌대. 백운 큰 스님이 버려진 아이를 모두 거두는 것을 아는 사람의 소행으로 짐작을 했다지 않아. 문양으로 보아 귀한 자손은 틀림없으나 봉황은 차마 입에 올리지 못하고, 연꽃에 착안해서 큰 스님이 처음에 연화 공주로 불렀대. 아니 연화로."

묘덕은 아차 싶었다.

'나는 선머슴인데….'

"수계를 받은 후에 자연스레 묘덕으로 불렸어. 그러니 누구도 나의 출생을 확실히 아는 이가 없어."

"연화? 꼭 여자 이름 같사옵니다."

'남장한 나를 설마 여자로 알지는 않겠지….'

"묘덕은 사내 같고?"

얘기를 듣던 석찬 스님의 눈이 붉어지며 눈물이 그렁그렁했다.

둘은 울음을 술로 보상받듯 신세를 한탄하며 하염없이 퍼마셨다. 내 고뿔이 남의 염병보다 더하다는 속담이 있다. 자기중심적이고 이기적인 중생을 말하는 것이 아니겠는가. 석찬보다 훨씬 더 심할 수 있는 자신의 이야기를 숨김없이 하면서도 생불 같은 큰 스님을 연모하고 있다는 말은 취중에도 할 수 없었다. 묘덕은 자신이 사내라고 내심 세뇌를 해 본다. 갖은 오해를 받으면서도 아버지같이 키워준 큰 스님의 은혜를 저 버릴 수 없다. 더구나 그분의 인격에 흠집이 될 수도 있는 것을 함부로 내뱉을 수 없다. 그런다면 그것은 축생보다 못한 짓이다. 묘덕은 사내같이 술을 더 들이켰다. 묘덕과 석찬은 술이 술을 먹는 지경에 이르러 곤드레만드레 떨어졌다.

당시 고려 말기 원의 속국이 된 후 충렬왕에서 공민 왕대까지 왕들의 결혼과 성 풍속은 뒤죽박죽이었다. 충성을 맹세하는

충忠자를 앞에 붙이고 원하지 않아도 원나라 공주를 왕비로 맞아들이는 부마국이 되었다. 그리고 부마들은 원나라의 기인 정책에 의하여 거의 원에 머무르게 되었다. 다음 대 왕이 선왕의 후비를 간통함은 물론 사별한 백성의 미망인들을 왕비로 삼는 경우도 있었다.

이게 다 몽골 풍속을 따라가는 것이라며 도무지 부끄러운 줄을 몰랐다. 이런 일로 인하여 부자간에 금이 가서 왕 자리를 놓고 다투어 원나라의 뜻이라며 부자가 교대로 복원되어 그 자리에 앉기도 했다.

심지어 이미 결혼한 부부를 강제로 이혼 시켜 자신의 비로 삼기도 하였다. 충숙왕의 후비 권 씨는 처음 전신의 아들에게 시집간 것을 남자가 한미하다며 충숙왕이 이들을 강제로 이혼시켜 자신의 비로 삼았는데, 왕이 죽자 그 아들이 다시 부왕의 비인 권 씨를 취하였다. 이처럼 고려 시대 말기의 왕들은 이혼 후 재혼을 하기도 하고 선왕의 후비가 젊을 경우에 강간하는 등 성풍속도가 지극히 문란하였다.

충숙왕의 장남 충혜왕은 즉위 후 육일 동안 정사를 돌보지 않고 사냥을 즐기는가 하면 내시들과 씨름을 하며 놀았다. 또한 배전, 주주 등에게 국가의 중책을 일임하여 일부 관료들의 권력 남용이 극대화되고 자신의 행적을 기록하는 사관들을 몹시 싫어하여 근처에 오지 못하도록 했다. 희대의 패륜아 충혜왕은 부왕의 후비를 강간한 것도 모자라 아끼던 당신의 후비들을 간신들과 합방시켜 그 현장을 보는 재미로 산다는 흉흉한 소문까지 들렸다. 그 꼴을 당한 후비가 그 자리에서 자결하기도 하고 아이를 낳은 후 도망치기도 했다고 한다. 묘덕은 아마도 자신이 후자에 속하는 사생아가 아니었을까 미루어 생각할 뿐 미아가 된 것에 대해 알 수가 없었다.

임금을 용이나 봉황으로 비유하여 앉는 자리도 용과 봉황을 아로새겨 놓는다.

'신령스러운 용은 맛있는 먹이를 탐내지 않고, 기품 있는 봉황은 새장이 예쁘다고 들어가지 않는다는 말은 자존감을 지킨다는 말인데 어리석은 백성들도 안 하는 짓을 하고 있으니….'

묘덕은 하늘이 벌을 내릴 것 같아 이 나라의 앞날이 참으로 걱정되었다.

응마주색난석鷹馬酒色蘭石'이라고 세대에 따른 여섯 가지의 취미를 일컬은 말이 있다. 대체로 청년기에는 매사냥과 말타기를 즐기고, 중년기에는 여자와 술을 가까이하다가, 장년기가 넘어서면 난과 수석 등 자연을 곁에 두고 지켜보면서 천지의 고요함을 깨닫게 된다는 뜻이다. 이 시기의 왕들에게는 통하지 않는 말이었는지 시도 때도 없이 이들을 다 취하려 했다.

새벽 예불 소리에 눈을 떠 보니 괴이하게도 다리를 얹은 채 묘덕과 석찬이 나란히 누워 있다.

'에구머니, 열 살이나 나이가 어린 사미승이라도 사내인데…. 혹시나 댓돌의 신발을 누가 보았을지. 하긴 같은 짚신이니…'

묘덕은 더럭 겁이 났다.

'어쩌자고….'

"두~웅 두~웅~"

맑은 법고 소리가 짧은 생각을 길게 늘이려는 듯 가슴을 후벼 판다. 묘덕은 입은 옷이 그대로인 것 같아 다행이다 생각했는데 방바닥에 이상한 얼룩을 보았다. 혼미한 정신을 수습하며 공양간으로 황급히 나왔다. 아무리 생각해도 어제 대작할 때까지만 떠오르고 잠자리에든 기억이 없다.

'아뿔싸….'

"나무아미타불 관세음보살."

석찬의 얼굴을 차마 볼 수 없을 것 같았다. 큰 스님이 아직 돌아오지 않으셨음이 다행이다.

'하긴 나도 사내고 그 아이도 사내인데 별일 있었으려고….'

아침 공양 시간에 곁눈질해 보았더니 석찬 스님은 공양을 끝냈는지 아무 일도 없었던 듯 까칠한 얼굴로 바루를 씻고 있다.

'내가 훨씬 절 생활을 오래 하고 나이도 더 먹었으니 모범이 되어야 하는데. 아무 일도 없었던 게야….'

묘덕은 고개를 절레절레 흔들며 마음을 헹구듯 바루를 씻고 고사리가 나왔나 본다며 절 뒷산으로 줄행랑을 쳤었다.

묘덕은 삼국유사에 나오는 처용가가 생각났다. 헌강왕이 동해 용왕의 아들인 처용에게 벼슬을 내리고 결혼을 시켜 수도에 머물게 했는데, 사람으로 변한 역신이 그의 아내와 동침하였다. 이를 목격한 처용은 오히려 〈처용가〉를 부르면서 춤을 추며 물러 나왔다. 이에 감복한 역신은 처용의 그림만 보아도 침범하지 않겠다고 약속하였다. 이후 사람들은 처용 화상을 걸어 사귀를 물리쳤다고 한다. 큰 스님이 헌강왕이면 나는 사람으로 변한 역신이고 석찬 스님은 처용이었을까? 머리를 깎지는 않았지만 웬만한 불경은 다 꿰고 있어서 작은 스님이라는 소리를 듣는 내가 수계 명도 잊고 치암 중죄를 저지른 것인가. 이 어리석음을 어찌할 것인가. 아니면 사음 중죄까지 저지른 것인가….

'치암 중죄 금일 참회. 사음 중죄 금일 참회. 나무아미타불 관세음보살.'

묘덕은 걸으면서 천수경을 지송하고 신묘장구대다라니를 스물한 번 이상 지송하려 했으나 쓸데없는 걱정이 꼬리를 물었다.

'참, 중생은 어쩔 수 없다더니….'

경계境界

정안군이 다시 들렀다.

"다녀올 동안 불편하지 않도록 하인을 한 사람 데려가도록 하시지요. 큰 스님한테 허락을 받으시고요."

묘덕은 정안군이 신경 써서 대국에 갈 수 있게 된 것에 기쁨과 걱정이 함께 교차했다.

'먼저 큰 스님께 어떻게 말씀을 드려야 할지….'

묘덕은 진실보다 더한 정공법은 없다고 생각해 절 뒷산에서 정안군을 부축해 온 이야기부터 풀어 놓기로 했다.

"대국에서 귀한 물품을 사다 준다기에 제가 대국을 한번 구경하는 것이 소원이라 하였더니 데려가겠다고 일부러 들렀사옵니다."

"아니, 네가 남장을 한 아녀자의 몸이라는 것을 잊었느냐? 그 먼 대국을 어찌 다녀오려고. 어려서부터 네가 명민하고 끈질긴 데가 있긴 하다만 그 사내들 틈바구니에서 어찌 생활하려고 하느냐. 지금이라도 몸이 안 좋다고 얘기하고 취소를 했으면 싶다."

"그건 안 될 말씀이옵니다. 저도 심사숙고해서 말씀을 드렸나이다. 사내들 틈바구니는 여기도 다르지 않사옵니다. 그리고 누구를 하나 데려가는 게 관례라고 하더군요."

"…."

'큰 스님을 연모하오니 저를 거두어 주시옵소서. 그러면 가는 것을 포기하겠나이다.'

묘덕은 목구멍 바로 아래까지 그 말이 올라와 직설적으로 내지르고 싶었다. 그러나 그것은 오해를 받으며 이십여 년 은혜를 베푼 은인에 대해 축생보다 못한 짓이었다. 묘덕은 꾹 눌러 참으며 어떤 말을 해야 설득을 할 수 있을지 머리를 굴려 보았다.

"스님들께 필요한 약재나 경전을 구해 오고 싶사옵니다. 이루시루 지체 높으신 정안군 나리께 말씀드릴 수 없고 필요한 물품을 저보다 더 잘 아는 사람은 없사옵니다. 그리고 경계를 한번 벗어나고 싶사옵니다. 나라 간 경계와 제 마음속의 경계를 한번 넘어 보고 싶사옵니다."

"경전이라니? 그리고 경계라…."

"선문 염송, 경덕 전 등록, 벽암록과 농상집요 등을 구하고 싶사옵니다."

"아니, 네가 어떻게 그런 서적까지… 묘덕아, 마음을 비워야 한다. 무릇 채우려는 마음이 일을 그르치게 된다는 것을 잊었느냐. 나무아미타불.”

“….”

“좀 더 생각해보자꾸나.”

“말세여. 절에서 백일 기도드리는 여자를 넘어뜨렸구먼. 나라님이란 작자는 자기 아비 후처를 강간하지 않나….”

절에서 아기 울음소리가 들린다고 사람들이 마구 지껄였다고 한다.

‘뚫린 입이라고….’

큰 스님의 일거수일투족을 오랜 시간 지켜봐 온 절 식구들이나 신도들은 묘덕이 업둥이라는데 이견이 없었다. 하지만 오랑캐나 왜구가 수시로 쳐들어와 먹고 살기 워낙 힘든 혼란한 시절이다 보니 별 몹쓸 소리가 다 돌아다니고 있다. 큰 스님은 묘덕으로 인해 오랜 세월 오해를 받아 왔어도 12 두타행으로 사필귀정이란 사자성어를 몸소 증명하는 살아 있는 부처였다.

생각해 보자는 말씀에 묘덕은 큰 스님 방을 나왔다.

며칠 전 탁발수행을 떠나며 백운 큰 스님이 하시던 말씀이 떠올랐다.

“결혼도감에서 민간의 독녀獨女, 역적의 처, 파계한 승려의 딸들을 차출한다는데 이제까지는 잘 버텼다만 과년한 너를 언제까지나 보호해 줄 수가 없구나. 남장해서 다들 사내인 줄 알겠지만, 요즈음은 더 불안 불안하다. 다행히 정안군이 오래전부터 너를 마음에 두고 있으니 후실이라고 언짢아하지 말고 안전을 도모했으면 좋겠다."

"아니, 정안군이 제가 남장한 것을 아옵니까? 전혀 아는 것 같지 않사옵니다. 제가 남장한 것을 아는 사람은 큰 스님과 공양간 보살뿐인 줄 알았는데…."

"정안군 나리가 오랜 세월 우리 절에 들르셨지. 너를 어려서부터 보시고 예뻐하셨어. 다만 점잖으신 분이라 말씀을 안 하신 것뿐이지."

"인품은 훌륭하지만 큰 스님 세수보다 더 많다면서요. 아버지 같은 분을 어찌…."

묘덕은 정안군이 알고 있다고 생각하니 부끄럽고 창피해서 얼굴이 화끈했다.

이제 어찌해야 할지 더 갈팡질팡해진다.

'아버지뻘이 되는 정안군은 정실이 있어도 되고 큰 스님은 왜 안 되는데요? 파계가 두려우신 것이지요.'

묘덕은 그렇게 말하고 싶었으나 꿈에도 그런 발칙한 말을 입 밖으로 내뱉어선 안 된다는 것을 스스로 안다.

'배은망덕도 분수가 있지. 짐승도 아닌 사람이 어떻게….'

"부처님께서는 무릇 마음이 있기만 하면 부처님이 될 수 있을 것이라 하셨는데 여기서 마음은 세간의 번뇌에 가득 찬 망상이 아니라 무상의 보리심을 뜻하는 것이니라."

대개 스님들은 큰 스님 정도 되면 탁발 수행을 하지 않는다. 탁발수행을 말리는 스님들에게 준엄하게 말씀하셨다.

"중노릇이 무슨 벼슬이라도 되느냐? 탁발이라도 해야 부모 잃고 길 잃은 아이들을 거둘 수 있지. 무심 무념의 참선도 중하지만 중생을 구제하겠다는 중이 지옥을 헤매는 중생을 못 본체 곡식만 축내며 선 관을 고수할 수는 없는 것 아니겠느냐. 깨달음은 잠에서 깨어나는 것이네. 선은 면벽하여 깨달음을 구하는 것도 중요하지만 생활 속에서 지혜를 실천하는 일이 더 중요하다. 부처님도 입적하실 때 스스로 진리를 깨닫고 그 깨달은 진리를 의지하여 살아라, 자등명 법등명自燈明 法燈明하라고 하셨네."

큰 스님은 꼭 12 두타행을 실천하셨다. 왕이나 신도들의 공양을 받지 않고 부자와 가난한 자를 가리지 않고 하루에 일곱 집만 차례로 찾아가 걸식을 한다. 만일 음식을 얻지 못했을 경우에는 굶는다. 하루에 한자리에서 한 번만 식사하는 것을 원칙으로 바루에 담긴 음식만으로 배고픔을 면할 정도만 먹는 것을 철두철미 지키신다. 또한 앉기만 하고 눕지 않는 것을 원칙으로 실천하였다. 이러한 수행은 그 목적이 세속의 욕망을 떨쳐버리기 위한 것인데 석가모니의 십대 제자 가운데 가섭존자迦葉尊者가 12 두타행을 가장 잘 닦았기 때문에 두타제일頭陀第一이라고 한다.

이튿날 큰 스님이 부르셨다. 묘덕은 긴장된 마음으로 공손히 앉았다.

"불성의 이치를 알려고 하거든 시절의 인연을 관찰하거라.
시절이 이르게 되면 그 이치도 저절로 잘 나타나게 될 것이다.
무릇 저 하늘이 무슨 말씀을 하셨기에 사계절이 돌아가며,
땅이 무슨 말씀을 하셨기에 만물이 생기는 것일까.
또한 봄이 오면 모든 나라의 곳곳에 다 똑같은 봄이 오나
그 봄은 자취가 없으며,
달이 지면 여러 포구에 물결이 한꺼번에 다 나타나나
그달은 나누어지지 않는 것과도 같은 것이다.
봄은 자취가 없는 곳에서도 그 본체가 드러나는 것이며,
달은 나누어지지 않는 곳에서도 그 작용을 나타내는 것이다.
크고 작고 푸르고 붉고,
나쁜 냄새가 날 수도 있고 향기로운 냄새가 날 수도 있으니
이들 모두는 본래부터 있었던 성품이나
다만 인연을 만나서 발생하였을 뿐이도다."

연을 말씀하신 것으로 보아 큰 스님은 이미 오늘을 예견하고 계셨던 듯하다. 진즉에 해탈하신 분이라 생각했지만 묘덕은 소름이 돋는다.

묘덕은 부처님을 세존世尊이라고 부르는 것은 세상 사람들의 존경을 한 몸에 받는 분이기 때문이라는 말씀을 책에서 본 적이 있다. 그 이후 백운 큰 스님을 세존으로 불러도 손색이 없는 생

불이라는 생각을 묘덕은 늘 해왔다. 이십여 년을 곁에서 봐왔지만 혼자 계실 때도 흐트러짐 하나 없이 항상 꼿꼿하고 반듯한 모습이었다. 늘 참선 중이셨고 평소의 말씀도 모두 설법이었고 어록이었다.

이 불안한 시절에 정안군과 인연이 닿았으면 하는 바람으로 시절 인연을 미리 말씀하셨을 것이다. 그래서 대국행을 허락하신 것이라고 묘덕은 미루어 짐작했다.

"정안군이 왕의 부마라 여러 번 연경을 다녀왔고 거기서 몇 년씩 머무르기도 했단다. 그래서 역관이 필요 없을 정도로 몽골말을 잘하는 것으로 안다. 연행단을 꾸려도 가족이나 친인척 중 편한 사람을 자제 군관으로 넣는 게 관례지. 비공식 수행원으로 명목상의 군관이라 공식 업무가 별로 없어. 비교적 자유롭게 구경하고 기록을 하기도 하면서 민간외교 사절 노릇을 한다고 하더구나. 그렇게 너를 데리고 가니 그분에게 누가 되지 않도록 각별히 조심해야 할 것이다. 그리고 석찬이를 데려가도록 해라. 우선 착실하고 나이도 어린 데다 튼튼하니 제일 나을 것 같다. 너는 어려서부터 보아왔으니 크게 걱정은 안 한다만 늘 지혜롭고 조신하게 처신하도록 해라. 넓은 세상을 보고 견문을 넓히는 게 앞으로의 삶에 큰 도움이 될 수도 있을 터. 석찬을 사제師弟같이 대해야 하지만 하인으로 가니 이목을 생각해야 하느니라."

'석찬이라니?'

묘덕은 당분간 석찬보기가 편하지 않을 것 같았는데 행자승은 너무 어리고 법린 스님이나 정혜 스님같은 스님을 데려갈 수 도 없는 노릇이었다. 일이 참 묘하게 돌아간다는 생각이 들었다.

'하긴 석찬 말고 마땅한 사람이 없다. 관례라는데 혼자 갈 수도 없지 않은가.'

그날 저녁 묘덕은 큰 스님을 이해하면서도 자기의 마음을 모르는 체 철벽같이 꿈쩍도 하지 않는 큰 스님이 얼마나 야속하고 속이 상하던지 눈이 붓도록 울었다.

'남자이긴 한지. 불쌍한 중생을 구제한다고 하시면서, 오매불망 가슴속에 붙은 불이 활활 타올라 온몸을 태우는데도 모르는 체 부처님 말씀만 하시니….'

그렇다고 강보에 싸인 핏덩이를 이십여 년이나 거두신 아버지 같은 그분을 도저히 연모한다고 말씀드릴 수는 없다. 생각만으로 눈물이 주르르 눈꼬리로 고랑을 내듯 흘렀다.

"아니 제가 연경을 간다고요? 고려의 경계를 벗어나는 해외여행이옵니다. 요즈음은 세상이 마구 돌아가는 느낌이옵니다. 새로운 경험을 너무 많이 해서요. 큰 스님께서 집사님을 사승이나 사형같이 받들라고 이르셨어요. 나리라고 부르라는 말씀도…."

석찬은 싫지 않은 듯했다. 묘덕은 이것저것 떠날 준비를 하면서도 처음 가는 곳이라 무엇을 챙겨야 할지 몰라 연신 넣었다가 뺏다가 했다. 넣으면 짐이 되는 것 같고 빼면 나중에 필요할 것 같았다. 다행히 처음 입어보는 무관 복을 누가 볼세라 걱정했는데 세상이 기침하기 전 새벽에 출발하여 다행이었다. 체격이 좋은 석찬이 입으면 정말 태가 날 것 같았다. 묘덕은 벼루, 먹, 기록할 종이를 다시 확인했다. 공양주 보살이 안절부절못하며 찔끔거린다. 묘덕은 공양주 보살이 세상 물정을 너무 잘 알아서 그런가 보다 했다. 공양주 보살이 요긴하게 쓰일 것이라며 절에서 재배해 말린 인삼과 아끼던 은을 가져가라며 슬며시 내주었다.

삼십 리나 된다더니 금세 벽란도에 도착했다.

벽란도

말로만 듣던 벽란도碧瀾渡다. 묘덕은 우물 안의 개구리처럼 육지에서만 살아와 바다를 처음 보았다. 비릿한 심해의 냄새가 먼저 반기더니 검푸른 파도가 모든 근심 걱정을 쓸어갈 듯 윤슬이 반짝였다. 갑자기 집채만 한 파도가 바위를 철썩 때리고 흩어졌다.

"아, 바다!"

묘덕은 이규보가 벽란도를 보면서 지었다는 시가 떠올랐다. 묘덕은 벽란도에 와서 바다를 보니 시인이자 철학자인 이규보가 지은 시에 공감이 갔다. 더군다나 부자가 『동국이상국집』이라는 시문집을 최초로 금속활자로 찍었다니 더 존경스러웠다.

조수가 들고 쓰매 오고 가는 배는 머리와 꼬리가 잇대었어라.
아침에 이 다락 밑을 떠나면 한낮이 채 못 되어 돛대는 남만 하늘에 들어가누나.

사람들은 배를 가리켜 물 위의 역마라 하나

나는 바람 쫓는 준마의 굽도 이에 비하면 더디다 하리.

어찌 구구히 남만의 지경뿐이랴.

이 나뭇길을 빌면 어느 곳이고 오르내리지 못할 줄이 있으랴.

-이규보 『동국이상국집』 16

「우루(예성 강루) 상관 조중 동료 금군 시」

벽란도는 서울을 중심으로 한 경기 일원에 제도적으로 설치된 나루를 지칭한다. 강폭의 넓이에 따라 도渡와 진으로 구분했다. 벽란도는 고려 시대 예성강 하류의 해상 요충지로서 개경에서 삼십 리 떨어진 서해안에 위치했고, 물살이 빨라 위험했으나 수심이 깊었기 때문에 선박의 운항이 자유로워 국제항으로 성장했다. 원래 예성항으로 불렸으나 그곳에 있던 벽란정碧瀾亭의 이름을 따 벽란도라고 칭하였다. 특히 고려 중기에는 송나라와 일본뿐만 아니라 남양군도와 서역 지방의 상인들과도 활발히 교역했다. 중국에서 오는 사신은 벽란정에서 하루 쉬고 개경으로 가는 게 관례였다. 그야말로 칙사 대접을 받고 개경으로 가서 왕을 알현했다. 비단, 약재, 서적, 악기 등 가져온 특산품을 고려왕에게 헌납하고 그에 더하여 무역 허가와 회사를 받는 사헌 무역 형태를 취했다. 덕분에 개경으로 가는 길은 크게 뚫려 있었다. 개경에는 관영 상점 같은 시전을 설치하여 귀족 층의 수요를 맞추었다. 반대로 고려 상인들은 금, 은, 나전 칠기, 화문석, 종이 등을 가지고 출국하는 무역 활동을 했다. 묘덕은 무역이라는 것이 몹시 궁금하고 관심이 갔다.

급해서 배로 가려고 인원을 최소화했다고 하더니 벽란정에 모인 사람이 수십 명은 더 되고 조공품인 특산품도 엄청나 묘덕은 위축이 되었다. 사신단의 총 책임자인 정사와 그다음의 직책인 부사, 그리고 사행 관련 업무 등을 담당하는 서장관 등 세 명이 핵심 인원이었다. 거기에 통역하는 역관, 물품을 담당하는 압물관, 건강을 책임지는 의원 등에 공식 비공식 수행원, 마부, 노비 등 대충 잡아도 이 정도 인원은 당연하다는 생각이 들었다. 정안군이 의원과 역관을 겸한다는 소문을 들었으나 책임과 체면이 있는데 수장이니 모양새도 갖추어야 할 것이다.

묘덕은 짐짓 양반 헛기침을 하며 자제 군관이 미리 기가 죽어서는 안 된다고 자신을 타일렀다. 황제 생일 축하 연행단 정사인 정안군 허종이 부마라서 그런지 통관절차는 다행히 수월했다.

뱃집의 위는 집의 이엉을 덮듯 뜸으로 지붕을 덮었고 아래는 창문과 문짝을 달았다. 둘레에는 난간이 있고 가로 다지 나무 양쪽 삼판을 꿰뚫어 빼어냈다. 배의 밑은 평평하고 넓다. 큰 돛대를 세웠는데 베로 만든 돛이 이십여 폭은 넘는 것 같아 묘덕은 학같이 목을 빼고 올려다보았다.

배의 끝에 자리를 잡았더니 정안군이 묘덕을 불렀다.

"처음 타서 멀미할 테니 자제 군관은 가운데로…."

배가 말보다 빠른데 놀라 감탄사가 나오려는데 어지럽고 메스껍더니 하늘이 노래졌다. 체면도 없이 구토했다. 뱃멀미가 얼마나 심한지 새벽에 먹은 것을 다 토하고 창자가 뒤틀리는 듯해서 묘덕은 벌써 후회막급이었다. 석찬이 등을 두드리며 괜찮으냐고 안절부절못한다.

"집사님, 아니 자제 군관 나리님 얼굴이 노래요."

석찬은 입에 배지 않아 실수하자 즉시 수정했다.

벽란도는 아직 묘덕을 받아들일 준비가 안 되었나 보다.

"아뿔싸, 죄송하옵니다."

"멀미를 심하게 하니 침을 한 대 맞지."

하더니 정안군이 침통을 꺼내 귀밑을 찌른다.

"아니 정안군 나리께서…."

묘덕은 절에서 위급한 환자를 돌보는 정안군을 보았으나, 직접 침을 맞으니 몸 둘 바를 모르겠다는 심정이 이런 것이었구나 싶었다.

"잠이 들면 괜찮을 텐데 이 인삼을 씹고 한번 누워 봐요. 육로로 가면 네다섯 달이나 걸리는데 이 고생을 하면 사 오일 안에 도착한다 안 하오?"

'이런 생각은 못 했는데 초전부터 전쟁이네. 역시 내게 무리인 것은 아닐까. 세상에 버려진 외톨이로 살아서 못 할 게 없다고 생각했는데….'

시퍼렇고 빠른 물살이 무서울 정도로 묘덕은 탈진을 하였으나 침을 맞은 후 진정이 되며 앉은 채 잠으로 빠져들었다.

아침과 음모

푸드덕푸드덕 새가 나는 소리에 묘덕은

"배 안에 웬 새가…."

했는데 어느 무관이 새장을 보고 뭐라 하며 손짓을 하니 이내 조용해졌다. 신기했다.

"저 양반이 그 유명한 김주정이래."

"오호, 나는 새도 떨어뜨린다는…."

고려의 날래고 용감한 매는 일찍부터 이름이 있었다. 거란이 시시각각 침공할 때마다 매를 선물했다. 그동안 중국에 바쳤던 매는 전적으로 자연산 야생 매였다. 몽골이 고려를 복속한 뒤에는 그들이 조공품으로 요구하는 야생 매를 감당할 수 없었다. 사냥 매를 잡고 길러서 매사냥과 사육을 하는 전문 관청인 응방까지 두기에 이르렀다.

응방을 경영하기 위해 몽골에서 기술자인 응방자를 불러오고 지방의 응방에는 응방심검별감 등의 관리를 파견해 매 잡는 일을 독려했다. 몽골에서는 매를 빨리 보내라고 매잡이 관리인 착응사를 보내기도 했다. 개경을 중심으로 역과 외군에 응방을 설치하고 응방을 총 관장하는 응방도감을 두었는데 수장을 응방도 감사라고 했다.

연경에서 약 이십일 정도 걸리는 거리에 아름다운 수림이 하나 있다. 둘레를 걷는 데만도 여드레가 걸린다고 한다. 수림 주변에는 관리들이 두어 갖가지 짐승들을 사육하고 있다. 사냥개와 야생동물 및 가금류 관리자가 십오만 이라고 하니 엄청나다. 황제는 삼사 년에 한 번씩 신하들을 대동하고 이 수림에 오곤 한다. 그럴 때 몰이꾼들과 함께 수림 전체를 에워싸고는 훈련된 매와 개를 풀어놓는다. 그러고는 사냥감의 포위망을 차츰 좁히면서 수림 한가운데 있는 넓은 공터로 사냥감을 몰아간다. 사자나 들소, 곰, 노루 등이 놀라서 도망을 친다. 짐승들이 숲 사이의 공터로 몰려갈 때 황제는 세 마리 코끼리를 타고 나타나서 사냥감을 향해 다섯 발의 화살을 날린다. 황제가 쏘고 난 후 모든 수행원이 그렇게 쏜다. 황제가 숲에서 빠져나간 짐승들을 살려주라고 "쇼"라고 외치면 사냥은 끝난다. 철수를 알리면서 훈련된 매와 개를 불러들인다. 수행원들은 가서 쏴 죽인 사냥감을 확인하고 쏜 화살을 거둬들인다.

사냥 숫자에 의하여 포상이 주어진다. 이것이 몽골의 사냥 질서다. 고려에서 조공품으로 보내진 매와 개가 이렇게 쓰였으니 그 수를 헤아릴 수가 없이 많았으리라.

때로는 황제의 수레 속에 열두 마리 매를 가지고 다닌다고 한다. 그러다가 수레 내의 보좌나 다른 자리에서 일단 새가 눈에 들어오면 매를 놓아 쫓는다.

매는 다양한 이름으로 불렸는데 그해에 나서 길든 것을 '보라매'라 하고 야생으로 여러 해 큰 것을 '산진山陣'이라 했다. 집에 있으면서 여러 해 큰 것을 '수진手陣', 흰 것을 '송골매', 청색인 것을 '해동청'이라 했다. 응방에서 길들인 매는 몽골뿐만 아니라 고려의 왕에게도 바쳐 그 수요는 늘어만 갔다. 응방에 속한 관원들은 이를 빌미로 횡포가 극심했다.

날카로운 부리와 발톱을 가지고 있는 성깔 사나운 육식성 맹금류를 훈련해 친화적으로 되려면 특별한 자기만의 기술이 있었을 것이다. 그런 기술을 나만의 것으로 가지고 있는 김주정은 충렬왕이 허종을 총애하며 고려 제일의 명궁이라 하는 것에 괜스레 심술이 났다.

'그러면 나는….'

김주정은 왕 씨도 아닌 허종을 궁중에서 키웠다는데 특별한 이유가 있을 것 같아 왕을 한번 시험해 보기로 했다.

'맹금류도 길들이는 나인데….'

김주정은 귀한 해동청을 안고 오는 한 응방을 보았다.

"고놈 참 쓸만하다."

"…."

"왕명이 있으니 부득이 내게 가져오너라."

"네."

김주정은 해동청을 품고 왕 앞으로 나아갔다.

"전하, 기백이 고려 최상이고 때깔도 희망을 내뿜는 해동청이옵니다. 이 특별한 매를 어이없게도 허종에게 진상했다 하여 무엄하다고 회수해오라 일렀습니다."

"…."

"보기 드문 해동청이오. 꽁지깃이 열두 개가 귀한데 이것은 열네 개나 되니 대단하오. 허종은 고려 제일의 명궁이고 문무를 겸한 사람이라 이런 해동청 한 마리를 보면 열 마리를 잡아 올 명궁이라 그리했을 것이오."

"전하, 망극하옵니다."

김주정은 박의가 매와 개로 연경에 있는 왕을 찾아가 장군이 되었다는 얘기를 들었다. 마침 담비나 수달을 잘 잡고 때로는 호랑이도 잘 잡는 아주 충직하고 용맹한 명견 풍산개가 양강도에 있다는 소문이 김주정에게 들려왔다.

"한 파수 안에 데려오도록 하라."

"하도 충직하여 주인 이외의 말은 듣지 않는다고 하옵니다. 더군다나 이빨이 하도 날카로워 잘못하다가는 목숨을 부지하기 어렵다고 하옵니다."

"이런 겁쟁이 놈을 봤나. 왕명이 있으니 부득이 데려오도록 하라. 왕명을 전하면 개 주인이 당장 데려오던지 가마를 태워서 보내 줄 것 아니겠느냐. 뿔이 없는 짐승은 이빨이 강한 게 당연한 세상의 이치야. 어리석은 놈이 알 리가 없지….”

‘요 입이 초사지. 만일 못 데려간다면….’”

생각만 해도 소름이 끼쳤다.

노비는 발이 부르트도록 걸어가며 촐랑거리고 말을 전해 고생을 자초한 자신을 생각하니 후회막급이었다.

듣던 대로 곰같이 털이 새하얗고 커다란 풍산개가 이빨을 하얗게 드러내고 달려들었다. 노비는 혼비백산하여 달아났다.

‘그나저나 오늘 비명횡사할지도 모르겠구먼….’

늑대같이 물어뜯으려던 풍산개가 다행히 주인의 한 마디에 언제 그랬냐는 듯 조용해졌다.

“저걸 그냥 잡아서 보신탕으로 푹 끓여 먹었으면 딱 좋으련만….”

노비는 입맛을 쩍쩍 다셨다. 다행히 개 주인은 응방도 감사 김주정의 소문을 들었는지 가마에 진돗개를 태우고 가마꾼까지 내주었다. 노비는 그 먼 길을 발이 벗겨져 진물이 나도록 걷고 개는 가마를 타고 왔으니 사람이 개 팔자보다 못하다는 말이 이때 생겼다.

매와 개 같은 짐승으로 왕께 아첨하여 권력을 쥐락펴락하는 응방도 감사 김주정은 승진에 승진을 거듭했다. 그런데도 사람의 욕심은 한계가 없는 것인지 임금이 총애하는 정안군 허종이 신경 쓰였다. 몽골의 부마국인 고려의 부마 허종의 순발력을 한 번 시험해 보고 싶어 말한테 활을 쏜 것이었다. 묘덕은 이야기를 들으며 꿰맞추니 그제야 짐작이 갔다.

'그 위인을 여기서 만나다니 불길하다. 연경까지 가서 무슨 아첨을 하려고….'

분수를 알아 멈추지 못하고 감히 봉작을 받은 부원군을 시험하다니 간도 큰 사람이라는 생각이 들었다. 언젠가 일을 낼 사람이라는 불길한 예감이 묘덕에게 엄습해 왔다.

'나의 예감은 틀린 적이 없는데….'

사람들의 성정이 이리 변하니 금을 가진 사람은 금 취급하고, 쓰레기 치우는 사람은 쓰레기 취급을 받는 것이 세상인심이라는 생각이 들어 묘덕은 씁쓸해졌다.

백성들은 몽골과 왜구의 침입으로 때마다 끼니를 걱정해도 매를 잡아야 한다는 명분 아닌 명분이 맹금류 같은 그들에게 주어졌으니 통탄할 일이었다. 시궁창의 물이 사정없이 쏟아져 하류의 물을 오염시키며 민초들을 힘들게 했다.

탑을 쌓아도 아래부터 넓고 튼튼하게 차곡차곡 쌓아 올라간다. 점차 큰 돌에서 작은 돌로 정성스레 바람구멍까지 계산하며 쌓아서 높이 올라가야 흔들리지 않고 중심을 지킬 수가 있는 법인데….

'나무아미타불.'

석학과 조우

침을 맞은 후 묘덕은 견딜만해졌다. 그러자 과묵하고 선비의 풍모가 몸에 밴 키 큰 나리가 눈에 먼저 들어왔다. 학문에 대해 끊임없이 논하는 이상적인 선비 부자도 보였다. 키 큰 선비가 스승인 듯하고 부자가 제자인 것 같다. 묘덕은 자신보다 더 어려 보이는 아들이 꽤 총명하다는 생각이 들어 귀동냥을 열심히 했다. 키 큰 선비는 익재 이제현 선생이라 했고 제자는 이곡, 이색 부자라 했다.

원에 입조하라는 명령을 받은 충숙왕은 1321년 연경에 가서 3년간 붙잡혀 있게 되었다. 이 기간에 심왕 왕고는 손을 써서 충숙왕의 귀국을 막고 다른 사람들을 통하여 자신을 고려왕으로 해달라는 청원을 하였으나 뜻을 이루지 못했다. 충숙왕이 안팎으로 수난을 겪는 사이 원의 정세가 바뀌었다. 영종이 죽고 즉위한 진종이 충숙왕의 귀국을 허락한 것이다. 그 사이에 왕고, 유청신, 오잠 등은 고려를 아예 없애고 원의 일개 성으로 만들자는 '입성책동入省策動'을 원나라에 청원했다. 원나라는 환호하며 이를 행하고자 했으나 이제현과 이암 등이 원을 설득해 겨우 저지했다. 이를 두고 원나라 사람들은

"이제현은 키도 크거니와 그 키보다 간덩이가 더 크다."

며 혀를 내둘렀다고 한다.

현실주의적 개혁론자 이제현은 경주 사람으로 호는 익재, 역옹 등이며 1287년 이진의 아들로 태어났다. 아버지 이진은 신흥 관료로 크게 출세하여 검교 시중의 아들로 벼슬에 올랐다. 그의 슬하에서 자란 이제현은 어린 시절부터 학문에 밝아 성리학을 고려에 처음 들여온 백이정에 배우고 당대의 대학자 권보의 문하생으로 들어갔다. 1301년 십오 세의 어린 나이로 성균시에 일등으로 합격하고 곧 과거에 급제하였다. 1319년 충선왕과 함께 절강의 보타사를 찾기도 했다고 한다. 그는 학문적으로 성리학의 발전에 기여하면서 단순히 성리학에만 빠지지 않는 냉철함을 유지했고, 정치적으로는 원나라의 부마국이라는 현실을 인정하면서도 꾸준히 고려의 자주성 회복을 위해 최선을 다했다. 그는 현실적이면서도 지조 있는 당대 최고의 지식인이었다.

원나라 체류를 고집하던 충숙왕은 외로움이 깊어지면 이제현이나 부마를 입조하라 하여 만권당에 출입하기도 했다. 만권당은 책이 만권이 있다 하여 이렇게 부르는 도서관을 겸한 곳이었

다. 원의 선비들과 고려의 선비들이 문물의 교류를 빈번히 이어 갔는데 원나라 선비들은 늘 이제현의 지식에 압도되었다. 요수, 염복, 조맹부, 원명선 등과 동행하기도 했는데 고려의 학문 발전에 많은 영향을 끼쳤다.

묘덕은 개안이 된 듯 눈이 뜨이고 정신적으로 굉장한 부자가 된 것 같이 기뻤다. 근본도 모르는 우물 안의 개구리가 감히 세상을 쥐락펴락하는 당대의 훌륭한 석학들과 같은 배 안에 있다는 게 꿈만 같았다. 벼슬아치에겐 백성이 안전에도 없고 자신의 안위만 생각하는 위인들이라는 묘덕의 고정관념이 당장에 깨졌다. 밥값을 제대로 하는 선비다운 벼슬아치들과 눈이 마주치자 묘덕은 가슴 속으로부터 우러나오는 깍듯한 묵례를 보냈다. 이런 기회를 주신 부처님께 합장했다. 정안군 나리와 큰 스님께도 다시 한번 큰 고마움을 느꼈다.

'나무아미타불 관세음보살.'

날씨가 좋아 순풍에 돛단배 가듯이 라는 말이 실감 나게 닷새만에 덩저우에 도착했다. 피부나 생김새가 비슷하지만 처음 보는 이상한 차림의 사람들이 많았다. 몽골 특유의 변발과 호복이라 했다. 알아듣지 못하게 큰소리로 외쳐 공포감을 조성했다. 역관이 앞에 나가서 통역하고 정안군이 부연 설명을 했다. 출국 시에는 우리나라라 통관절차가 무난했는데 경계를 넘은 타국이라는 이질감이 싸늘하게 다가왔다. 직책과 생년월일, 주소를 일일이 두 번 세 번 확인했다.

묘덕 차례가 되었다. 두 번 세 번 묻더니

"자제 군관이 계집같이 예쁘네. 수상하니 벗겨 봐야겠어. 뒤로…."

하더니 가슴을 더듬으려 한다.

묘덕은 질겁을 했다. 식은땀이 나는데 일촉즉발의 순간 어느새 정안군 나리가 다가왔다.

"자제 군관은 우리 집안 고종사촌 동생이오. 내가 인우 보증을 서리다."

무안한지 검색관은 짐을 속속들이 뒤져보더니 인삼을 보고는 화색이 달라져서 물었다.

"고려 인삼?"

"그냥 주고 가시옵소서."

역관이 겸연쩍게 웃었다.

"…."

그제야 묘덕은 공양주 보살이 절에서 키워 말린 인삼을 건네준 이유를 알았다.

'광활한 육로로 접어들었다. 묘덕은 뱃멀미로 하도 고생을 한지라 한시름 놓였다. 역시 말로만 듣던 대국은 다르다. 시야가 갑자기 확 넓어지는 것 같았다. 큰 대로에 기와집들이 먹줄로 그은 듯 반듯하게 서 있어 신기했다.

하루 여유가 있어서 정안군과 이제현 선생, 이곡 부자, 김주정 일행은 선왕을 알현하러 떠나고 나머지는 객사에 몸을 풀었다. 사신단의 총책임자인 정사, 그다음의 직책인 부사, 그리고 사행 관련 기록 업무 등을 담당하는 서장관에 응방도 감사가 간 것이다. 내일은 황제의 생일을 축하하러 가는 일정이 잡혀 있다. 속국이지만 그래도 고려의 부원군 일행이라 특별히 준비했다는 객사로 갔다.

원나라는 유목민답게 일찍이 깬 나라였다. 여행객들에게 필수품인 객사를 쓸 수 있도록 가옥에 정원까지 곁들인 숙소를 지어 제공했다. 이러한 객사를 '얌'이라고 하는데 온갖 생필품까지 모두 마련되어 있었다. 그리고 그 땅을 여행하는 모든 사람에게 처지 여하를 불문하고 무료로 두 끼 음식이 제공되게 되었다. 일찍이 몽골에 와서 높은 직책으로 황제의 신임을 받은 이탈리아 출신의 마르코폴로 덕이라고 했다. 거기에 왕을 알현하러 여러 번 원에 입국한 정안군 덕으로 알게 모르게 불편하지 않은 숙소가 주어진 것이다.

얌은 여행객을 위해서도 쓰이지만, 궁정의 황제에게 재빨리 소식을 전하는 곳으로도 쓰였다. 제국에서 새로운 사태가 일어나면 단봉낙타를 타고 얌 근처에 당도하여 호른을 분다. 그러면 얌의 주인은 곧바로 다른 사신을 준비시켜서 받은 우편물을 넘겨준다. 이렇게 계속 바통 전달식으로 전달하여 황제가 만 하루

안에 삼십일 여정 거리 안에 있는 소식까지 다 알게 했다.

묘덕은 남장한 것이 걸려서 떠나오기 전 석찬에게, 앉은 채로 잠을 자는 12 두타행을 한번 해봐야겠다고 말했었다. 하지만 너무 고단하니 그 생각도 잊어버리고 체면도 없이 꿈속으로 빠져들었다.

"이것만 가져가면 헐벗은 백성들이 조금은 따뜻하게 겨울을 보낼 수 있는데…."

꿈결인 듯 묘덕의 귀에 한숨 짓는 소리가 들려왔다.

소피를 보러 일어난 묘덕은 달빛 아래 입을 닫고 고개를 숙인 꽃송이를 보았다.

"세상에 이렇게 엷고 가녀린 꽃이 이곳에 있네."

하도 여려서 코를 댔으나 신기하게 향기가 미미하다.

'쓸모가 있는 꽃은 향기로 유혹하지 않는다더니….'

"고려에서 오셨소? 이게 개량 목화꽃이라 그런지 아주 일찍 피었네요. 보통 한여름 아침에 미색으로 피어나 오후에 점점 색이 붉게 짙어지다가 저녁에 지는데…. 나중에 열매가 맺으면서 꽃이 목화송이가 되지요. 원나라에서 목화를 비싼 값으로 고려에 수출하므로 목화씨의 반출을 철저하게 금하고 있습니다. 만일 가지고 나가다가 발각이라도 되는 날이면 큰 형벌을 받습니다. 그것으로 옷을 만들어 입으면 많은 백성이 겨울을 따뜻하게 날 수 있는데…."

"목화씨라… 고려 선비가 어찌 그리 상세하게 아시오?"

"원나라에 사신으로 왔다가 누명을 쓰고 억울한 귀양살이를 삼 년이나 했으나 억울함이 풀려서 내일 고려로 돌아간답니다. 세상에 의미 없는 일은 없다고 귀양살이하면서 삼 년 동안 이곳 사람들에게 틈틈이 목화재배 기술을 배웠어요."

'참 이곳까지 와서 귀양살이하고도 왕후장상이 챙기지 않는 불쌍한 백성을 생각하는 선비가 있네…. 왕이 이곳까지 유배되다시피하고 풍전등화 같은 국운인데도 저렇게 백성을 생각하는 선비가 있다는 것은 우리 고려에 희망이 있다는 증거지. 새로운 종자를 발견하고 위험하더라도 그 종자를 가지고 가서 백성들이 따뜻하게 지내도록 하려는 어버이 같은 마음이 눈에 보여. 백성의 이용후생을 생각하는 박애 정신의 선비가 고려에 있다는 것은 하늘이 아직 고려를 버리지 않았음이야. 이제까지 내 한 몸만 생각하고 백성을 생각한 적이 있었던가. 이래서 애국자가 되려면 외국에 나가 보라 하는 말이 있나 보다. 내 몸 건사하기도 바빠 시야를 넓히지 못했는데 이름 모르는 선비가 타산지석이 되었구나. 나는 어떻게 백성을 위할 것인가.'

묘덕은 감개무량해서 가슴속 깊이 훌륭한 선비들을 하나하나 확실히 새기며 기록을 했다.

'이제현 선생, 이곡 부자, 그리고 지금 저 선비….'

깊어가는 달빛에 배시시 미소를 짓는 여린 목화꽃이 묘덕이 살아갈 방향을 알려 주는 것 같아 흐뭇한 미소가 얼굴 가득 번져

갔다. 대국을 구경하고 싶다는 욕심을 정안군 나리께 말씀드린 게 참 잘했다는 생각이 들었다.

'무척이나 고통스러운 뱃멀미였지만 이런 개안 된 눈으로 세상을 보게 되다니….'

개안 된 세상

원 황제의 생일날이다. 이날만큼은 모든 사람이 참석하는 성대한 자리가 되기를 바란다고 한다. 제후들은 보석으로 된 관을 쓰고 손에는 흰 상아패를 들었다. 허리에는 반 뼘 너비의 금띠를 두르고 배정된 자리에 정렬한다. 맨 앞줄은 녹색 비단옷을 입었고, 두 번째 줄은 진홍색 옷을 입었다. 세 번째 줄은 황색 비단옷을 입었다. 주위에는 깃발과 기장을 든 악대가 대기하고 있다. 현인이

"황제 폐하를 향해 궤 배!"

외치니 제후들은 일제히 이마를 땅에 세 번 조아린다.

"바로!"

다들 곧바로 일어난다.

"손가락을 귀에 대시오!"

"내리시오!"

"사연."

잔치가 시작된다는 뜻이란다.

"황제를 위한 현악!"

"조용히 하시오."

연주가 뚝 그쳤다.

왕 소관의 악사가 십삼 투만이란다.

'십만 명의 집단을 투크라고 하고 일만 명의 집단을 투만이라 한다는데 그럼 십삼만 명이라는 이야기지? 그래. 백 명의 집단이 구즈라 했으니….'

"기씨 가문이 군왕께 삼백 필의 백마를 헌상했다."

"…."

많은 사람들이 귀중품이나 특산품 등을 계속하여 진상하고 이를 즉시 알렸다. 눈에 다 담을 수 없을 만큼 어마어마했다. 진상이 끝나니 가수들의 감미로운 노래가 울려 퍼졌다. 광대가 사자를 끌고 들어와 군왕에게 경의를 표하고, 마술사는 미주가 가득 담긴 금잔을 공중에 날려서 마시고 싶은 사람 앞에 놓이도록 했다. 묘덕은 이렇게 화려하고 거창한 의식을 어디서 다시 볼 수 있을지 입이 다물어지지 않았다

묘덕은 칸의 도시 칸발리크라고 그들이 부르는 연경에서 사흘째인 오늘이 가장 기대가 되었다. 유리창을 구경하는 날이다. 창은 공장이라는 말이니 말 그대로 하면 유리창은 유리를 만드

는 공장이다. 옛날에는 연수사라는 절이 있었다는데 지금은 그 터에 공장을 세워 형형색색의 유리와 기와, 벽돌을 찍어 내고 있다. 공장 안은 외부인에게 출입이 철저히 금지되어 있다. 처음에는 궁성을 지을 때 필요한 유리와 기와 등을 만드는 곳이었는데 차츰 여러 가지 물건을 취급하면서 범위를 넓혀갔다고 한다.

공장 바깥은 모두가 물건을 파는 가게들인데 재화와 보물이 넘쳐난다. 이십 칠만 칸이나 된다는 곳에서 골동품이나 서적, 서화 등을 취급해서 조선 선비들의 눈이 휘둥그레지게 하곤 했다. 서점 가운데 가장 큰 곳은 만권당, 오류거, 선월루, 명성당 등인데 조선 선비들이 필수적으로 꼭 들러서 책이나 문구 기념품 등을 사 간다고 했다. 진열된 물건들이 거의 비슷비슷하지만 화려해서 우선 눈요기를 대충하며 지나가는데도 배가 고팠다. 묘덕은 농상집요, 선문 염송, 벽암록, 경덕전등록 등이 보이는지 눈이 뚫어져라 쳐다보았다. 약재는 따로 놓았는지 전혀 보이지 않고 책은 하도 많아서 제목만 읽어 나가는데도 눈이 아플 지경이었다. 정신없이 보는데 어떤 아이가 따라다닌다 싶더니 손에 든 은전을 확 채서 달아났다.

"저놈 잡아라."

"도둑이야."

석찬과 같이 따라잡으려는데 얼마나 빠른지 금세 보이질 않는다. 이제 아무것도 살 수가 없어서 낙심천만인데 정안군 나리가 기념품 사라고 주는 거라며 일일이 돈주머니를 일행에게 나눠 주었다.

찾는 책이 한 권도 없어서 다리가 풀렸다.

"자제 군관은 따로 찾는 것이 있는가?"

정안군 나리였다.

적어온 목록을 드렸더니 주인을 불러서 찾아 달라고 했다. 나중에 보니 벽암록은 불과환오선사벽암록으로 되어 있고 같은 글자라도 초서로 쓴 것은 알아보지 못한 무식의 소치였다. 묘덕은 원하는 책을 다 구해서 기쁘면서도 괜스레 아는 체한 것 같아 부끄러운 마음이 들었다.

"아니, 자제 군관은 공부를 많이 하나 보네, 정안군 나리가 오셨으니 내주지. 돈 받고도 안주는 책인데…."

"참 청심환과 비상 약재도 사가야 하오이다."

주인이 안에 들어가더니 가지고 나왔다.

"자제 군관, 이것 좀 봐줘. 옹주 선물을 고르려고."

정안군 나리는 휘황찬란한 보석이 박힌 반지와 팔찌를 구경하며 도움을 청했다. 이것은 이것대로 예쁘고 저것은 저것대로 아름다워서 처음 구경하는 묘덕은 선택이 어려워 한참을 들여다보았다.

"아무래도 비싼 게 값어치가 있지 않겠소?"

정안군 나리는 같은 것을 따로따로 포장해달라고 하더니 책값, 약값을 다 같이 계산한 후 모두 하인한테 넘겨준다. 묘덕이 어안이 벙벙해 쳐다보니 원래 책임자가 다 계산하는 거라며 푸

근하게 웃는다. 귀국할 때 문제가 될 수 있으니 도착해서 주겠다고 걱정하지 말라 하면서.

"자제 군관, 내일 사냥을 나가는데 동행하지 않겠소?"

정안군 나리가 곁에서 작은 소리로 청한다.

"아니옵니다. 내일 만권당에서 기념품 도장을 찾아야 되어서요. 다녀오시지요."

묘덕은 불제자가 살생하느냐는 소리를 하고 싶어 목울대가 간지러웠다.

'불교를 국교로 하는 호국불교의 나라에서 십악참회의 첫 번째 계율인 살생 중죄의 죄는 짓지 말아야 하는데….'

묘덕은 객사에 돌아와서 우선 기록부터 하였다.

'오랑캐라고 우리가 무시하지만, 이 나라는 앞서가는 나라이고 배울 게 너무 많은 나라이다. 잊어버리기 전에 다 기록해야지. 큰 스님 말씀처럼 살아가며 도움이 될 텐데….'

기록이 끝나자 묘덕은 생각에 잠겼다.

'어떤 선비는 목에 칼이 들어와도 대국에 할 소리를 다 해서 나라를 지키고, 어떤 선비는 백성을 생각해서 들키면 경을 치고 돌아갈 수 없는데도 목화를 가져갈 생각을 하는데 나는 무엇을 할 것인가.

일체유심조一切唯心造라고 모든 것은 마음먹기 달렸으니 백성들의 마음을 먼저 위무하자. 귀족이나 일부 스님들만 볼 수 있는 서책을 대량으로 찍어보자. 다짐하며 묘덕은 석찬의 의사를 물었다.

"나라에서 감독하는 서적점만 활자를 찍는 줄 알았는데 성불사에서 금속활자를 찍는다고 했지? 귀국해서 당장 한번 가보자고. 직접 보고 할아버지께서 적어 놓으신 것을 보면 금방 이해가 되겠지."

"위험하기도 하고 돈이 엄청 많이 든다고 하옵니다."

"큰 스님께 말씀드리고 좀 떨어져 있는 요사채 한 곳을 개조하면 될 것 같아. 비용은 오늘 산 농상집요를 공부하여 인삼을 재배하면 될 것 같은데. 사실 다른 농사 지을 때 보려고 그 책을 찾았는데 제국대장공주가 인삼과 잣을 수출하여 돈을 많이 번다는 이야기를 들었어."

"잣나무는 뒷산에 많지 않사옵니까? 그런데 국가에서 하는 일을 우리한테 허락하겠는지요?"

"우리가 사적으로 치부하는 게 아니니 큰 스님과 정안군 나리께 도움을 청해야지."

"우와, 대단하시어요. 대국에 오시니 개안 된 세상을 건설하시네요."

"우선 계획이니 함구해야지. 부처님의 힘으로 국난을 극복하기 위해 국책사업으로 팔만대장경을 만들었잖아. 대장경이란 범어로 세 개의 광주리라는 뜻으로 부처님의 말씀을 담고 있는 경, 부처를 따르는 사람들이 지켜야 할 도리를 밝히고 있는 율, 부처의 가르침을 해석하고 있는 론으로 구성되어 있다고 해.

1011년에 새긴 초조대장경이 1232년 몽골의 침입으로 불타버렸어. 1236년 몽골이 침입하자 불력으로 물리치고자 하는 호국불교적인 의미에서 대장도감을 설치하여 1251년에 다시 완성하였으니 대장경은 십육 년 동안 제작되었지. 이를 재조대장경이라고 하는데 강화 도성 서문 밖의 대장경 경판당에 보관하고 있어. 팔만대장경을 보존하기 위해 바닥에는 숯, 소금, 마사, 횟가루, 황토를 섞어 강 회 다짐을 해 놓았대.

연인원 이십 만에서 오십만의 인구가 동원되었다니 엄청나지. 개경의 인구가 삼십 만이고 고려의 인구가 오십만이라는데. 경판 수가 팔만여 개에 달하고 팔만 사천 법문을 실었다고 하여 팔만대장경이라고도 한대."

"집사님, 완전 박사시옵니다. 어떻게 그런 것을 다 아세요? 염불에는 마음이 없고 잿밥에만 마음이 있는 저 같은 돌중도 많은데…."

"책 귀신같이 이 책 저 책 눈에 뜨이는 대로 다 읽고, 큰 스님께 세상 이야기를 많이 들었어. 그래서 내가 백성들의 배고픔을 해결해 주지 못하더라도, 오늘 산 책으로 농사를 짓고 수확을 하여 서책을 많이 찍고 싶어. 그 책으로 공부한 스님들이 설법하면 민초들에게 위무가 될 것이라 생각하게 되었어. 우리 절에 토지와 사노寺奴들이 무척 많잖아. 정안군께서도 토지와 노비를 엄청나게 기부하셨지. 우선 우리 스님들께서 보셔야 신자들에게 좋은 법문으로 위무를 할 수 있잖아. 앞으로의 세상은 지식을 많이 가지고 있는 것도 중요하지만 어떻게 활용하고 재창출할 수 있느냐가 중요하다고 생각해."

석찬은 큰 나무 밑에 있는 것 같아 존경의 눈으로 그 우듬지를 올려다보았다.

"아니, 내 얼굴에 뭐 묻었는가?"

"우와! 하도 대단하시어 집사님이 우러러 보이옵니다. 큰 스님 곁에 계셔서 작은 스님이라고 하는 줄 알았는데 괜히 그러는 게 아니었네요."

"시방 골리는 거지?"

"아니옵니다. 진실을 말씀드리고 있사옵니다. 제가 감히…."

"그럼 큰 스님께서도 허락하시겠지?"

"여기 오는 것도 허락하셨는데요. 뭐…."

묘덕은 어려도 입이 무거운 석찬이니 믿고서 계획을 다 들려주었다. 잠을 청해도 여러 가지 잡생각으로 잠이 오지 않는다. 세 식경도 더 지난 것 같은데 방문을 여는 소리가 살그머니 나는 것 같았다.

'분명 문을 잠갔을 텐데….'

묘덕은 죽비를 들고 얼른 일어서서 벽에 몸을 기댔다. 복면한 거인이 벌써 방에 성큼 들어선다.

묘덕은 기함을 하고

"사람 살려!"

소리를 질렀는데 정안군 나리가 번개같이 창문으로 튀어 나가는 그를 쫓아 창을 뛰어넘었다. 묘덕은 아버지뻘이라고 생각한 정안군 나리가 호위무사보다 빠르고 날랜 것에 놀랐다.

"괜찮소? 놀랐지요. 가끔 이런 일이 있소."

"정안군 나리님이 호위무사보다 빠르고 용감해서 놀랐사옵니다."

"급할 때는 불이야! 하시오. 이제 먼저 받은 은혜를 한번 갚았소?"

하며 싱긋 웃더니 청심환을 가지고 왔다. 묘덕은 고귀한 신분이 이렇게 자상하고 친절한 데 대해 진정으로 녹슨 빗장에 기름이라도 칠한 듯 마음이 열림을 느꼈다.

고국으로 돌아가는 날이다. 묘덕은 우선 뱃멀미가 걱정이다. 정안군은 미리 요기 하게 하고 침을 놓았다. 묘덕은 빠진 게 없나 다시 챙기고 기념품도 일일이 톺아보았다. 분과 동백기름을 받고 좋아할 공양주 보살의 환한 얼굴이 떠올랐다.

올 때 보다 이 나라에서 출국 심사가 훨씬 까다롭다. 그래서 정안군 나리가 서책까지 가지고 가서 도착한 다음 준다고 했구나 싶었다.

뱃사공들이 힘차게 노래를 하자 배는 쏜살같이 달려 나갔다. 뱃멀미에도 순풍에 돛 단 듯이 온 것 같은데, 오늘은 성난 파도와 물결이 화가 난 듯 수장인 정안군 대신 호령을 하는 것 같았다. 묘덕은 침을 먼저 맞고 학습 효과가 있는지 올 때같이 뱃멀미가 나지 않아 다행이었다.

이곡 선생이 아들 이색에게 물었다.

"장자에 보면 공자의 제자 안연이 노련한 뱃사공에게 노를 잘 젓는 것을 물었다. 무어라 대답했더냐?"

"수영을 잘하는 사람은 쉽게 배우고 잠수를 잘하는 사람은 배를 본 일이 없더라도 곧 저을 수 있다고 했사옵니다."

"그 이유도 말해 보아라."

"수영을 잘하면 물이 겁나지 않으니 물을 의식하지 않고 편안하게 노를 저을 수 있는 것이라 했사옵니다. 잠수까지 잘한다면 두말할 나위가 없겠고 말입니다. 그냥 활을 쏠 때는 잘 맞히다가도 귀한 물건을 걸고 시합을 하면 잘 안 되는 것과 같은 이치이옵니다."

"언제 장자를 다 터득했느냐. 참으로 총명하도다. 총聰은 귀가 밝다는 뜻이고 명明은 눈이 밝다는 뜻이지. 그 둘이 밝은 사람을 총명하다고 한다. 밝은 귀와 밝은 눈이 있어야 세상을 제대로 판단할 수 있으니. 그러나 눈과 귀라는 게 때로는 있지도 않은 헛것에 잡히게 하는 빌미가 되기도 한단다."

묘덕은 이제현 선생의 말씀을 들으며 또 한 수를 배웠다.

그새 저 멀리 벽란정이 보인다. 묘덕은 아무 탈 없이 대국을 다녀왔다는 게 감개무량했다.

'자제 군관이라 특별히 주어진 임무가 없었는데도 늘 남장을 한 것을 들킬까 봐 지레 걱정을 했다. 당대의 대단한 석학들을

조우하고 대국이란 다른 세상을 보았으니….'

묘덕은 개안 된 눈으로 목표가 생겼음이 제일 기뻤다.

입지立志

마침 큰 스님이 계셔서 묘덕과 석찬은 귀국 인사를 드렸다.

"걱정이 많이 되셨을 텐데 큰 결심을 하시고 보내주셔서 잘 다녀왔사옵니다."

"별 일없이 잘 다녀왔구나. 다 부처님의 가피로다. 나무아미타불."

"어떻게 서책이 먼저 도착하였사옵니까?"

"정안군 나리께서 먼저 다녀가셨다. 이 귀한 서책을 구해서 가져오다니 너무 많은 폐를 끼쳤음이야."

"그 나라의 귀한 책이나 물건이 밖으로 나갈까 봐 통제를 심하게 하니 구하기 힘든 책이 옵니다. 읽으려고 만든 책인데 많은 책을 여러 사람이 나눠보는 게 당연한 것 아닌가요? 하긴 정안군 나리니까 가져오실 수 있었사옵니다."

"그래, 농상집요도 있던데 묘덕이 보려고 하느냐?"

"스님, 사찰의 노는 땅이 너무 많아 활용할 생각으로 그 책을 구했는데 연경을 다녀오며 구체적인 계획이 세워졌사옵니다. 그 책을 보고 공부하여 스님께서 허락하신다면 절의 밭에다 인삼을 대량으로 재배하고 싶사옵니다. 노비들도 많으니 경작을 하여 벽란도 상인에게 넘기고 그 비용으로 금속활자를 새겨 서책을 만들고자 하나이다. 나라에서 활자를 찍는 서적점을 운영하고 있지만 가까운 성불사에서도 하는 것 같으니 모레쯤 한번 다녀오고 싶사옵니다."

"세상은 큰 책이고 책은 작은 세상이라지만 어찌 그리 기특한 생각을 한 게야? 내가 석찬, 달잠, 법린, 정혜에게 집중적으로 공부를 시키는 것은 나중에 속인들이 잘 알아듣기 쉬운 법문을 하라는 것이지. 그것을 활자로 찍어 서책을 만든다면 훨씬 효과적이겠구나. 큰 세상으로 나가봐야 눈이 뜨인다고 하더니. 나무아미타불 관세음보살."

묘덕은 그날부터 정신이 온통 인삼재배에 가 있어 농상집요에 빠져 있었다. 다행히 인삼은 봄 파종과 가을 파종이 있는데 대개가 가을 파종을 한다고 한다. 빨간색 씨앗을 채취하여 모래에 묻어 두면 서리 올 때쯤 씨앗이 벌어지는 데 이를 개갑開匣이라고 한다. 인삼 씨앗이 개갑하여 밭에 심게 되면 다음 해 봄에 싹이 난다고 되어 있다. 씨앗이 개갑하도록 놔두고 인삼재배 환경을 만드느라 노비들을 시켜 밭을 모두 깊게 파도록 했다. 그 다음 거기에 퇴비 깻묵, 재 등을 넣으라 했다. 칠팔 회 갈아엎어 비옥한 땅으로 만들어야 한다니 시차를 두어 잊지 말고 그리하라고 일러두었다.

북향 또는 동북향의 배수가 잘되는 완경사지가 좋다는데 절의 밭은 그런 면에서 안성맞춤이다. 기후, 일조량, 토양 등 다 신경을 써서 자연환경과 유사한 것이 좋다고 하는데 천만다행이다.

정신이 온통 인삼과 활자소에 빠져 있는데 저녁나절 정안군 나리가 방문했다. 묘덕은 대국에서 더 가까워져서인지 벌떡 일어나 반갑게 그를 맞았다. 그가 만권당에서 포장한 것을 슬며시 내놓는다.

"열어 보시지요"

"아니, 이 비싼 것을 왜 저에게…."

"하나는 옹주 것이고 하나는 낭자 것이었소."

"낭자라니요?"

묘덕은 얼굴이 화끈해졌다. 그가 남장한 것을 알고 있다고 큰스님께서 말씀하셨지만 설마 했는데 직접 들으니 쥐구멍에라도 들어가고 싶었다.

"연경을 다녀오며 내 마음을 더는 누를 수 없게 되었소. 오랫동안 연모하는 사람을 가까이서 무심하게 바라보는 게 얼마나 큰 고통인지 아오? 그리고 내게 후사가 없어 집안에서 모두 다 그치고 있소이다. 더 큰 문제는 오랑캐들이 가리지 않고 환관과 공녀를 찾아내 데려가고 있어 큰 스님께서도 걱정이 크시지만 그게 더 걱정이오. 낭자는 빼어난 미색이어서 남장을 하고 있어도 위험하오. 연경에 들어갈 때도 그렇고, 복면을 쓰고 들어온 도둑도 아마 낭자를 노리고 왔을 것이오. 그래서 마음이 더 급해졌다오."

"…."

"낭자, 오랜 세월 안국사에 열심히 갔던 것은 백운 선사에 대한 존경이 컸지만 낭자에 대한 마음이 더 컸음을 오늘 고백하오이다. 나는 불심도 약하고 백운 선사 같은 인품도 되지 못하오. 무심무애無心無碍의 도를 깨치지도 못한 나이만 먹은 속인이오. 그래도 틈만 나면 사람이고 물건이고 약탈을 해가는 야만인들이 범접할 수 없도록 고운 낭자를 내 생명 다할 때까지 지켜주고 싶소. 나의 청혼을 받아 준다면 낭자가 하고 싶은 것을 다 하도록 해 주겠소. 이미 낭자의 명민함을 백운 선사께 전해 들어 알고 있는데 연경을 다녀오며 직접 보았소. 서책을 보고 싶다면 원하는 것을 다 구해 주고, 글을 쓰고 싶다면 먹을 갈아 주겠소. 활자를 만들어 서책을 내고 싶다면 또 그리해줄 것이오. 어려운 인삼 재배를 하지 않아도 되오. 굳이 그것도 포기하지 못한다면 그 또한 할 수 있도록 해 주겠소. 세상을 주유하고 싶다면 원근을 가리지 않고 그리하도록 하겠소."

"…."

후실이지만 연륜이 있는 부원군이니 보호를 받을 수 있고, 재력이 있으니 하고 싶은 것을 다 해 주겠다는 말이 허언으로 들리지 않았다.

“민망한 말씀 거두시지요. 저도 대국을 다녀오며 정안군 나리에 대한 생각이 조금 바뀌었지만 제가 먼저 할 일이 있사옵니다. 쑥스럽습니다만 그곳을 다녀오며 백성을 위한 조그만 입지立志가 생겼사옵니다. 정안군 나리께서도 아셔야 하기에 말씀을 올리겠사옵니다. 제가 지금껏 귀한 책 필사를 해왔는데 이제부터는 금속활자로 서책을 만들어 우선 스님들께 보급하고 백성들에게도 주고 싶사옵니다. 정안군 나리께서 기증한 농토와 사비寺婢를 활용해 인삼을 재배하고 그 자금으로 서책을 만들려고 하나이다. 한 오륙 년 커야 팔 수 있다는데 시간이 걸려도 그 방법이 제일 나을 것 같사옵니다.”

“우리 같은 사내들도 생각 못 하는 것을 어찌 낭자가 그런 큰 생각을 하셨소이까? 대단하시오. 여장부시오. 그 일이라면 나하고 같이 하는 게 더 효과적이오. 오륙 년이나 지나야 수확을 할 수 있는데 목마른 사람 숨넘어가겠소이다. 다행히 내가 도울 수 있으니 내 청을 먼저 거두어 주시오.”

“우선 내일은 석찬 스님과 활자로 서책을 만드는 성불사를 다녀오기로 했사옵니다.”

“아무리 스님이라도 젊은 남정네와 단둘이 가면 마음이 놓이지 않으니 내일 각자 타고 가도록 말 세필을 보내겠소. 남장하고 사는 사람한테 가마를 보낼 수도 없고….”

“가까워서 그냥 걸어가도 되옵니다.”

"같은 벽성군 서성면이라도 걸어서 다녀오기는 무리오."

터덜터덜 돌아서는 정안군의 걸음새가 힘이 하나도 없어 보여 묘덕은 미안한 마음이 들었다.

큰 스님께서도 정안군 나리와 같은 마음인지 한말씀 하셨다.

"이왕 가는 길이니 길을 아는 법륜도 같이 다녀오도록 하라. 헛걸음한다 생각하고 혜우 스님을 찾아가거라."

"네, 석찬, 법륜 스님과 잘 보고 많이 배워 오겠사옵니다."

셋이서 각자 말을 타고 일찍 떠났다. 말 위에서 보는 갈맷빛 수목이 걸어서 볼 때와는 달리 희망을 나눠주며 휙휙 지나가는 것 같았다. 보는 위치에 따라 세상은 이렇게 달라 보인다는 것을 처음 알았다. 말을 타는 스님은 별로 없는데 기마가 취미여서 말을 대규모로 키우는 신도 덕분에 모두 운동 삼아 기마를 배울 수 있었다.

성불사 일주문에 들어서기 전 말을 물가에 매는데 멀리 뒤쪽으로 떨어져 있는 요사채 한 동이 보였다. 묘덕은 활자소가 아닐까 하는 생각이 들었다. 대웅전에서 합장하고 혜우 스님을 찾으려는데 체격이 좋은 기도 스님이 바로 법륜 스님을 알아봤다.

"큰 스님께서도 안녕하시온지요? 소승의 사승이 되시옵니다. 저번에 한 번 다녀가셨는데…."

"금속활자를 찍어 서책을 만드신다는 소문을 듣고 어려우시겠지만 배울 수 있을까 하고 왔사옵니다."

"가까워서 벌써 소문을 들으셨군요. 생각뿐 아직 시작하지 못

하였나이다. 이게 현재는 국가에서 운영하는 서적점에서만 하고 있어서이지요. 여기를 아시는 분도 별로 없고 보겠다고 오신 스님들도 처음이오이다. 어쩐다? 나무아미타불…."

낭패스러운 마음으로 앞장서는 스님을 따라가 보니 아까 짐작했던 그 장소에 준비만 되어 있다.

"…."

한참이나 빗장을 풀었다. 실험을 해봤는지 특유의 그을음 냄새랄까 하는 알 수 없는 그 무엇이 소리를 지르듯 훅 치고 들어왔다. 생각보다 장소가 널찍했다. 저 정도 넓이는 되어야겠다는 생각이 들었다.

"소문을 듣고 마음만 급해서 무식한 자가 용감하다는 티를 냈습니다. 그럼 언제쯤 작업 현장을 볼 수 있겠사옵니까? 아무래도 직접 봐야 피부에 닿고 준비를 하는 데도 도움이 될 듯하옵니다만."

"네, 허가가 언제 날지 몰라 기약을 할 수 없사옵니다. 정안군 나리나 백운 선사님을 통하여 서적점을 보시는 게 빠를 듯하옵니다."

절을 구경하고 점심때가 되어 공양한 후 돌아왔다.

'큰 스님은 12 두타행을 하시는데 금강산도 식후경이라고 아랫것들은….'

큰 스님 가까이서 생활하다 보니 묘덕은 느끼긴 하는데 실천하지 못함이 찔리고 그런 만큼 큰 스님이 더 우러러 보였다.

"집사님 그렇게 어려운 일을 하시려고요?"

"이왕 뜻을 세웠으니 해봐야지요. 생불 같은 우리 큰 스님의 어록을 백성들과 후세에 전하려면 어려워도 그리 시도를 해봐야 할 것 같으오이다."

"저도 그렇게 되면 좋겠다는 생각이 듭니다."

묘덕은 법륜 스님과 대화를 하면서 너무 쉽게 생각한 것은 아닌지 하는 불안감이 엄습했다.

"바쁘신데 참으로 감사하나이다. 큰 스님께도 안부 전하겠사옵니다."

공손한 마음으로 혜우 스님께 합장하였다.

"살펴 가시오. 나무아미타불 관세음보살."

묘덕은 성불사를 다녀온 후 대웅전에서 삼천 배를 올렸다.

"대자대비하신 부처님! 이 일을 이룰 수 있도록 가피를 내려주옵소서. 걸림돌을 치워 주시옵소서. 나무아미타불 관세음보살!"

묘덕은 삼천 배를 올리고 나서 이루어지리라는 희망으로 반짝였는데, 나오며 몸이 다른 때와는 다르다는 생각이 들었다.

"설마, 그럴 리가…."

묘덕은 불길한 생각이 들었다.

"하필 이러할 때."

손을 꼽아 보니 달거리 할 날인데 기척이 없다. 묘덕이 걱정을 하는데 정안군 나리가 오셨다고 큰 스님이 부르신다고 한다.

"성불사는 잘 다녀오셨소? 시작이 반이라는데 집사님의 추진력은 아무도 못 따라가겠소."

"아직 허가를 못 받아서 시연을 볼 수 없었사옵니다. 서적점을 보는 게 빠르다고 하니 정안군 나리께서 동행해 주실 수 있으시옵니까?"

"나야 별일이 없지만, 연속적인 장거리 행이 무리일 듯싶소."

"서적점 가는 것보다 더 급한 게 있어. 내가 들어오다 보니 저잣거리에서 오랑캐들이 개 끌어가듯 공녀를 차출해 가더구나. 세상에 비밀은 없다. 혹여 네가 남장한 것을 아는 날엔 아무도 할 말이 없다. 너 하나로 끝나지 않을 테고…."

큰 스님께서 걱정스러운 얼굴로 말씀하셨다.

"…."

"네 큰 뜻을 막고 싶지는 않다만 시절이 이러하니 방법을 찾아야 할 것 아니겠니? 정안군 나리 댁이 멀지 않으니 자주 들리면 될 터. 시작한 일은 지금 되는 게 아니니 석찬과 법륜한테 우선 인계를 하면 싶다."

"우물가에서 숭늉 찾는 격이시옵니다. 죄송하옵니다. 제 생각으론 정안군 나리께서 오셨으니 서적점을 다녀오고 심사숙고해 명일중으로 말씀을 드리겠사옵니다. 아무리 시절이 불안정해도 짐짝같이 떠밀리고 싶지 않사옵니다. 제가 너무 배은망덕한 아이로 보이시지요?"

'자식은 부모 팔자를 닮는다지만 근본도 모르는 업둥이가 또 업둥이를 생산할 수는 없어. 뿔이 있는 짐승은 이가 약하다고 하는 각자무치角者無齒라는 말이 떠올랐다. 한 사람에게 두 가지 기회나 복을 다 주지 않는다더니 모처럼 큰 뜻을 세우고 일을 시작하려는데 이 무슨 변고인가….

십여 년 딱 한 분만을 연모했는데 사미승한테 생각지도 않는 큰 실수를 범하여 엮이고, 이십여 년 오매불망 나만 생각했다는 그분을 따라가야 한다니 참 기구한 운명이다. 하긴 그토록 정안군이 나를 원하고 자식을 원하니 어찌 보면 잘된 일이 아니던가.'

묘덕은 그런 발칙한 생각을 하는 자신이 너무 낯설고 가소로웠다.

'그래도 서적점을 같이 다녀온 후 따라가더라도 따라가야지.'

동행 제안이 좋은지 정안군 나리가 앞장을 선다.

"정안군 나리께서 잘 아시지만, 출입을 엄격히 제한하고 아무한테나 개방하지 않고 있사옵니다. 정안군 나리께서 몸소 오셨으니 특별히 말씀드리겠사옵니다. 위험하기도 하고 현재는 금속활자로 서책을 만드는 곳이, 나라에서 운영하는 서적점인 이곳뿐이라서 제한구역이옵니다."

먼저 글자 본을 정하는 일을 했다. 글자 본은 이름난 사람의 글을 사용하기도 하고 직접 쓰기도 한다고 한다.

"밀랍주조법과 주물사 제조법이 있는데 안국사는 사봉을 많이 치니 밀랍주조법을 먼저 말씀드리겠사옵니다. 밀랍은 벌집을 만들기 위해 꿀벌이 분비하는 누런빛 체액인데 가마솥에 넣고 열을 가하면 물처럼 녹고 상온에서 다시 단단하게 굳는 성질이 있어 이를 이용하지요. 단단하게 굳기 전에 적당한 크기로 뭉쳐 굳혀두고 잘라서 사용하옵니다. 밀랍주조법은 밀랍이 중요하지만, 거푸집으로 쓰는 흙도 중요하지요. 만들 때 수분과 흙의 점성을 고려해 농도를 맞추는 작업이 아주 중요하옵니다. 거푸집을 만들 때 황토와 모래의 비례는 무엇보다 중요하옵니다. 똑같은 성분의 흙도 수분 함량과 반죽을 치대는 횟수와 손의 힘을 가하는 강도에 따라 거푸집이 성공하기도 하고 산산조각으로 갈라져 버리기도 하지요. 공기 중에 있는 바람과 습기도 아주 중요하옵니다. 결국 하늘이 허락해야 가능한 일이니, 마음을 겸손하게 갖는 것이 중요하다고 저희 스승님께서 말씀하셨지요. 이는 정성이 가장 많이 가는 부분이옵니다. 모래는 황토에 섞어 쓰는 것으로 구워서 사용하옵니다."

"밀랍과 황토는 주산지가 있나요?"

"밀랍은 사봉이라 해서 안국사처럼 절에서 벌을 키우는 곳도 있는데 워낙 많은 양이 필요해서 양강도 인제에서 양봉을 크게 하는 분이 벌집을 채취하여 보내오고 있어요. 정성이 대단하시지요. 거푸집이 될 황토는 해남의 것을 쓰고 있사옵니다. 먼저 야외에서 채취한 벌집을 채취해 부수고 솥에 넣고 끓인 뒤 그것을 체에 걸러 불순물을 걸러내고 굳히는 일을 하옵니다."

한 사람이 가마솥에 밀랍을 가열하기 위해 장작을 아궁이에 계속 넣고 있었다. 그렇게 정제된 밀랍은 활자 만드는 데에도 쓰고 조판할 때 접착제로도 쓴다고 한다. 평상에서는 한 명이 밀랍을 붙이고 다른 사람은 정제된 밀랍을 활자 두께의 골판에 부어 밀랍 판을 만들었다. 그 위에 붓으로 쓴 글자 본을 뒤집어 붙이고 인두에 약간의 열을 가해 그 위에 문지르면 종이에 밀랍이 스며들어 뒷면에 글씨가 선명하게 나타났다. 그다음 밀랍 활자에 양각된 글자의 획이나 굵기 등을 잘 다듬었다. 그런 뒤 새겨진 글자 본을 밀랍 봉에 붙였다. 쇳물이 흘러가는 길인 밀랍 봉에다 어미자 밀랍 활자를 붙여 어미자 가지 쇠를 만들었다.

"밀랍 봉의 무게는 붙여진 밀랍 활자의 무게를 합산한 것보다 세 배 이상 무거워야 쇳물이 잘 들어가옵니다. 그다음 거푸집 제작인데 자연산 황토를 채취하여 체로 걸러 고운 황토 입자를 얻고 난 후 물을 붓고 저어 줘요. 황토 안에 있는 점성이 뜨면 물과 함께 따라 내고 깨끗한 물을 다시 붓지요. 이러한 과정을 대여섯 차례 반복하옵니다. 쇳물의 표면을 매끈하게 형성시킬 고운 입자의 황토만 얻으려는 것이옵니다. 이것을 앙금 처리라고 하나이다. 모래는 쇳물을 부을 때 생기는 극도의 뜨거운 김을 배출하는 통로 역할을 하므로 고운 모래를 채취하여 미리 한번 불에 구워요. 생 모래를 사용할 경우 그 신축성으로 인해 거푸집이 갈라질 수 있사옵니다. 그 후 앙금 처리한 황토와 구운 모래를 각각 칠 할과 삼 할 정도의 비율로 섞어 약간의 점토와 물을 뿌리고 반죽을 하옵니다. 최소한 두 식경 이상 반죽을 쉬지 않고 계속해야 하나이다. 반죽이 다 되었으면 끌 칼 같은 것으로 반죽이 된 주물 토를 밀랍 봉과 어미자 가지에 빈틈이 전혀 없도록 바르옵니다."

"철저한 준비와 정성이 들어가야겠소."

"그런 다음 통풍이 잘되는 곳에 말리옵니다. 그다음 황토와 구운 모래를 각각 칠 할과 이할 구 푼 섞어 검게 태운 왕겨를 넣어요. 모래는 불에 한 번 구운 후 섞어 겉 주물 토를 만드옵니다. 약간의 점토와 물을 뿌리고 한 식경 이상 반죽하나이다. 겉 거푸집은 황토가 칠할, 구운 모래가 이할 구 푼, 왕겨 태운 재가 일 푼이옵니다. 이것을 속 거푸집 겉 부분에 발라 두 겹의 거푸집을 완성해 그늘에서 또 굳혀야 하옵니다. 이중으로 만든 거푸집이 잘 건조되면 구워서 밀랍 자와 밀랍 봉이 녹아 흘러내리게 하옵니다. 거푸집의 완전한 건조 과정과 밀랍의 소성이 제대로 이루어지지 않으면 거푸집에 남아 있는 밀랍 찌꺼기 같은 불순물로 인해 글자의 획이 제대로 나오지 않고 활자 표면에 기포가 생겨 글자 형태가 제대로 각인되어 나오지 않아요. 거푸집이 아직 마르지 않아 지금 보여 드릴 수 없는데 화로에 숯불을 이글거리도록 태워 쇠 부지깽이를 달군 다음 진흙으로 싼 밀랍 자에 열을 가해서 밀랍을 녹여요. 밀랍을 녹여낸 자리에 쇳물을 붓고 쇳물이 다 식으면 흙을 떼어내서 활자를 쇠톱과 줄로 한 자 한 자 잘 다듬지요."

잠시 숨을 고른 관원이 계속 설명을 이어갔다.

"쇳물을 만드는 방법을 말씀드리겠사옵니다. 쇳물의 주요 재료는 팔 할의 구리와 일할 칠 푼의 주석, 그리고 서푼의 인, 이 세 가지 분량을 모두 혼합한 청동을 용광로에 넣고 녹이옵니다. 거푸집의 온도가 뜨거워야 공기가 차단되고 쇳물이 잘 흘러 들어가옵니다. 거푸집에 밀랍 활자와 밀랍 봉이 빠진 직후에는 한 치의 망설임도 없이 쇳물을 바로 부어주어야 불량 주자가 생기지 않나이다."

천이백 도나 된다는 쇳물 이야기를 듣자 석찬은 소름이 쫙 끼쳤다.

'할아버지께서 실수로 실명을 하셨다는 그 쇳물이구나.'

"청동 합금은 쇳물의 뜨거움이 최고점에 올라갔을 때 도가니에 인청동을 넣어 순간적으로 온도를 높여 불순물을 제거하고 쇳물의 힘을 극대화한 다음 거푸집에 바로 쇳물을 주입하면 성공률이 높아지옵니다. 여기까지 하면 반 이상은 된 거나 마찬가지이옵니다. 이해가 되셨는지요?"

관원이 일행을 둘러 보면서 묻고는 곧 덧붙였다.

"주물사주조법은 먼저 황양목이나 벚나무에 활자를 새기고 해초가 자라는 바다 밑의 고운 모래를 인판印版 위에 평평하게 펴고 목각 자를 그 고운 모래에 찍어요. 눌려진 오목한 곳에 글자가 새겨지면 거푸집을 평평한 모래 위에 올려놓고 쇳물이 흘러 들어갈 때 흔들리지 않도록 고정하옵니다. 그래야 몸을 다치는 일이 없나이다. 아주 조심해야하옵니다. 그리고 두 인판을 합하여 녹은 구리鎔銅를 구멍으로 부어내리면 유액이 오목한 곳에 흘러 들어가서 한 자 한 자가 되옵니다. 거푸집에 부은 쇳물이 완전히 차게 식거든 단단해진 거푸집을 깨고 밀랍 모형과 똑같은 금속 모형을 분리하게 되옵니다. 그것을 쇠톱이나 실톱을 사용하여 활자 하나하나를 잘라내고 쇠줄을 이용하여 모든 면을 매끄럽게 잘 다듬어야 나중에 인쇄가 깨끗하게 나옵나이다.

그다음 한자의 부수별 순서에 따라 반드시 분별하여 보관함에 넣어두어야 찾기 쉽고 혼동을 막을 수 있사옵니다. 인쇄할 책의 내용에 따라 활자 함에서 활자를 고르고 활자를 원고 순서대로 배열한 다음 활자가 움직이는 것을 막기 위해 밀랍이나 적당한 길이의 나무막대로 고정하나이다. 조판이 완성되면 활자의 면에 기름 먹을 칠하고 한지를 올려놓은 다음 머리카락으로 만든 인체라는 솔 모양의 것으로 문지르나이다. 그런 뒤 한 장씩 인출해서 살피고 인출 후 교정을 보옵니다. 그런 후 표지를 만들기 위해 여섯 장을 겹쳐 기름과 밀랍을 먹인 황색 장지를 만드나이다. 책을 꿰매기 위해 삼끈도 준비하지요. 소나무 기름을 가득 담은 용기에 심을 꽂고 거기에 불을 붙이면 기름이 타면서 그을음이 생기옵니다. 그 그을음을 긁어모아서 물 아홉 근에 아교를 담가 구리로 된 동이에 넣어 녹이옵니다. 그런 뒤 송연과 아교가 섞일 때까지 나머지 한 근의 물로 씻은 뒤 별도의 기구에 담아서 굳혀요. 송연 먹은 목활자에 주로 쓰는데 유연 먹은 송연 먹보다 기름이 더 많이 들어가 묵의 빛깔도 더 진하고 곱지요. 유연 먹은 오동나무 기름이나 삼나무 기름 참기름도 종종 쓰긴 하옵니다. 그 기름을 태운 그을음을 받아내기란 여간 시간과 정성이 드는 게 아니옵니다. 물량도 한 번에 많이 나오지 않으니 비싸옵니다.

제본 작업은 책에 다섯 개의 구멍을 뚫어 구멍마다 종이 못을 박아 넣사옵니다. 종이 못을 만들기 위해 창호지를 꼬아서 책에 송곳으로 낸 구멍에 끼워 매듭을 만들고 그것을 두들기는 방식으로 제작하옵니다. 이렇게 실로 꿰매는 오 침 안정법은 끈이 끊어져도 원형이 유지되옵니다. 대개 두꺼운 오 합 표지를 쓰나이다."

묘덕은 설명을 죽 들으며 작업하는 것을 보니 보통 일이 아니라는 생각에 경외감이 들었다. 건조하는 시간이 있어서 그 자리서 과정을 차례로 다 볼 수 없었지만 묘덕은 참 대단하고 어려운 작업이라는 생각이 들어 일하는 분들이 존경스러웠다.

소속 관원으로 녹사錄事 2명과 이속吏屬으로 기사記事 2명, 기관記官 2명, 서자書者 2명을 두었다고 정안군 나리가 친절히 설명해주었다.

'이러니 팔만대장경을 만드는데 연인원 오십만 명이 들었다고 하지. 너무 큰 욕심을 낸 것은 아닌지.'

정안군 나리는 피곤할 테니 쉬라며 내일 다시 오겠다고 하직

인사를 하고 천천히 내려갔다.

묘덕은 다시 대웅전으로 가서 부처님께 합장했다.

"대자대비하신 부처님, 석가여래께선 동·서·남·북·동북·동남· 서북·서남·위·아래 이렇게 열 방향의 시방세계에, 과거 현재 미래까지 전 우주를 다 보실 수 있다 하셨습니다. 이 앞도 못 보는 어리석은 중생이 어찌해야 하는지 부처님의 가피를 내려 주시옵소서."

눈물로 기도하고 나니 묘덕은 시나브로 안정이 되었다.

묘덕은 눈에 핏발이 서고 입이 부르트도록 깊이 생각을 해야 하는데 곯아떨어졌나 보다. 벌써 동살이 방안 깊숙이 들어와서 소리 없이 깨운다. 임신하면 잠이 쏟아진다고 하던 말이 생각나 흠칫했다.

아침 공양 시간인데 밥맛은 왜 그리 좋은지. 묘덕은 자신이 참 뻔뻔스럽다는 생각이 드는데 연경 가던 길에 사람들이 이제현 선생을 평하던 말이 갑자기 떠올랐다.

'정치적으로는 원나라의 부마국이라는 현실을 인정하면서도 꾸준히 고려의 자주성 회복을 위해 최선을 다했던, 현실적이면서도 지조 있는 당대 최고의 지식인이다'라던 말이 번개처럼 결정을 종용했다.

'그래, 현실을 인정하자. 시간을 축내지 말고 결정을 하는 것이 현명한 일이야.'

목마른 사람이 샘 판다는 속담이 사실이라는 듯 정안군 나리가 또 들렀다.

"큰 스님께서는 진즉부터 말씀하셨으니 나리를 믿고 따라가겠사옵니다. 제가 지금 벌인 일을 마치고 떠나고 싶지만, 인삼 재배에 오륙 년이 걸린다니, 지금 가더라도 제가 시작한 일 끝마치도록 도와주소서. 그리고 제가 남장을 하고 연경을 다녀온지라, 제가 여자인 줄 알면 나리 신뢰에 금이 갈 수도 있고 곤란해질 수 있사옵니다. 되도록 소문나지 않게 그냥 따라갔으면 하옵니다."

"아니, 무슨 말씀이오? 낭자는 처녀의 몸이 아니오. 내 어찌 보쌈하듯 낭자를 데려갈 수 있단 말이오. 그건 안 될 말이외다. 우선 큰 스님께서 딸 같이 키우셨는데 많이 서운하실 것이외다."

"그리 생각지 않으실 것이옵니다. 큰 스님께서 어제도 말씀하셨지만, 공녀로 가지 않으려고 남장을 한 것으로 오해를 받을 수 있사옵니다. 제가 수계를 받은 후 죽 남장으로 선머슴같이 집사 일을 해온 지 이십여 년이 다 되어 다들 사내로 알고 있사옵니다. 저도 큰 스님께서 왜 머리를 깎으라 하지 않으셨는지 모르겠사옵니다. 아마 오늘 같은 인연을 미리 예감하셨던 게 아닌가 싶사옵니다."

정안군이 가만히 듣고 있자니 얼마나 생각이 깊고 논리가 정연한지 인생을 배나 더 산 자신이 부끄러웠다.

'예쁘고 귀여운 모습에 홀려서 어려서부터 오랜 동안 습관처럼 기다렸는데 이런 날이 올 줄이야. 보이지 않는 마음속까지 이렇게 금은보화가 꽉 들어찬 보물을…. 허종, 너는 무슨 늦복이 있어 이렇게 호박이 넝쿨째 굴러들어온단 말이냐.'

정안군은 점잖은 체면에 누가 볼세라 주위를 살피면서도 나비같이 날아가는 기분이 되었다.

정안군의 입가에 만개한 꽃송이 같은 미소가 윤슬처럼 번져갔다.

'기침이랑 사랑은 속일 수가 없다더니….'

어린아이 같이 파안대소를 하며 세상을 다 얻은 듯 홍안이 되어 고맙다는 말을 연신했다. 당장 큰 스님을 뵈러 가자고 했다.

"어려운 결심을 해주어 고맙구나. 정안군을 따라가지 않으면 삭발을 하고 중이 되어야 너를 지킬 수 있다고 했는데, 오늘 이리 좋은 일이 있으려고 그래 고집을 부렸나 보다. 축하한다. 정안군, 봉황 강보에 싸였던 아이니 귀하게 여겨주시오. 이 아이의 말이 다 맞으니 모든 것은 생략하는 게 좋을 듯하오."

큰 스님께서 정안군의 손을 덥석 잡으신다. 묘덕의 눈에서 참았던 눈물이 텀벙 떨어졌다. 그 길로 바로 공양간을 먼저 찾았다. 젖을 얻어먹고, 마음을 나누며 커온 모녀 같이 지낸 오랜 세월이 있어 목이 메었다. 절에 맡겨진 아이들은 스님들이 갖은 욕을 먹으며 동냥젖을 얻어 먹이고 키웠지만 묘덕은 예외였다. 늘 공양주 보살이 자기 자식인 양 한결같이 젖을 물리고 얼러서 어려서는 그녀를 어머니로 알았다. 물론 커서도 마음에 있는 말이

나 하기 어려운 말도 그녀에게만은 털어놓곤 했다.

“절로 출가를 하는 사람은 봤어도 절에서 출가하는 사람은 처음이 옵니다. 역 출가인가? 이제 부처님 얼굴의 먼지는 누가 닦고 공양간 말동무는 누가 해주나….”

“….”

늘 정숙하고 고운 그녀 눈에 물기가 비추는 것 같더니 금세 얼굴에 눈물이 질펀하다.

“하긴 큰 말 나가면 작은 말이 한다니 무슨 걱정이리오. 다 부처님께서 크신 자비로 이런 좋은 날을 예비해 두셨는데….”

“연화 공주님 잘살아야 해요. 다 내 업보인 것을….”

“….”

묘덕이 여기를 떠난 뒤 그녀를 생각하고 가장 허전해하며 망우물을 퍼마실 공양간 보살이 뜻 모를 말을 했다.

‘습관인가….’

이십여 년 손때 묻은 많은 것들이 자꾸 눈에 아른거리는데, 핏덩이를 제 새끼같이 젖 물린 그녀에게 육친 이상의 마음이 쓰였다.

석찬과 법린 스님도 찾았다.

“아니, 집사님이 여자였다니 놀랍사옵니다. 세상에 저는 연경까지 모시고 다녀왔어도 땅 찜도 못 했어요. 세상에 무서운 분 이시옵니다. 하지만 축하드리옵니다. 너무 잘되셨사옵니다.”

축하하는 석찬의 얼굴을 보니 그날의 일은 전혀 모르는 눈치다.

'내 실수지. 저 피도 마르지 않은 어린 사미승에게 대체 내가 무슨 짓을 한 거지?'

묘덕은 실타래가 어찌 그리 꼬였는지 풀리지 않으면 자르는 수밖에 없다는 생각이 또 들었다.

"뜻을 세우고 마음만 급했는데 인삼 재배가 금방 되는 일이 아니더이다. 오륙 년 후에나 수확이 나오니 활자소 만드는 일은 그다음이 되겠지요. 올가을 개갑한 인삼을 파종하는 일은 석찬 스님이 책임지고 노비들을 시키시어요. 우선 공녀로 끌려가지 않으려면 이 방법밖에 없다고 하니 안타까운 마음이오. 지금 가긴 가는데 자주 들러 같이 일할 테니 너무 서운해하지 마시오. 시간 나는 대로 할아버지께서 적어 놓은 것 자주 보시고…."

"여기는 백운 선사님께서 계시고 저희가 있으니 염려 놓으시지요. 축하드리옵니다."

법린 스님도 점잖게 축하를 했다.

매일 참선을 하던 대웅전, 관음전, 삼성각의 자비로우신 부처님 앞에서 공손히 합장했다. 묘덕은 이제 정말 이곳을 떠나는구나 싶어 자꾸 뒤를 돌아보았다.

"…."

꿈같은 날들

정안군 나리가 묘덕의 말에 일리가 있다고 받아들여 모든 절차를 생략했다. 다만, 집안 어른들 얼굴은 알아야 하지 않느냐고 하는데 인사까지 생략할 수는 없었다. 절을 올려야 하는 어르신들이 하도 많아 다리에 쥐가 날 지경이었다. 옆에서 절을 거드는 수모에 간신히 의지하여 겨우 무탈하게 마칠 수 있었다.

"아이고 어찌 저리 예쁠꼬. 꽃이 부럽다고 안 하나…."

"우리 조카가 백운 선사의 불심 깊은 수제자를 데리고 왔네. 앞으로 조카 닮은 아들을 술술 낳고 백년해로하시게. 어려운 것은 이 고모한테 상의하고…."

미리 준비했는지 밤 대추를 한 움큼 던졌다. 많은 분이 안국사의 신도여서 생판 모르는 얼굴보다 낯익은 얼굴이 많았다. 짐작은 했어도 일가친척이 하도 많은 허씨 집안이라 피붙이 하나 없이 혈혈단신인 묘덕은 벌써 주눅이 들고 실수를 하지 않을지 걱정이 이만저만 되는 게 아니었다. 구고례 비슷한 인사가 끝나고 친척들이 다 돌아간 뒤에도 집안은 절간 같지 않아 긴장되었다. 선머슴같이 혼자서 동서남북을 돌아치며 바쁘게 살아온 자신 옆에 한 남자가 같이 있다는 게 묘덕은 우선 편하지 않았다.

'어차피 받아 놓은 밥상, 나는 이제 허씨 집안 귀신인데 모두 이 집안에 맞추어야지….'

연륜과 경험이 많은 정안군 나리는 아기 다루듯 하며 나름대로 사람을 편하게 해주는 재주가 있었다. 첫날밤을 그와 같이 보내고 동살이 비추었다. 묘덕은 아무 일 없이 하루가 갔다는 데 감사했다.

묘덕은 순정이라는 몸종부터 하인들의 이름과 얼굴을 얼른 기억해야 한다는 생각이 먼저 났다. 절에서야 집사라서 남장을 하고 선머슴같이 휘둘렀지만 여기서는 나이가 적어도 작은 마님이다. 아랫것들에게 책잡히지 않고 정안군의 체통이 깎이지 않게 매사를 조심해야 한다는 강박관념이 일었다.

'이래서 꿔다 놓은 보릿자루라고 하나…. 여북하면 절에 온 색시라는 말이 있을까만 절에서 선머슴같이 이십여 년을 살아왔으니….'

순정이가 수시로 머리부터 옷매무새를 바로잡아 주었다.

바뀐 환경에 적응하느라 꼬리를 물고 일어나는 많은 걱정은 정이 넘치는 눈길과 따스한 말씨로 다독이는 정안군이 있어 별 문제가 되지 않았다. 거기다 순정이가 입에 혀 같이 바짝 달라붙어서 작은 것까지 세세히 알아서 눈치껏 챙기니 그나마 마음이 좀 놓였다. 어찌나 영리하고 재바르게 움직이는지 노비라는 게 믿기지 않았다. 마님 심심하시면 해 보라며 수틀을 준비해 놓더니 시범을 보이듯 꽃수를 놓는다. 묘덕은 생전 처음 보는 꽃수인지라 호기심이 동했다.

장지문을 열자 고요한 달빛이 은은하게 내리꽂혔다.

'햇빛은 역사를 만들고 달빛은 신화를 만든다는데 묘덕의 신화가 생기려나….'

달 빗살 아래 잘하고 있느냐 묻는 듯 안온한 큰 스님 얼굴이 보였다. 내가 여기서 무얼 하나 싶어 눈물이 핑 도는데 공양간 보살의 얼굴과 석찬의 얼굴이 또 아른거렸다.

새로운 환경에 적응하느라 벌써 여러 날이 후딱 지나갔다. 정안군은 왕이 연경에 계셔서인지 사냥도 가지 않고 민망하게 두문불출이다. 좋아하는 서책을 읽고 있는데 자꾸 심심하다며 정안군이 농을 한다.

"부인, 꽃수를 놓는 모습만 어여쁜 줄 알았는데 서책을 보는 모습은 더 아름답소. 이러니 새신랑이 어디 꿈쩍을 할 수 있겠소?"

"별말씀을요. 아랫것들이 들으면 채신머리없다고 하겠사옵니다."

"…."

"사랑채로 나가서 쉬시지요."

그러자 민망하게 더 바짝 다가앉아 손을 잡는다.

"다과상을 내 오겠사옵니다."

금세 눈치 빠른 순정이가 다과를 내왔다. 평소에 맛있어하는 수정과와 연경에서 가져왔다는 사르르 입에 녹는 유밀과인데 그전 같지 않다. 코를 쥐고 밀어 놓으니 정안군이 체한 것 아니냐며 한걱정을 한다.

가만히 따져보니 이번 달 달거리가 없고 속이 메슥거리니 태기가 확실한 것 같다. 그렇다고 물어볼 사람도 없다. 결혼하고 태기가 있으면 더없는 기쁨이겠으나 석찬과의 그날 밤이 걸린다.

'그 후 얼마 있지 않아 정안군을 따라와 합방했으니 만일의 일을 알 수가 없어 답답하다. 자비로우신 부처님만이 아시겠지. 나무아미타불 관세음보살.'

정안군 나리는 순정이한테 단지를 가져오라 하더니 투호 놀이를 하자고 한다. 단지를 일정한 거리에 놓고, 그 속에 화살을 던져 넣은 후 그 개수로 승부를 가려 꿀밤을 때리자고 한다.

"마님, 먼저 던지시지요."

"마님이라 놀리지 마시고 나리부터 하시옵소서."

번갈아 던지다 보니 이기려는 욕심이 발동했다. 결국, 묘덕이 이겨서 나리가 이마를 내밀었다.

"에구머니, 되었사옵니다. 어떻게 제가 감히 나리를 때리어요?"

"마님, 이렇게요."

라며 정안군이 묘덕의 손을 자기 이마에 끌어댄다. 무엇이든 첫 번째가 문제이지, 나중에는 정안군의 이마가 벌게졌다.

다음날은 격구다. 말을 탄 채 숟가락처럼 생긴 막대기로 공을 쳐서 상대방 문에 처 넣는 놀이이다. 진 사람이 이긴 사람을 업어주자고 한다.

"제가 어떻게 나리 마님을 업으리까?"

"그럼 이기면 되지…."

'말을 탈 줄 알고 선머슴같이 살았으니 그에 맞는 놀이로 배려를 하는구나.'

묘덕은 가슴이 따뜻해졌다.

"역시 젊은 사람 못 당해. 젊음보다 더 강한 것 있으면 이리 나와 보라 하소."

정신없이 넣다 보니 묘덕이 넣은 숫자가 훨씬 많았다. 묘덕은 쾌재를 불렀다. 정안군은 다 알고 기다렸다는 듯 얼른 등을 갖다가 댄다.

"어찌 제가 감히…."

"아무도 없어요. 이럴 때 우리 아기 좀 업어보지."

짐짓 등을 들이댄다.

한 번에 들쳐 업더니 갓난아기 달래듯 살살 흔든다.

"왜 이리 가볍소? 허깨비 같네. 밥 좀 많이 드시오."

묘덕은 아버지 넓은 등에 업힌 것처럼 편안하고 꿈을 꾸는 듯했다.

집 밖의 아카시아 나무 잎을 통째로 따와선 가위바위보를 해서 이기는 사람이 잎을 하나씩 떼는 거라며 시작을 알렸다. 이기는 사람의 청을 들어주는 내기라고 했다. 내기라면 다 지던 양반이 어떻게 알았는지 가위를 내면 주먹을 내고 주먹을 내면 보를 낸다.

"가위바위보."

"가위바위보."

묘덕의 아카시아 잎은 그대로 있고 드디어 정안군 나리의 아카시아 잎은 다 떨어졌다.

"마님, 이긴 사람 청을 들어주신다고 안 했소?"

"네."

묘덕이 약이 올라 입을 비쭉 내밀고 있는데 거기에 확 뽀뽀한다. 묘덕은 누가 볼세라 얼굴이 홍당무가 되어 주위를 살폈다.

어느 날은 가마를 타고 세상을 구경하고 어느 날은 바람 쐬러 말을 타고 벽란도를 다녀왔다. 떨어지기 싫다고 한 가마에 같이 타려 해서 묘덕은 아랫것들 보기가 민망했다.

"나리, 체통을 지키시지요."

"임자하고 있으면 내가 철없는 아이가 되는 것 같소."

벽란정에서도 등을 들이대 묘덕이 도리어 나무라는 지경이 되었다.

“안 업히면 여기서 뛰어내리겠소. 아무도 없잖소.”

하며 뛰어내리는 시늉을 했다.

“정말 못 말리겠나이다.”

마른하늘에 갑자기 쏟아지던 소나기가 그치고 일곱 빛깔 무지개가 떠올랐다.

“무지개를 따다 드리리다.”

정안군이 쫓아가는데 무지개가 금세 사라졌다. 너무 행복하면 신이 시기한다는데 묘덕은 은근히 걱정되었다.

‘꿈을 꾸는 듯한 이 시간이 저 무지개처럼 사라지면….’

정안군이 바람도 쐬고 안국사에 다녀서 집에 가자고 한다.

“저기 요사채에 무엇이 있겠소? 한번 알아맞혀 보소.”

“거긴 비어 있었사옵니다.”

정안군이 눈을 가린다. 떨어져 있는 요사채로 성큼 다가가더니 문을 활짝 연다. 어느새 서적점같이 활자소를 설치해 놓았다.

“아니 나리, 언제 이렇게….”

묘덕은 감격해서 입이 다물어지지 않았다.

“내 약속하지 않았소. 임자가 하고 싶은 것은 다 해 주겠다고. 인삼을 수확하려면 오륙 년이 걸리고 아직은 서적점 외에 활자로 책을 찍는 곳이 없어서 이게 빠르다 싶어 백운 선사님께 허락을 얻었지요. 저번에 들으니 금속활자 인쇄는 경제 능력이 있어도 철의 생산과 유통을 허가하고 통제한다고 하오. 도움이 필요할 때는 연행단으로 갔던 나리들의 도움을 받고, 실습할 때는 김웅노의 도움을 받으시오. 예전에 각수 일을 했다는데 정변 후 노비가 되어 우리 집으로 왔어요. 사람이 아주 진국이지요."

"나리가 알아서 다 잘해주시는 데 누구 도움을 받을 필요가 있겠사옵니까? 마침 석찬 스님 할아버지와 아버지께서 그전에 서적점에서 일하셨다니 잘 되었네요. 그런데 너무 잘해주시니 조금 불안해지어요."

"우리는 부부가 아니오."

묘덕은 이래도 되나 싶고 무지개가 스러지던 모습이 다시 스쳐 갔다.

'너무 행복해서 그런가….'

묘덕은 갑자기 수수부꾸미가 먹고 싶다고 했더니 금방 해서 내 왔는데 매일같이 먹던 김치가 역하게 느껴져 코를 쥐었다.

"임자, 태기가 있는 것 아니오? 지난번에도 좋아하는 유밀과를 밀어 놓더니…."

"아니면 실망이 크실 텐데…."

정안군 나리가 반색하며 의원을 불렀다.

"정안군 나리, 태맥이 잡힙니다. 경하드리옵니다."

"허허허 허…."

정안군은 체면 불고하고 박장대소를 하더니

"고맙소. 집안의 큰 경사이오."

의원이 돌아간 뒤 정안군은 춤이라도 출 듯 좋아서 어쩔 줄을 모른다.

"혼인한 지 삼십여 년이 지났소. 수춘 옹주만 바라본다고 정안 부원군으로 책봉까지 받아 후실을 생각지 않았소만, 후사가 없어 씨 없는 수박인가 했소. 그러니 어찌 좋아하지 않을 수 있겠소."

"그렇게 좋으시옵니까?"

"좋다마다요. 이제 아이도 생겼으니 복잡한 우리 집안 얘기를 좀 해야겠소."

"…."

"나는 충렬왕이 애지중지하여 궁중에서 길러졌고 충선왕의 외동딸인 수춘 옹주와 혼인을 하여 부마가 되었소. 장인 충선왕이 넷째 고모를 비로 삼아 후비인 순비가 되었으니 장인이자 고모부와 조카 사이가 됐소. 그리고 충숙왕은 충선왕의 아들이니 처남 매부지간이 되지요. 그뿐만 아니라 고종사촌 간인 순비의 셋째 딸이 원나라의 황태자비가 되었으므로 원의 황태자와도 고종 처남 매부지간이 되오. 충선왕 또한 원나라 황태자비의 친아버지는 아니더라도 순비의 두 번째 남편으로 원나라 황태자의 장인이 되오. 또, 충숙왕은 원나라 영왕의 딸을 아내로 맞는 등 고려 왕실과 원나라 왕실은 인척 관계가 서로 복잡하게 얽혀있소. 그 속에 또 내가 있고…."

"장인 사위 사이가 고모부와 조카 사이가 되기도 한다니 엄청 복잡하옵니다. 그렇게 여러 가지로 얽혀 있는 것은 전생의 인연이 더 깊기 때문이어요?"

"불교가 국교지만 우리 집안도 불심이 깊어요. 순비라 하는 고모는 불심이 더 깊어서 사찰을 짓고 불경을 사경 하는 일은 물론, 인도의 고승 지공 스님과도 각별하게 지내셨지요. 종실과 인척·벼슬자리에 있거나 문벌이 높은 집안의 사람인 사대부와 벼슬이 없는 일반 백성인 서인까지, 신분과 성별을 구분하지 않고 하루에 수만 명씩 수계하도록 주선하기도 했소. 아마 부인이 어려서 묘덕 계첩을 받은 것도 고모님의 덕일 게요."

"인연이 그리 실타래같이 얽혀 있고 불심이 깊으신 줄 처음 알았사옵니다."

"우리 집안이 이러하니 내가 절에서 이십여 년이나 산 부인을 기다려서 모셔왔지요. 집안 내력이 아니겠소?"

"호호호, 모셔오다니요."

정안군이 갑자기 옆방을 열어젖히는데 언제 부처님을 사서 모셔왔는지 묘덕은 놀라웠다.

"앞으로 몸이 무거워 절에 가기 힘들 테니 집에 계신 부처님께 합장하라고…."

정안군은 주위도 의식하지 않고 콧노래를 흥얼거리더니 연행단으로 갔던 분들을 집으로 초대한다고 한다.

"사실은 자제 군관이 친척 동생이 아니라 내자요. 놀라셨지요?"

"다시 뵙게 돼 반갑사옵니다."

이제현 선생, 이곡 이색 부자 등, 묘덕은 그 대단한 석학들을 다시 뵐 수 있다는 게 너무 좋았다.

"아니 정사 나리, 감쪽같이 속았사옵니다. 사내가 너무 미색이라 했더니. 꽃봉오리 같은 천하일색을 소리 소문도 없이…."

"대국의 기가 전해왔는지 태맥이라 하옵니다. 의원이 다녀갔소. 나중에 배 속의 아이도 대감님들께서 잘 가르쳐주시오."

"참으로 부럽소이다. 대감 연세에 2세라니."

'세상에 나오지도 않은 아이를….'

묘덕은 슬며시 걱정되었다.

처음 보는 분이 한 분 보였는데 당대의 문장가이며 정치가 김계생이라고 정안군이 가고 난 뒤 알려주었다. 괜스레 밉상인 응방도 감사 김주정이 오지 않은 게 다행이었다. 이 얘기 저 얘기 하며 한참이나 대화를 나누며 대감들은 거나해서 돌아갔다. 묘덕은 사회생활이 이런 것이구나 하는 것을 알았다. 며칠 후에는 축하차 북원 군부인 원 씨, 구성 군부인 이 씨, 영평 군부인 윤 씨 등이 다녀갔다. 약속이나 한 듯이 귀한 축하선물을 한껏 들고 와서 가고 난 자리에 수북이 쌓였다.

"임자, 먹고 싶은 것 없소? 금세 대령하리다."

"이것은 산모와 태아에 좋다는 한약이오. 시간을 지키라고 순정이한테 일러두었으니 잊지 말고 드시오. 내가 직접 들고 오는 게 나으리까?"

묘덕은 눈을 흘기며 웃었다.

"임자, 태교에 불교음악이 좋다고 하니 악사를 불러야겠소."

"…."

정안군은 거문고 켜는 사람을 불렀다. 묘덕은 절에서 컸어도 불교 음악에 크게 관심이 없어서 거문고 산조인가 보다 했다.

"영산은 석가여래가 중생을 구도하고자 설법하던 곳이지요. 불자들이 영취산에 모여든 것을 가리켜 영산회라 하는데 이 영산회에서 불보살의 자비와 성덕을 찬양한 노래 '영산회상'이오.

절에서 큰 사람보다 정안군이 더 잘 알아서 묘덕은 얼굴이 화끈했다.

"어떻게 그런 것을 다 아시는지요?

"좋으면 날마다 악사한테 들르라 하겠소."

"아가야, 아버지가 너무 지극정성이시지? 남들이 알면 유난스럽다고 하겠다."

아기가 좋은지 발길질을 한다.

"좋긴 한데 날마다 부르는 것도 좀 그렇고 그냥 태교에 좋은 책을 보고 싶사옵니다."

"하긴 임산부가 보고 싶은 책을 보는 것이 좋은 태교일 것이오. 임자는 누워 있으시오. 내가 읽어 드리리다."

그렇게 행복에 겨운 꿈같은 날들이 흘러갔다. 묘덕은 잡을 수도 없는 날들을 붙잡고 싶어 길게 손을 뻗었다. 향기만 남기고 형체가 없어진 꽃처럼 잡히는 게 없어 몇 번이나 헛손질 한 손을 멀거니 바라보았다. 누가 본 것은 아닐까 쑥스러워 피식 웃음이 나왔다.

업보

녹음방초 승화시라고 하더니 꽃은 지고 산야는 온통 초록으로 변하니 봄꽃에 환호하던 마음이 이제는 신록을 찬탄하게 되는 계절이다.

'얼마 있으면 아기가 태어나는데 초하룻날 절에 가서 부처님께 순산을 기도해야지. 큰 스님도 뵙고 다른 절 식구들도….'

묘덕은 습관처럼 길을 나서려다가 자기가 출산일이 가까운 만삭의 임산부라서 자제해야 한다는 생각이 들면서 그런 몸으로 간다는 게 쑥스러웠다.

'절에 있을 때는 하루도 거르지 않았는데 초하루 법회에 이런 몸으로 갈 수도 없고….'

묘덕은 만삭이 된 배를 쓰다듬으며 부처님도 이해하실 거라고 혼자 중얼거렸다.

"마님, 걱정하지 마세요. 오늘은 저 혼자 다녀오리다."

절에 다녀온 정안군이 축하를 많이 받았다며 오월 하늘처럼 기분이 들떠서 연신 싱글 벙글거린다.

"선왕께서 들어오셨답니다. 산야가 좋으니 바람 한번 쐬자고 하시네요. 새 신부한테 너무 빠져 있다고 골려서 잠깐 다녀와야겠소. 출산일이 가까워 항상 곁에 있어야 하는데 한 달은 남았으니 괜찮겠지요?"

'합방한 날짜로 따지면 그러한데 사실은 더 빠를지도 몰라요.'

묘덕은 지은 죄가 있어 생각뿐, 그 말을 차마 입 밖으로 내뱉을 수 없었다.

정안군이 사냥을 떠나려는 것 같았다. 사냥하면 먼저 살생이 걸렸으나 속을 들여다본 듯 매를 사로잡는 사냥으로 살생은 하지 않겠다고 미리 안심을 시킨다.

'나리는 항상 나를 배려하는데 매일 아이처럼 응석만 부리지 말고 나도 좀 배려를 하고 살아야지. 하긴 나와 살면서 그 좋아하는 사냥을 한 번도 가지 않았으니….'

그러면서도 묘덕은 무언지 모르게 찜찜해서 정안군을 붙잡고 싶은데 명분이 없어서 입꼬리를 억지로 올리며 배웅을 했다. 묘덕은 돌아서는 정안군의 미소를 보며 손에 잡았던 무엇이 스르르 빠져나가는 느낌이 들어서 불안 불안했다. 애써 마음을 진정시키려고 한약을 마시고 잠깐 졸았는데 묘덕은 잠결에 소리를 질렀다.

"아니, 정안군 나리가…."

"마님, 꿈꾸셨사옵니까?"

순정이가 기겁하고 다가왔다.

'나리가 벼랑으로 떨어지다니. 이런 흉몽이…. 일 년 전 절 뒷산에서 타고 있던 말이 화살을 맞고 쓰러지던 날이 잠재의식 속에 있어서일 거야.'

묘덕은 애써 태연하려고 크게 몇 번 숨 조절을 했다. 너무 놀라서일까? 통증이 느껴지기 시작했다.

'아기야, 세상이 빨리 보고 싶어? 아버지 오시면 나오려무나.'

묘덕은 산통이 시작된 것 같아 순정이한테 가까운 산파 할머니를 부르도록 했다. 산파가 달려오고 빨리 낳게 한다는 불수산을 달여 먹고 한나절이 넘었다. 너무 아파 어쩔 수가 없는데 아기는 아직 머리가 보이지 않는다고 한다.

'얼굴도 모르는 내 어머니도 나를 이런 고통 속에서 낳았겠지. 그런데 어떻게 버릴 수가 있어….'

사위가 점점 어두워지는데 정안군은 돌아오지 않는다. 같이 살면서 묘덕은 처음으로 정안군이 미워지기 시작했다.

'별일이야 없겠지. 내가 너무 아파서 내 생각만 하는 거야. 세상에 그런 사람이 어디에 또 있겠어?'

통증의 간격이 점점 잦아든다.

"마님. 힘 좀 더 줘요. 더. 더…."

"응애!"

기다리던 힘찬 소리가 고막을 찢는다. 죽을 듯 통증이 더하고 더해, 여명이 장지문을 여는 시간 묘덕은 정안군 없이 사내아이를 순산했다.

"마님, 장군감이에요. 어찌 이리 잘 생겼담."

우선 아기의 이목구비와 손가락 발가락이 열 개씩인지 들여다보았다. 하도 아파서 묘덕은 자신이 살아 있다는 게 감사하고 이런 신기한 생명이 자기에게서 나왔다는 사실이 더없이 뿌듯했다.

"대자 대비한 부처님 감사하옵니다. 나무아미타불."

묘덕은 첫 미역국을 달게 먹고 나니 정안군이 궁금했다.

"정안군 나리는?"

"…."

"아니 무슨 일이 있어?"

순정은 말을 못 하고 막내 고모가 한숨을 길게 쉬더니 말하기로 한 모양인지 어렵게 시작을 한다.

"저어 질부, 놀라지 말고 진정하고 듣게. 어제 사냥 끝나고 돌아오다 말에서 낙상했는데…."

"선왕께서 어의까지 불러 치료를 했지만, 맥이 뛰지 않아 지금 집으로 모셔오는 중이래."

"…."

"평소에 어디 아프다는 소리는 못 들었는데. 지병이 있는 것도 아니고….”

‘아니 이 무슨 청천벽력인가.’

묘덕은 갑자기 앞이 보이지 않고 아무것도 들리지 않았다.

‘기가 막힌다고 하더니….’

“고모님, 그럴 리가 없어요. 이제껏 한 번도 아픈 적이 없고 멀쩡한 사람이 낙상한다는 게 말이 되옵니까?”

‘그 꿈이 그럼 예지몽이란 말인가. 왜 불길하게 그런 꿈을 꾸어가지고….’

묘덕은 모두가 자신의 탓이고 업보인 것만 같아 죄스럽고 숨어 버리고 싶었다. 이대로 바닥이 가라앉던지 나리같이 숨이 넘어갔으면 싶었다.

‘이런 일이 있으려고 연경을 갈 때 응방도 감사가 그리 싫었나. 어릴 때 산에다 놓던 올무에 걸린 산 짐승이 연거푸 떠올랐다. 내막도 모르면서 먼저 그 일이 있어선지 괜스레 먼저 그에게 의심이 갔다.

‘누군가 나리를 시기하는 사람이 올무를 놓고 기다린 것은 아닌지.’

그리 생각하니 분노가 담쟁이 넝쿨처럼 무성하게 뻗어갔다. 몸이 재바른 순정이가 금줄을 치려고 한다. 묘덕은 금줄을 치면 정안군 나리가 못 들어올 것 같아 놔두라고 했다.

멀쩡하게 걸어서 나간 사람이 누워서 돌아왔다. 사냥을 같이 나갔던 사람들이 쭉 같이 들어오는데 묘덕은 그들이 원망스러웠다. 싸늘하게 식은 그의 주검을 보고도 실감이 나지 않았다. 눈을 뜨고도 보지 못하는 그의 눈을 감겨드리고 묘덕은 정신을 잃었다. 고모가 큰일 나겠다며 물을 뿜어 간신히 눈을 떴으나 앞이 안개가 낀 듯하다.

"놀라서 출산을 빨리했구먼. 이 불쌍한 것을 어쩌나. 그래도 손이 끊긴 이 집안 대를 이어줬으니 얼마나 고마운지."

작은 시고모가 묘덕의 눈물을 훔치며 놀라서 빨리 낳았다는 말에 묘덕은 자신의 업보라는 생각을 또 했다.

'그래, 정안군 나리는 너무 빨리 낳아 수상할 수 있는 나의 허물을 덮으려고 이렇게 가신 거야. 가시면서도 놀라서 빨리 출산했다는 소리를 듣게 하려고….'

참 기가 막혔다.

'대자대비하신 부처님, 왜 저에게 이런 큰 시련을 주시옵니까. 정말 너무 하는 것 아니오? 중생이 실수를 할 수도 있지. 제가 무얼 그리 잘못했사옵니까? 부모에게 버림받은 근본도 모르는 여식은 행복하면 안 되오? 제가 박복한 여자라 남편을 잡아먹었는지 말씀 좀 해보시오.'

묘덕은 부처님의 멱살이라도 잡고 따지고 싶었다.

"정안 대군은 대군답게 세상일에 관여하지 않고 매일 의약으로 사람 살리는 일을 하셨어요. 부귀하게 성장했으면서 교만한 빛이 없고 예를 지키고 덕을 베풀기를 좋아하셨는데 하늘도 참 무심하시지…."

“그렇게 좋아하시더니만 새 마님이 사내애를 출산하셨다는데 얼굴도 못 보고….”

금세 많은 사람이 모여들어 고인을 추모하며 애통해했다. 여자 노비들은 음식을 장만하고 남자 노비들은 산소 자리와 상여 준비로 분주하다.

묘덕은 넋이 나갔다. 아무것도 입으로 넘길 수가 없었다. 곡기를 끊고 정안군 나리를 따라 그대로 같이 가고 싶었다. 묘덕은 실성한 사람 같이 누가 오는지 가는지도 모르는 채 누워 있을 수밖에. 시동생들이 조문을 받았다.

아무것도 모르는 아기는 계속 젖을 빨아도 젖이 나오지 않으니 악을 썼다. 보다 못한 중년의 노비가 제 자식처럼 젖을 물리니 아기는 그제야 울음을 그쳤다.

‘불쌍한 것.’

“질부, 이제는 딴생각 말고 자식을 위해 살아야지. 한번 넘겨봐. 큰일 나겠어.”

하더니 막내 고모가 미음을 떠서 입에 넣어준다.

“백운 선사께서 오셨어요.”

출산하고 넋이 나간 묘덕을 보신 큰 스님은

“다 내 업보로다. 정안군 나리는 가시면서 귀한 자식을 대신 주고 가셨으니 자식을 위해 살아야 한다. 그것도 공덕을 쌓는 일이다. 인명은 재천이고 정안군 나리는 살아생전 좋은 일을 많이 하셨으니 극락왕생하실 것이야. 나무아미타불.”

다독이고 정안군 나리 앞에 가서 염불하더니 금강경을 지송했다.

오일장이 치러지는 날이다.

만장이 온 동네를 뒤덮어 앞이 보이지 않았다.

「평생 의약으로 사람을 살리신 은혜 무엇으로 갚으리오」

「부귀하나 교만하지 않고 백성을 사람으로 대우하신 높은 덕, 잊지 않으리다」

「누구에게나 예를 지켜 덕을 베푸셨으니 극락왕생하소서」

'까막눈이 나았을 것을, 내 이러려고 글자를 배웠던가.'

묘덕은 슬픈 요령 소리가 나자 신들린 사람처럼 소복 차림으로 상여를 따라갔다. 금방 해산한 산모가 큰일 나겠다고 잡아끌어도 안 들으니 장정들이 보쌈하듯 대문 안으로 밀어 넣고 대문을 밖에서 잠갔다. 묘덕은 고주박처럼 힘없이 쓰러졌다.

선소리꾼이 요령을 흔드니 상여꾼들이 구슬프게 받았다.

관세음보살, 관세음보살

어어 어이오. 관세음보살 육십 년 영결 종천 하직이요. 관세음보살

어어 어이오. 나는 가네 나는 가네. 고명당 하직하고 나는 가네. 관세음보살

못 가겠네. 못 가겠네 고명당 하직하고 못 가겠네
어널 어널 허허이 어화널
이제 가면 언제나 올까나 언제 올 줄을 모르겠소
어널 어널 허허이 어화널.
가네 가네 나는 가네
북망산천 돌아가네
어널 어널 허허이 어화널
북망산이 얼마나 멀기에
한번 가면 못 오시나
어널 어널 허허이 어화널

이제 가면 언제나 오시오
명년 소기 때 다시나 오지
어널 어널 허허이 어화널
영정 공포를 앞세우고
영결 종천 나는 가네
어널 어널 허허이 어화널

아이고 지고 우지를 말고
손자 손녀를 잘 기르소
어널 어널 허허이 어화널

살아 생전 맺힌 벗님들
안녕히 잘들 계시오

어널 어널 허허이 어화널

관세음보살, 관세음보살

잠근 대문 틈새로 요령 소리와 장례 소리가 가슴을 후벼 파더니 이내 잦아들었다. 묘덕은 이제야 청상과부가 되어 또 혼자가 되었다는 사실이 실감 났다.

삼우제가 끝나고 선왕이 묘덕을 다시 찾아왔다. 왕실이기도 하지만 동행한 사냥에서 유명을 달리한 정안 대군에 대한 안타까움과 부채감이라는 생각이 들었다.

'정안 부원 대군 부인 임 씨와 그 자식에 대해 생존 시까지 녹錄을 세배로 내리고 전田 100 결結과 노비를 내린다. 법령에 큰 결격 사유가 없는 한, 모자의 뜻을 평생 지원한다.'

라는 특별한 교지敎旨가 내렸다. 묘덕은 나리가 다시 올 수 없는 길을 떠났는데 이게 다 무슨 소용인가 싶었으나 아이가 있으니 잘 보관해야겠다는 생각이 들어 문갑에 잘 넣어두었다. 사고무친 철부지를 그리 애틋하게 사랑해준 사람이 어디 있었던가. 그러려고 사람들을 그리 불러 안면을 틔우고 단번에 서적점을 다녀와 활자소를 만들었나 싶었다. 말씀드리지도 않은 부처님을 사서 모셔오기도 했다. 태어나지도 않은 자식을 대단한 대감들께 잘 가르쳐 달라고 미리 한 말도 다 뜻이 있었다는 생각이 들었다. 묘덕은 삼칠일이 지나고 선산의 정안군 묘소에 갔다.

정안군 나리, 이제야 이 죄인이 왔습니다.
업어주고 안아 주며 아이같이 어르신 게
이리 먼저 가시려고 그리하신 것입니까.
우리의 부부인연이 일 년밖에 되지 않으나
평생을 같이한 듯 애틋하옵니다.
이 죄를 어찌하나요.
어찌해야 용서받을 수 있나요.
꿈속에서라도 나리께 용서를 빌고 싶사옵니다.
아기를 잘 키우고 아끼셨던 백성들을 위무하며
여생을 수절하고 살겠사옵니다.
아기가 다 크고 활자 서책 만들고 나면
나리를 따라가겠사옵니다.
극락왕생하소서.

묘덕은 참회의 눈물을 쏟으며 통곡했다. 한참을 울고 났는데 코끝에 옅은 향기가 스친다. 분해서인지 봉분은 아직 흙만 벌건데, 주변의 개망초가 향기를 뿜어낸다. 잡초라 하는 개망초도 저렇게 향기로 위로하는가 싶어 묘덕은 눈물을 닦았다. 그제야 묘비의 글자가 눈에 들어왔다.

'세상일에 관여하지 않고 매일 의약으로 사람 살리는 것을 일삼았으며, 부귀하게 생장하였으면서도 교만한 빛이 없고 예를 지키고 덕을 베풀기 좋아하였다.'

존경하는 익재 이제현 선생이 친필로 쓰신 정안 대군 상혜공 허종 묘비가 보여 묘덕은 새삼 정안군 나리가 보고 싶고 그에게 신뢰감이 더 들었다.

“익재 이제현 선생과 이곡 이색 부자는 믿을 수 있는 선비들이니, 내가 없더라도 상의할 일이 있으면 주저하지 말아요.”

그런 소리를 하는 정안군 나리를 그때는 이해할 수 없었다.

‘그런데 이렇게 빨리 가시려고 미리 유언하셨구나.’

싶은 게 마음이 아려왔다. 묘덕은 부처님도 뵐 겸 안국사에 인사차 들렀다. 큰 스님께서 모인 중생들을 위해 설법을 하고 계셨다.

“성불하고자 한다면 일체의 불법을 다 배우려 하지 말고,
오직 구함이 없고 집착이 없기만을 배우시외다.
구함이 없으면 마음이 나지도 않고
집착이 없으면 마음이 멸하지도 않으오이다.
나지 않고 멸하지 않는 것이 곧 부처님인데
그대들은 어찌하여 마음이 곧 부처님이며
부처님이 곧 마음임을 알지 못하고
부처님으로 다시 부처님을 찾으면서
강서와 호남으로 저렇게 돌아다니고 있으시오이까.
한 가지 의심만을 풀고
다른 한 가지의 의심으로는 남의 문호를 찾아다니며
그것을 구하고자 총총히 달리는 것은

마치 목마른 사슴이 아지랑이를 물로 알고
달리는 것과도 같으니,
그 언제에 상응을 얻을 수 있겠나이까. 나무아미타불."

'집착이 없으면 마음이 멸하지도 않으오이다.'
라는 말씀이 묘덕의 귀에 꽂혔다. 묘덕은 큰 스님을 뵐 낯이 없어 슬그머니 공양간을 향했다.

칩거

절에 다녀오고 묘덕은 몸살을 앓았다. 공양간 보살이 친정어머니같이 얼마나 섧게 울던지 흑흑 소리까지 내며 둘이서 부둥켜안고 울었다.

"대자대비하신 부처님, 죄 많은 이년을 아직도 용서하지 않으셨나이까. 다 제 잘못이오니 저에게 벌을 주십시오."

"…."

"다 내 업보인 것을…."

공양주 보살은 들릴 듯 말 듯 그 소리를 연방 해댔다. 묘덕은 집에 오니 긴장했던 몸이 풀어지며 땅속으로 들어가듯 까라졌다. 상중에도 넋이 나가서 누워있으니 시동생들이 조문객을 받고 일을 처리해서 오고 가는 문상객을 알 수가 없었다. 같은 여자인 북원군 부인 원 씨, 구성군 부인 이 씨, 영평군 부인 윤 씨만이 기운 차리라며 방으로 들어와서 위로했다.

"얼마나 망극하세요."

"…."

그때는 아무 말도 못 했는데 이제는 망극지통보다 더한 천붕지통이 아니랴 싶었다. 제왕이나 아버지의 상사를 당한 슬픔으로 하늘이 무너지는 것처럼 아프다는 것인데 아버지가 없고 제왕을 모르는 묘덕에겐 남편의 상사가 이보다 더하지 않으랴.

'대자대비하신 부처님, 저도 나리를 따라가도록 해주시옵소서. 저는 부끄러워 세상에 한 발자국도 못 나가나이다.'

숨도 쉬기 힘들고 수저를 들 힘도 없어서 늘어졌는데 영문을 모르는 아기는 배가 고픈지 악을 쓰며 계속 울어댔다. 순정이가 아기를 안고 나가서 유모한테 맡기고 금방 다시 들어왔다. 연세가 있으신 막내 고모가 무슨 일을 저지를지 모르니 지키고 있으라 시켰나 보다.

사랑의 실체와 목소리까지 모두 사라진 적요寂寥가 못내 묘덕의 가슴을 짓눌렀다. 묘덕은 큰 스님의 설법을 듣고 집착을 버리자고 자신을 세뇌 했지만 눈만 감으면 정안군의 얼굴이 떠올라 미칠 지경이다. 다리를 다쳐 절 뒷산에서 부축하고 오던 일, 연경으로 가는 배 위에서 침을 맞던 일, 젊은이같이 숙소에서 괴한을 쫓아가던 일, 값지고 귀한 선물을 골라 정안군답지 않게 능청을 떨고 그것으로 청혼하던 일 등이 주마등처럼 스쳐 갔다. 더 애틋하고 미안한 것은 투호 놀이와 격구 시합을 해서 일부러 져주고 벌게지도록 꿀밤을 맞던 일이다. 아카시아 잎을 가지고 와서 모처럼 이기고서 입을 맞추던 일, 벽란정에서 시합을 하고 업은 후에 왜 이리 허깨비 같으냐고 밥 많이 먹으라고 아기같이 달래주던 일….

'그때 일곱 빛 무지개가 금세 스러진 것은 너무 행복하면 신이 노여워하니 조심하라는 뜻이었는데….'

묘덕은 생각할수록 자신의 업보고 자신의 잘못이라는 생각이 들면서도 너무 억울하다는 생각이 동시에 들었다.

"옥은 불로써 시험하고
금은 도로써 시험하며
칼은 털로써 시험하고
물은 지팡이로써 시험하는 것이외다."

라고 큰 스님은 설법하셨는데 나는 남편과의 사별로 시험당하는 것인가.

멀리서 개구리 우는 소리가 애달프게 들려온다.

'저 개구리도 나같이 임을 잃고 한을 토해내는구나. 불쌍한 것.'

묘덕은 너무 답답해서 집에 모신 부처님 앞에 합장했다.

"무심과 무위를 배우고
그것을 면밀히 길러 언제나 생각이 없고
언제나 어둡지 않아

마침내 의지할 데가 없는
명연한 자리에 이른다면
자연히 도에 계합하게 될 것이다.
자신이 어리석어 진실하지 않으면서
세상을 헛되고 헛되다고 하는가.
스스로 마음으로 긍정하시고
또한 마음으로 긍정하시길 바라나이다."

백운 선사께서 부처님 뒤에 계신 듯 먼저 들었던 설법이 계속 들려왔다.

'나리 이러라고 부처님을 모셔오셨나요? 전생에 무슨 업보가 이리도 많아 눈길 닿는데 마다 나리의 손길인지….'

간신히 집의 부처님께 합장하고 까라졌는데 숨넘어가듯 우는 아이를 유모가 데려왔다. 이마가 뜨겁다. 급해서 의원을 불렀더니 태열이라고 한다.

묘덕은 정신이 번쩍 났다.

'아가야. 미안하다. 이러다가 애 잡겠네….'

"엄마가 제 생각 안 하는 것을 아기들은 용케 알아요. 마님, 제발 아기를 위해서 식사 좀 하시고 정신 차리시어요"

유모가 통사정한다.

언니 기운 차리라고 시누이도 별식을 해오고 어린 형수를 탐탁지 않아하던 시동생네 부부도 다녀갔다.

'나만 정신 차리면 되겠는데….'

묘덕은 참회의 눈물을 또 흘렸다. 고개도 못 가누는 아기가 빤히 쳐다보는데 적잖이 위로되며 그제야 모성애가 발동하는 것 같다.

'그래, 자식은 부모 팔자를 닮는다더니만 아버지 얼굴도 모르는 이 불쌍한 것, 그래도 너는 못난 어미라도 있지 않느냐? 이제 나는 혼자가 아니다. 너를 의지해서 살련다.'

묘덕은 아기를 위해 억지로라도 밥을 먹어야겠다고 다짐을 했다.

그러면서도 묘덕은 혼자만 살겠다고 꾸역꾸역 밥을 밀어 넣는 자신이 싫었다.

한학과 성명학에 조예가 깊은 시동생이 아기 이름을 지어왔다.

"형님과 미리 생각하신 이름이 있으신지요?"

"미처 생각을 못 했나이다."

"형님은 지조가 굳고 영민하였으며 정성스럽고 부지런하셨사옵니다. 왕실이라 세상일에 관여하지 않으려고 중인들이 하는 의술을 배워 아픈 사람 고치는 일을 업으로 삼으셨어요. 양천 허씨 집안은 거의 외자 이름이니 '민'이라 하면 어떠하신지요?

형님이 백성을 섬기고 사셨으니 백성 민民 자를 쓰시던지, 아니면 돌림자도 생각해서 조금 더 뜻이 깊은 옥돌 민珉 자나 같은 뜻의 민玟을 쓰시던지요. 마음에 드시지 않는다면 더 생각해

보겠나이다."

"좋사옵니다. 아픈 사람에게 침을 놓고 약을 지어 주는 모습을 저도 봤어요. 왕실이 세상일에 관여하는 게 고울 리 없으니, 보이지 않게 민초들을 위해 살라는 바람이 담긴 이름이지요? 제 생각도 그러하옵니다. 돌림자도 들어간 옥돌 민珉으로 하겠사옵니다. 오늘부터 그렇게 부르겠어요. 고맙사옵니다."

"그리고 이왕 왔으니 말씀을 드려야겠나이다. 며칠 있으면 아버님 기일이 옵니다. 형님이 안 계시고 형수님께서 몸이 안 좋으시니 제가 제사를 모셔갈까 하옵니다."

큰 시동생이 어렵게 입을 연다.

"…."

"오해는 없으셨으면 하옵니다."

"걱정해 주시는 것은 감사한 데 제가 기운을 차려서 하도록 하겠사옵니다. 민이도 있으니 나중에는 민이가 해야지요."

묘덕은 경황이 없어서 미처 생각지 못한 여러 가지가 한꺼번에 성난 파도처럼 밀려옴을 느꼈다.

"깨달으려면 모름지기
사람들을 만나야 하며,
사람들을 만나지 않으면
향상의 안목도 얻지 못하며,
또한 견해의 미혹으로 말미암아

여전히 방황하게 될 뿐이외다."

큰 스님이 중심을 못 잡는 마음에 죽비를 내리치듯 일갈하신다.

'그래, 이제 내 마음의 빗장을 풀고 닫힌 마음을 열어야 한다.'

묘덕은 시동생이 다녀간 뒤 우선 대문을 활짝 열어젖혔다. 진회색 구름이 하늘에 덕지덕지 붙은 곰팡이 같다.

'내가 뱉은 한숨과 통곡이 하늘로 올라가 저렇게 문드러졌는가.'

새바람을 한껏 들이켰다. 묘덕은 마음을 정화하면 하늘의 곰팡이가 없어지겠지 하는 생각이 들었다. 가신 분은 안 됐지만, 그분도 아이를 위해 이리 살라 하시진 않을 것이다. 정신을 차리고 기운을 내야지.

묘덕은 인생 계획서를 차근차근 설계해 보기로 했다.

'우선 민이를 잘 키우고 집안의 대소사를 빠뜨리지 말고 잘 챙겨야 한다. 아랫사람들이 불안하지 않도록 다독이고 중심을 잡아야 한다. 서적점에 다녀온 뒤 적어둔 것을 시간 날 때 반복해 읽고 절에 가서 실습을 해보자. 안국사의 인삼이 다 크면 판매하여 활자소를 시작한다. 그렇게 해서 큰 스님의 설법이 스님들과 백성들에게 전해지게 해야 한다. 그러라고 정안군 나리가 선뜻 활자소를 설치해 놓지 않았는가. 뜻을 받들어 활자로 백성을 위무하는 서책을 찍어야 한다. 민이가 성인이 되고 계획이 다 이루어지면 삭발하고 절에 들어가 불제자가 될 것이다.

묘덕은 계획서를 적으면서 이 정도 완성하면 저 세상에서 정안군 나리를 떳떳하게 뵐 수 있을까 하는 생각이 들어 자리를 털고 억지로 일어났다.

'안국사의 큰살림도 물 샐 틈 없이 챙긴 묘덕이 아니더냐.'

묘덕은 안국사 앞뜰의 맥문동이 떠올랐다. 소나무 잣나무같이 독야청청한 갈맷빛 나무도 아니면서, 여린 풀이 북풍한설 몰아치는 겨울을 지나고도 꼿꼿하게 제 모습을 유지하지 않던가. 아마도 지금쯤은 민이 같은 여린 보랏빛 꽃을 피웠을 것이다.

묘덕은 정신력으로 힘을 북돋으며 씩씩하게 일어섰다. 그동안 맥을 놓고 있어선지 다리가 휘청한다.

결초보은

묘덕은 민의 재롱을 보고 수발을 들다 보면 하루가 어떻게 가는지도 모른다. 묘덕은 이래서 인꽃 만큼 예쁜 꽃이 없다고 하던 말을 실감한다. 시간이 약이라고 하더니 못 살 것 같던 마음이 민이로 하여 잊혀감이 다행이면서도 정안군 나리한테 미안하다.

'유복자도 아니면서 아버지 얼굴도 보지 못한 이 가엾은 것, 나리가 보셨으면 얼마나 좋아하셨을지. 태맥이라는 말에도 덩실덩실 춤을 출 듯하셨는데…. 어미의 실수로 남의 자식일지 모른다면 그 양반과 새 생명에 얼마나 죄스러운 일인가. 누가 뭐래도 이 아이는 정안군 나리의 자식이다.'

묘덕은 혹시나 하던 죄 많은 여인의 모든 생각을 머리에서 독하게 지워버리기로 했다.

"민이야, 아무 탈 없이 무럭무럭 자라거라. 너는 어미같이 사고무친의 사생아가 아니고 양천 허씨 대를 이어갈 이 집안의 장손이다.”

민이가 걱정하지 말라는 듯 까르르 웃는다.

일주문 앞에 버려진 강보의 핏덩이 거두어
갖은 오해 다 받으며 내 새끼같이 키우신 분.
아무것도 모르는 아이에게 수계 받게 해
남장으로 감싸주신 분
너무 곱다, 인연 기다려
나리를 만나게 해 주신 분.
천자문부터 불경까지 시간만 나면 가르쳐
눈을 뜨게 해 주신 앞서가신 분.
12 두타행으로 가까이서 본을 보이신 생불 같으신 분
그런 은혜로운 분에게 연모의 정 탑같이 쌓으며
파계도 겁내지 않았지요.
그런 자신이 죄스러워 바위에 은혜를 새기옵니다.

근본 모르는 사생아 곱게 지켜보시고
끝내 내 사람으로 만드신 분
넓은 세상 보여줘 개안을 시켜주신 분
아기같이 업어 주고 감싸 안으며 사랑을 주신 분
일부러 져주고 꿀밤을 때리게 하던 분
양천 허씨 가문에 민이를 남겨
모진 삶의 끄나풀 이어주신 분

마님 소리 듣게 면천시켜 하늘나라 가셨나요
그 은혜를 어찌 다 말로 헤아릴 수 있으리오
일 년여 살을 맞댔지만 내 일생만 같아라.

버려진 핏덩이 내 새끼같이 젖 물리신 분
어머니같이 진자리 마른자리 가리며 키워주신 분
내 아픔이 큰데도 분신같이 아픔을 같이해주신 분
맛있는 것 먼저 주고 예의범절 일일이 가르쳐 주신 분
연화 공주라 부르며 그리 살기 염원하던 분
미래를 예감했는지 역 출가 눈물로 아쉬워하던 분
잊을 수 없는 그 은혜 가슴에 새기옵니다.

묘덕은 하늘 같은 세 분의 은혜를 우선 생각했다. 모든 존재와 현상은 다양한 원인因과 조건緣에 의해 생겨난다는 인연 생기因緣生起가 불교의 연기적 세계관이라던 큰 스님의 말씀이 떠올랐다.

'이것이 있음으로 저것이 있고, 이것이 생기므로 저것이 생긴다. 이것이 없으면 저것도 없고 이것이 멸하면 저것도 멸하는 것이다.'

라고 쓰여있던 잡아함경을 묘덕은 펼쳐 들었다.

모든 것이 거스를 수 없는 진리지만 내 어이 은혜로운 이분들을 인연이 다했다고 잊어버릴꼬.

이 세상의 모든 것은 고정된 것이 아니라 끊임없이 생멸하고 변화한다는 제행무상諸行無常이다. '나'라고 하는 것은 없고 모든 것에는 고정된 실체가 없다고 제법무아諸法無我라 했다. 열반만이 모든 무상과 고통에서 고요할 수 있고 모든 존재가 헛된 것임을 깨달아 생사의 집착에서도 벗어난다는 열반적정涅槃寂靜의 삼법인三法印이라 했는데 생각할수록 어렵다고 묘덕은 혼자 중얼거려 본다.

'현실 세계의 모든 것이 고통이라고 일체개고一切皆苦라 하는데 나는 이분들 덕분에 이제껏 큰 고통 없이 살아오지 않았던가. 집착을 끊어야 하지만 은혜를 잊어버리면 개돼지만큼도 못하지 않은가.'

어디선가 날아와 땅을 차지한 잡초를, 귀한 화초 인양 정성들여 꽃 피운 그분들의 은혜가 하늘같다. 정안군 나리를 다시 볼 수 없고 느낄 수도 없음이 더 안타깝다. 그것이 불교의 교리까지 생각하는 묘덕으로 키웠구나 싶어 다시 그 양반이 더 그리워진다. 그러할 때 묘덕은 민의 얼굴을 지그시 들여다보는 습관이 생겼다.

묘덕은 기록해둔 인생 계획서를 꺼내서 다시 읽었다. 민이를 잘 키우고 활자로 서책을 찍어 백성들의 마음을 위무한다는 것에 방점을 찍었다. 이것이 아마도 이 세분의 은혜를 갚는 것일 게다.

묘덕은 민이도 좀 컸으니 절에 가서 활자소를 둘러보고 준비를 하여 이제 시작을 해야겠다는 생각이 들었다. 석찬 스님이 신경을 쓰겠지만 그래도 먼저 서둘러야겠다는 생각이 들었다. 큰 스님 얼굴 뵙기가 아직은 민망하지만, 지금쯤은 출타하셨으리라.

묘덕이 절에 간다고 하니 순정이가 어느새 몇 가지 음식을 정성들여 준비했나 보다.

공양주 보살이 보고 싶었다며 반색을 한다.

"마님, 잘 오셨네요. 지금은 출타 중이신데 큰 스님 오시면 뵙고 가소서. 며칠 있으면 원나라 호주 하무산에 있는 천호암에 가신대요. 태고 국사님이 사승으로 삼았던 임제 종사 석옥 청공 화상에게 법을 물으신다고 하옵니다. 요즈음은 그렇게 하는 게 관례라 하더이다."

"아니, 큰 스님 세수도 쉰이 넘으셨는데. 워낙 절제하시니 건강하시긴 하지만…."

차가운 바람이 옷을 여밀 만큼 묘덕의 가슴을 쓸고 지나갔다. 출타한 정안군이 갑자기 유명을 달리하고부터 생긴 감정이다.

"가시면 얼마나 있다가 오신대요?"

"정확히는 모르지만, 도를 터득하실 때까지 한 일이 년 걸리신다고 하시옵니다. 석찬 스님이 모시고 가신다 하더이다."

"…."

"참, 인삼 재배한 것이 실하게 커서 이제 수확을 해도 된다고 하옵니다. 인삼 재배하는 신도가 있어서 자기 일같이 정성을 쏟았나이다. 요즈음 인삼과 잣은 원나라로 나가니 판로는 걱정하지 않아도 된다 하옵니다."

"그러잖아도 활자소를 들여다보려고 왔는데 일이 잘 맞아떨어지네요. 그래도 석찬 스님이 출국한다니 다녀오면 시작해야겠나이다."

묘덕은 그 길로 돌아와 정안군 나리가 살아계셨다면 이러할 때 어찌하셨을지 생각해 보았다. 보시를 많이 하신 분이니 여비라도 하시라고 넉넉히 전했을 것이라는 생각이 들었다. 묘덕은 정안군 나리가 쓰던 금고를 열고 은자를 꺼냈다. 금고까지 가득 채워 놓고 갔음에 다시금 가슴이 울컥한다.

몇 년이 지났어도 큰 스님 얼굴 뵙기가 그전 같지 않아 인사를 드리고 여비는 석찬 스님한테 주려고 나오려는 참이었다.

"묘덕아, 걱정하지 마라. 내가 지금 호주의 하무산 천호암에 가는 것도 일종의 출가니라."

"출가는 맑고 한가함을 구하려는 것일 뿐
쾌활하기를 취하기 위한 것이 아니다.
배우기 어려운 것을 능히 배우고
행하기 어려운 것을 능히 행하며,
참기 어려운 것을 능히 참고
버리기 어려운 것을 능히 버리는 것이도다.
그리하여 세상의 인연을 모두 버리고

남과 나를 한꺼번에 잊고는 씩씩하게 정체를 더하고

비밀스럽게 조사님들의 뜻을 듣고 깨달아 법칙으로 삼아야 하도다.

또한 마음으로만 깨달음을 기다리지만 말고

마음을 혼침하게 하거나 산란하게 하지도 말아야 하도다.

진실한 공부만을 힘써 진실한 경지에 이르러

홀연히 탁 터지는 한 마디 소리가 있어야

비로소 상응하는 자격이 있다고 할 것이외다."

"…."

'큰 스님은 벌써 내 마음을 읽으시고 내게도 집에서 출가한 듯 살아야 한다고 말씀하고 싶으신 게야.'

묘덕은 또 눈가가 시큰해진다.

"…."

묘덕은 석찬도 이제 스무 살이 넘었으니 석찬 스님이라고 꺾듯이 부르고 존대해야겠다는 생각으로 그의 방에 들렀다.

"석찬 스님, 예전에 연경에 가봤으니 이번엔 수월하겠소이다. 활자소를 시작하려고 저번에 올라왔다가 출국한다는 소식을 들었나이다. 넘어진 김에 쉬어간다고 석찬 스님 올 때까지 기다려야지요. 중국에도 활자 찍는 데가 있나 눈여겨보시어요. 입국하기 전이라도 소식 전할 수 있으면 전해주시고. 그러면 고맙지요. 이것은 큰 스님 모시고 잘 다녀오라고…."

"이렇게 신경을 쓰시고 고맙사옵니다. 백운 선사님께 말씀드리겠사옵니다. 그리고 할아버지께서 적어 놓으신 것을 계속 봤어요. 지난번 서적점에서 설명을 듣고 이제 해봐도 되겠다는 자신감이 생겼어요. 실험은 또 다르고 위험하니 제가 다녀온 후에 한 번 해 보시지요."

묘덕은 석찬 스님이 몇 년 동안 이렇게 철이 들었나 대견한 마음이 들었다. 이제 행자승 때의 눈물짓던 모습도 사미승 때의 그날 모습까지 하나도 보이지 않는다.

묘덕은 쓸쓸한 마음으로 집으로 향하는데 어느새 어둠이 내려앉은 틈새로 진한 향기가 가슴을 뛰게 한다.

소싯적 그저 특이한 향이라 여긴 밤꽃 향기
정안군 나리와 살을 섞던 그 내음이라니.
어화둥둥 그날 밤 그리운 임이시여
수절과부 참느라 송곳으로 찔렀다더니.
네 어이 요망한 향으로 묘덕을 어지럽히는가.
오 년을 수절했는데 오십 년을 못 버틸까.
임이시여 흔들리는 묘덕을 잡아주소서

묘덕은 망측해서 주위를 둘러보며 고개를 설레설레 흔들었다.

텅 빈 우주

백운 선사와 석찬 스님이 출발하는 날 배웅을 해야지 했는데 묘덕은 까라져서 일어나지 못했다. 묘덕은 아무도 없는 추운 벌판에 혼자 서 있는 듯 천애 고아가 된 느낌이다.

'부모도 모르고 버려진 것을 거두어 애지중지 키우신 백운 선사님은 바람같이 떠나시고, 아기 다루듯 사랑을 듬뿍 주신 정안군 나리는 다시 볼 수도 만질 수도 없다. 만지기만 하면 금으로 변하는 손이 있다는데 나의 손은 불가사리 손인지, 내가 아끼는 분들은 모두 떠나가는가.'

묘덕은 외롭고 허전해서 겨울 창공의 줄 끊어진 연 같은 심정이다. 내 주위의 귀한 것들이 사라질까 괜스레 불안하다. 식은 땀이 흘렀다. 순정이 물수건을 해 오더니 아무래도 의원을 불러야겠다고 한다. 좀 쉬었다가 일어날 테니 수선 떨지 말라 간신히 타일렀다.

'정안군 나리도 떠나시고 큰 스님께서 출국하시니 가슴에 구멍이 난 듯 찬바람이 마음을 이리저리 헤집고 들어왔다. 원래 나는 바랭이같이 땅에 떨어져 살아남은 잡초인데 내 이 무슨 어리광인가. 민이도 있고 내가 책임져야 할 아랫사람들도 많은데….'

묘덕은 자신을 나무라며 스스로 일으켜 세우려 안간힘을 썼다.

"대자대비하신 부처님, 부디 백운 선사님께서 잘 다녀오시도록 보살펴주시고 제가 중심을 잡도록 가피를 내려주시옵소서. 나무아미타불."

묘덕은 공손히 합장했다.

"그대 대중들은 나에게서 무엇을 구하려 하시오.
그대들이 성불하고자 한다면
일체의 불법을 다 배우려 하지 말고,
오직 구함이 없고 집착이 없기만을 배우시외다.
구함이 없으면 마음이 나지도 않고
집착이 없으면 마음이 멸하지도 않으오이다.
나지 않고 멸하지 않는 것이 곧 부처님인데
그대들은 어찌하여 마음이 곧 부처님이며
부처님이 곧 마음임을 알지 못하고
부처님으로 다시 부처님을 찾으면서
강서와 호남으로 저렇게 돌아다니고 있으시오.

한 가지 의심만을 풀고

다른 하 가지의 의심으로는 남의 문호를 찾아다니며

그것을 구하고자 총총히 달리는 것은

마치 목마른 사슴이 아지랑이를 물로 알고

달리는 것과도 같으나니.

그 언제에 상응을 얻을 수 있겠사옵니까."

'세모인지 네모인지도 모르는 마음은 어찌하여 이리도 뾰족한 끝으로 집착을 하며 묘덕을 후벼 파는가.'

큰 스님의 설법이 바로 옆에서 들리는 듯하여 묘덕은 마음을 다잡는다.

조금 안정이 되었으나 정안군 나리와 하던 격구를 순정이와 해봐도, 민이와 투호 놀이를 해봐도 마음이 차분히 가라앉지 않는다. 불경을 펴들었던 묘덕은 이내 남장을 하고 민이를 태운 채 말을 몰았다. 벽란정을 향했다. 시합해서 일부러 져주고 묘덕을 업은 후 너무 가볍다고 밥 많이 먹으라던 정안군 나리의 모습이 거기에 있었다. 내려다보이는 벽란도의 파란 물이 윤슬을 뿜내며 묘덕을 위로한다.

"물이나 세월이나 다 흘러가고 고운 추억도 다 흐려져서 살기 마련이란다. 묘덕아, 무심해져라."

큰 스님의 말씀이 또 들려왔다.

물이 흘러가듯 세월은 흘러가고
그리움 근심 걱정도 이렇게 흘러가네.
애끓는 별리의 시간도 이처럼 흐려지고
우리의 인생도 이렇듯 지나가네.
모든 것은 흘러가누나.
몸소 흐르는 풍경으로 내게 보여주네.
흘러가는 이치를 누가 감히 거스를 수 있으련가.

언제부터 보고 있었는지 묘덕을 알아보고 정답게 부르는 소리가 들려와 정신을 차렸다.

"자제 군관이 아니시오. 민이가 아주 총명해 보이네요. 조금 더 크면 민이를 이색 선생한테 보내시지요. 아이들은 젊은 사람을 좋아하지 않소?"

환송을 나왔는지 이제현 선생이 이색 부자와 담소를 나누다가 남장이 쑥스러울까 봐 그러는지 자제 군관으로 호칭을 한다.

"바쁘신 석학께서 그리 걱정을 해주시니 몸 둘 바를 모르겠사옵니다. 정안군 나리의 묘비도 그리 정성으로 써주셨는데 제가 경황이 없어서 인사도 못 드렸사옵니다. 죄송하고 감사하옵니다."

"친구로서 할 일을 한 것뿐이옵니다. 부담 갖지 마시어요."

더군다나 민이를 알아보고 장래를 걱정해 주는데 묘덕은 뜨거운 무엇이 울컥 올라왔다. 정안군 나리가 욕 안 먹고 잘 살았지만 그리 빨리 가실 줄 알았는지 상의하라 하더니, 알아서 어린 것을 걱정해주는 그분이 무척이나 고마웠다.

'그래 나는 민이의 어미이다. 딴생각 말고 마음을 다잡고 강해져야 한다. 여자는 약해도 어미는 강하다지 않는가.'

묘덕은 무심하게 흐르는 물이 야속하지만, 그런대로 털어버리고 안정이 되어 집으로 돌아왔다.

'이럴 줄 알고 나리는 집에다 부처님을 모셨구나.'

그날 이후 다시 새벽에 부처님께 합장하고 천수경을 지송했다. 신묘장구대다라니를 이십일 번 하고 백팔 배를 올렸다. 그리고는 시간 나는 대로 불경을 읽고 연경에 가면서부터 적기 시작해서 서적점에 다녀온 후 적어 놓은 것을 다시 읽었다.

'흔들리지 않으면 인생이 아니라더니 이 무슨 몽니인가. 피하지 못하고 공녀로 끌려간 불쌍한 여자들도 많이 있는데. 근본도 모르는 사생아를 큰 스님과 공양간 보살님이 잘 키워서 울타리를 쳐서 보호하고, 정안군 나리의 사랑을 듬뿍 받지 않았던가. 아무것 안 해도 예쁜 민이와 남겨 놓은 재산을 아무리 써도 걱정이 없는데 웬 배부른 투정인가. 인생은 원래 혼자이고 제행무상인 것을….'

묘덕은 좀 이른 듯해서 미루고 있던 천자문을 민이에게 가르쳐야겠다는 생각이 들었다. 정안군 나리를 잊지 않고 걱정을 해주는데 민이와 같이 공부해서 내년쯤 보내야겠다는 생각이 들었다. 왕실이라 벼슬길에 나아갈 수는 없지만 배우고 익혀야 아랫사람들도 부리고 권위가 서지 않겠는가.

무심 무념의 설법

묘덕은 잠이 오지 않아 마당을 서성였다. 계속 달이 따라온다. 옛날에 정안군 나리를 비추었던 저 달이 한 발자국 떼면 정안군 나리로 보이고, 또 한 발자국 떼면 달 속에서 큰 스님이 괜찮으냐고 인자한 미소를 지으신다. 바람 소리가 간간이 사운 대며 외로움을 달래 준다. 같이 웃다가 실성했다는 소리를 들을지 몰라 묘덕은 들어와서 억지로 잠을 청했다.

집 앞 미루나무에서 아침부터 까치가 요란하게 울어 묘덕은 늦잠을 깼다.

'무슨 반가운 소식이 있으려나. 까치가 울면 반가운 소식이 온다는데 운다고 하지 말고 노래를 한다고 해야겠네. 큰 스님께서 인간은 인간의 시선으로 새를 본다고 하셨으니….'

그 생각이 들자 묘덕은 큰 스님이 몹시 보고파진다.

'달 속에서는 미소를 지으셨는데 몸은 건강하신지. 정안군 나리한테 수시로 묻던 몽골 말로 설법은 잘하시는지. 아버지 같이 키워준 은인이라 연모하는 마음이 죄가 될까 꾹꾹 누르며 살았다. 정안군 나리가 가시고 나선 큰 스님 마음이 아프실까, 누가 이상하게 볼까 더 조심하고 살았다. 그분은 다른 하늘 아래 계시니 조심할 수도 없고 그리움만 하늘 높이 커져만 가니….'

갑자기 말발굽 소리가 대문 앞에서 멈추었다.

"마님 계시오니까? 중국을 다녀온 이무생이옵니다."

순정이가 얼른 대문을 여는데 안면이 있는 얼굴이다. 안국사 신도이지 싶었다.

"마님, 이번에 연행단으로 원나라에 갔다가 운 좋게도 백운 선사님을 뵈었사옵니다. 궁금해하실 테니 가는 길에 안부 편지를 전해 달라고 석찬 스님이 급히 써서 주셨사옵니다."

묘덕은 눈가가 금세 시큰해진다. 그래도 체통을 지켜야 한다고 어금니를 물었다. 정안군 나리가 계셨으면 방문객을 친절히 안으로 모셨을 텐데, 젊은 여인네만 있으니 이럴 때가 제일 안타깝고 막막하다. 아무리 기다리던 안부 편지를 가져온 신도라도 외간 남자를 안으로 들일 수가 없어서다. 안절부절못하는 마음을 알았는지 손님은 가봐야 한다며 바로 돌아섰다. 급하게 편지를 열었다.

마님, 안녕하시온지요. 민이도 많이 컸겠지요?

여기 하무산의 나무들도 벌써 갈맷빛을 띠고 있사옵니다. 걱정해 주셔서 백운 선사님과 저는 호주 하무산 천호암에 예정대로 잘 도착했사옵니다. 탁발 수행으로 12 두타행이 몸에 배신 백운 선사님 건강하시고 저도 별고 없사옵니다. 떠나오며 백운 선사님께서 마님 걱정을 많이 하셨사옵니다. 다 스님 자신의 업보라고. 지금은 양반들이 과거시험 준비로 주경야독을 하듯 열심히 몽골 말을 배우고 불경을 익히고 있사옵니다. 그런 후에 석옥 청공 선사님께 법을 묻곤 하나이다. 처음에는 종이에 붓으로 써서 서로 필담을 나누었으나 나무에 물이 오르듯 어느새 같은 언어로 소통을 하옵니다.

백운 선사님께서는 몽골 말을 이미 다 섭렵하신 듯 그 나라 말로 설법도 하셔서 저를 놀라게 하시나이다. 처음에는 신도들이 별 관심이 없어 걱정했으나 설법을 한 번 들어본 후엔 구름같이 몰려들어 청공 선사에게 민망할 지경이 옵니다. 백운 선사님의 호인 백운(白雲)을 증명하듯 그렇게 하얀 구름같이 몰려든 것이지요. 마님도 백운 선사님의 무심 무념의 설법을 자주 들어서 다 아시겠지만, 그 설법을 한번 옮겨 보겠사옵니다.

'아까 내가 삼 문 부근에 이르러서 온 대지가 다 법신이다라고 말했사옵니다. 그렇게 말한 것은 불법을 지해(知解)로 말한 것이옵니다. 그러나 지금은 다릅니다. 불당을 보고 그저 불당이라 하고 주장자를 보고는 다만 주장자라 하여 이것은 그저 유나의 방이고 저것은 그저 전좌의 방이며 산은 그대로 산이고 물은 그대로 물이며 승려는 그저 승려일 뿐이고 속인은 그저 속인이라 할 뿐이외다. 자 말해 보시오. 이 노승이 무슨 도리에서 곧 그와 같이 말하고 있겠는가를. 잘들 알겠습니까. 만약 모르겠거든 저 허공에 아주 높은 곳이 있으니 노승이 거기에 올라가서 그대들을 위해 설명해드리리다. 할.'

이 설법을 몽골 말로 하신다는 것이 참으로 신기하고 부럽사옵니다. 저는 더 젊고 열심히 했는데도 아직 헤매고 있어서 손짓 발짓을 하는 중이옵니다. 고국에서나 여기서나 흘러가는 시간은 같아서 벌써 더위가 몰려옵니다. 앞으로 소식 전할 방법이 있으면 또 전하도록 하겠사옵니다. 그동안 건강하시고 편안한 나날이 되시길 축원하옵니다. 나무아미타불.

묘덕은 눈가에 흐르는 눈물을 훔치며 읽고 또 읽었다. 그 먼 곳의 큰 스님께서 안녕하시다 하고, 안부를 전해준 석찬 스님이 고마웠다.

'무심 무념의 설법을 하시는 큰 스님은 생불이야. 내가 제대로 본 것이지. 정안군 나리 살아 계실 때 몽골 말을 그렇게 배우시더니 이제는 잘 하시나 보네. 연행단이 돌아오는 길에 소식을 가지고 왔으니 답장을 할 수도 없고 무소식이 희소식인 줄 아시겠지. 석찬 스님은 민이란 이름을 어찌 알고 기억했을까. 자라보고 놀란 가슴 솥뚜껑 보고 놀란다고 그냥 관심일 거야….'

아무 관계도 없다고 묘덕은 고개를 절레절레 흔든다. 작은 고모님께서 정안군 나리가 보고 싶을 때는 민이 얼굴을 보라고 하시던 말이 생각나 민이를 불렀다. 아이 같지 않게 의젓하다. 눈 코 입을 하나하나 뜯어본다. 아무래도 묘덕을 더 많이 닮은 얼굴인데 눈 코 입이 제 아버지 빼 쐈다는 고모님의 말씀을 믿기로 했다. 그렇게 보이는 게 얼마나 다행인지 라는 생각을 하면서.

"이 아이가 없었으면 어떻게 살 뻔했는가. 아마도 머리를 깎고 절로 다시 돌아갔을 거야. 어유, 내 새끼. 예쁘기도 하지."

"어머니는 이 글씨 읽을 수 있으시지요? 민이도 읽고 싶은데…."

민이는 서찰을 들여다보더니 호기심을 보인다. 묘덕은 좀 이른 것은 아닌가 싶은데 준비한 천자문을 민이 앞에 놓았다. 아이는 어린데도 형제가 없고 친구가 없어선지 재미있어한다. 아이가 지루할까봐 호신용으로 몽둥이를 들고 절에서 하던 운동도 가르쳤다. 가르치는 사람보다 더 잘한다는 소리를 들은 묘덕인데 어느새 몸이 굳어 있음을 느낀다.

보쌈

민이가 잠이 들었는데 달빛이 창호지 사이로 나직이 부른다. 달빛을 따라 정원으로 사붓이 나왔다. 정안군 나리가 심은 소나무 가지 사이로 처연하게 비치는 달 속에 그의 얼굴이 보인다. 달이 구름으로 잠시 들어가서 큰 스님이 신도들 사이에 둘러싸인 모습도 연출한다.

'달을 빌려서 환생을 하셨는지. 나리의 얼굴을 보니 참으로 아름다운 밤이구나. 정안군 나리가 살아 계셨더라면….'

달을 보니 더 그리워져 가슴에 구멍이 난 듯하다. 누가 볼까 조심스러워 얼른 발길을 방으로 돌렸다. 다행히 묘덕은 안 하던 천자문을 가르치고 호신술을 했더니 어제와는 다르게 잠이 쏟아졌다.

쿵 하는 소리를 묘덕은 잠결에 들었다. 꿈인가 했는데 잠시 밖이 소란스러웠다.

“어떤 놈이냐?”

하는 소리가 나더니 쫓아가는 소리가 들린다. 묘덕은 불을 밝히고 밖을 내다봤다.

“도둑이 든 게야? 도둑은 잡으려 하지 말고 그냥 쫓으면 되네. 잡으려고 하다가 몸을 다칠 수도 있으니. 내일부터 마당 한 귀퉁이에 쌀 한 말 갖다 놓게. 오죽 어려우면 남의 집 담을 넘을꼬.”

묘덕은 대수롭지 않게 말은 그리했지만 무언가 찜찜하다.

‘이 집에 사는지 육 년이 넘었지만 이런 일이 한 번도 없었는데. 하필이면 큰 스님께서 잘 계신다는 안부를 전해 받은 날에….’

“마님, 많이 놀라셨사옵니다. 청심환 드시어요.”

순정이가 벌써 청심환을 들고나왔다.

“아니다. 놀라긴.”

“아까 낮에 왔던 사람이 걸리네요. 자꾸 마님 얼굴을 빤히 쳐다봤었는데….”

“별소릴 다 하는구나. 사람 의심하면 못쓴다.”

묘덕은 민이에게 천자문과 호신술을 가르치고 스스로 운동을 연마했다. 이제 큰 스님과 석찬 스님 귀국일이 점점 가까워 오니 몸을 단련해야 한다. 오시면 바로 활자소에 가서 작업을 시작할 수 있도록 적어 놓은 것을 다시 읽고 인생 계획서도 다시 읽었다. 서적점에서 설명하던 현장 작업도 떠올려 봤다.

'참 대단하신 정안군 나리, 내 속을 들여다보고 미래를 내다보신 듯 활자소를 만들어 주시고 아이 때문에 절에 자주 갈 수 없다고 부처님을 모셔 오신 분. 이제 누가 있어 나를 이렇게 배려해 줄까. 이따 오후에는 민이를 데리고 절에 가서 부처님도 뵙고 활자소도 들여다보아야지….'

묘덕은 부처님께 합장하고 활자소를 둘러보았다. 혹시 녹이 나지 않았을까 걱정을 했는데 다행히 그대로다. 집에서 인삼재배를 하는 신도가 있어서 정혜 스님과 같이 노비들을 부려서 풍작이라 하더니 다시 개갑을 한 인삼을 파종했다고 한다. 공양간 보살이 또 울까 봐 부담을 느꼈는데 마침 출타 중이라 다녀갔다는 말을 전하라 이르고 내려왔다.

집에 들어서는데 작달비가 마중을 나와 같이 쏟아지자고 한다.

내리누르던 먼 산꼭대기 잿빛 구름
작달비 되어 내린다.
달빛 훔친 밤비 되어 속살거린다.
꽃망울 고운 꿈 적실까 봐 고이고이 내린다.
이 밤의 고요가 꽃에 스미어
봉긋이 내민 꽃망울이 애처롭다.
꽃망울 적시지 말고

이 마음이나 푹 적셔다오
잎새마다 물기 터는 소리
일렁이는 바람 따라 사운 대누나.
짙푸른 녹음 따라 여름은 깊어 가는데
띄엄띄엄 뭉게구름 힘들게 산허리를 넘고
비로 식힌 한숨을 한껏 토하니
나도 구름 따라 산허리를 넘고 싶네.

묘덕은 시심에 젖어 여름 밤비 내리는 모습을 종이에 옮겨본다.

작달 빗소리에 잠기듯 묘덕은 추억을 더듬어본다. 정안군 나리와 벽란정에 갔다가 갑자기 비를 만나고 무지개를 보았다. 무지개는 본디 오래 있지 않는 것인데 그때 무지개가 사라지는 게 왜 그리 아쉬웠는지. 비 오는 것을 좋아해서 감성적이라는 소리를 들었는데 정안군 나리가 그렇게 가시고부터 비가 싫어졌다.

묘덕은 바로 누웠다가 옆으로 누우며 얼핏 잠이 들었는데 누가 밟는 것 같아 잠이 확 깼다. 빗소리 때문에 묘덕은 문 여는 소리를 못 들었나 보다.

"누구야?"

"…."

소리를 지르며 벌떡 일어나 머리맡의 운동하던 몽둥이로 후

려쳤다.

"아이고. 마님. 이무생이옵니다. 죄송하옵니다."

"이 무슨 무례하고 괴이한 일이오."

묘덕은 불을 밝혔다. 바로 맞았는지 그 남자의 얼굴에서 피가 흐른다.

일 개월 전 안부 편지를 전하던 그 남자였다.

"죽을죄를 지었사옵니다."

"부처님을 믿는 사람이 어찌…."

"안국사에 다니면서 마님이 그냥 좋았나이다. 하도 예뻐서 여자였으면 좋겠다는 생각을 가끔 했사옵니다. 사뭇 남자인 줄 알았는데 어느 날 정안군 나리와 혼인을 하셨다는 말씀을 듣고 하늘이 무너지는 것 같았사옵니다. 제가 감히 정안군 나리와 어찌 견줄 수 있겠습니까만 그런 노인네에게 꽃 같은 마님을 빼앗긴 게 분했사옵니다. 제가 얼간이 같으시겠지만 저는 사별을 하고 혼자 사는데 훨씬 젊지요. 마님은 저와 더 어울리나이다. 연행단으로 가서 일부러 백운 선사님을 찾아간 것이옵니다. 그래서 안부 편지를 갖고 마님을 뵈러 갔사옵니다. 대궐같이 넓은 집에 혼자 있는 마님이 왜 그리 가슴 아프던지요. 그 예쁜 얼굴에 노랑꽃이 피어 일찍 시들어 가는 게 안타까웠사옵니다. 너무 예쁘고 슬퍼 보여 그날 보쌈을 하려 월담을 했사온데 실패했사옵니다. 마님은 이제 서른이 넘으신 한창 나이시지요. 저도 이제 서른다섯이옵니다. 용서하시고 저와 같이 가시지요. 제가 행복하게 해

드리고 남은 인생을 책임지겠사옵니다."

"무엄하오. 말씀을 삼가시오. 나는 이미 정안군 나리의 사람이고 민이의 어미오. 어찌 궤변으로 나를 나락으로 내리 끄시오. 아랫 것들이 보면 부끄러우니 당장 나가시오."

"마님, 저를 불쌍히 여기시고 한 번만 더 생각해 주시지요."

"인간은 원래 절대 고독한 존재이오. 누구도 대신 해결해 줄 수 없는 고독한 존재란 말이오. 사랑하는 배우자도 혈육도 대신 아파주거나 대신 죽을 수 없는 존재이지요. 생의 끝까지도 절대 풀리지 않는 외로움을 안고 가는 존재란 말이외다. 팔자를 고치거나 술을 마시는 것은 잠시 외면하는 방법에 불과하지요. 알았으면 이제 썩 나가시오."

"젊은 마님께서 어찌 그리 사유가 깊은 말씀을 하시는지요. 불민한 소인 많이 배우고 물러가나이다. 무례를 용서하시옵소서."

"…."

묘덕은 그가 나간 뒤 혹시 나가는 모습을 누가 봤을까 싶어 소리를 질렀다.

"도둑이야…."

행랑에서 다 일어나 불을 밝히고 몽둥이를 들고 쫓아간다. 순정이가 마님 고단하시다고 민이를 데려가 같이 잤는데, 다음부터는 꼭 같이 자야겠다고 생각했다. 묘덕은 그래도 민이가 그 현장을 보지 않았다는 게 다행이라는 생각이 들었다.

'그래. 청상과부 수절하기가 얼마나 어렵더냐. 그러니까 열녀문을 세워주지. 묘덕아. 더 강해져야 한다. 민이만 다 크면 출가를 하여 금속활자로 서책을 만드는 일에 주력하고 무심과 무념을 배워야 하리라.'

묘덕은 자신을 위로하고 스스로 힘을 불어넣었다.

머리로는 그렇게 하자고 다짐을 하고 아무렇지도 않게 잠을 청하는데 가슴은 그렇지 않은가 보다. 신세를 생각하니 서러움에 눈물이 벌창을 해서 베갯잇을 다 적셨다.

재회

한 번쯤은 안부 편지를 더 보내시겠지 했는데 큰 스님께서 귀국하셨다. 절에 올라가는 길에 들르셨는데 묘덕은 너무 반가워서 눈물을 펑펑 쏟았다.

'기다리던 사람을 다시 만난다는 게 이리 큰 기쁨일 줄이야.'

집사 일을 할 때는 눈물이란 것을 몰랐다. 이리 뛰고 저리 뛰는 선머슴에게 눈물이 가당키나 하냐고 합리화를 하며 살았다.

'그 당시는 남장하고 살던 시절이었으니 술로 풀었으리라. 그때는 더 젊어서 무조건 강하게 보이려는 일종의 현실 외면이었나? 아니 어미가 되더니 이렇게 눈물이 많아졌는가. 어린 민이도 울지 않는데….'

"그동안 무고했지?"

"큰 스님 덕분에 별고 없었사옵니다."

다행히 큰 스님은 얼굴이 조금 타서 더 건강해 보이고 위엄

이랄지 후광이랄지 하는 것이 온몸에서 뿜어져 나오는 생불 같으시다.

"석찬 스님, 중국이 아무리 넓다고 해도 두 번째 가니 덜 긴장이 되었지요?"

"자제 군관님하고 갔을 때는 그런 것을 몰랐는데 백운 선사님이 하도 인기가 많아 애를 먹었나이다. 특히 여자 보살들이 화상님으로 호칭을 깍듯이 하며 말없이 참선하는 적묵당까지 따라와서…."

말이 별로 없는 석찬 스님이 백운 선사님의 설법을 자랑삼아 농을 한다.

"먼저 안부 편지를 한 번 보냈는데 잘 받으셨는지요?"

석찬 스님이 묻는다. 묘덕은 하마터면 보쌈을 당할 뻔했다고 말할 찰나에 입을 다물었다.

'큰 스님께서 아시면 얼마나 가슴이 아프시겠나. 가슴 아픈 것은 나 하나로 족해.'

묘덕은 어금니를 깨물었다.

두 스님이 가시고 나서 혼자되어 생각하니 정안군 나리가 더욱 보고 싶다.

한 번이라도 볼 수 있다면
부끄러워 외면한 얼굴 마주 보고 싶어.
달빛 속에 속살거리던 살갖 내음이여

그 다감한 눈빛을 마주 할 수 있다면
연모하는 애타는 마음 다 전하고 싶어.
따뜻하게 부르던 다정스러운 목소리
지금도 들려오는 듯하여
먼 하늘을 하염없이 바라보네.
애타게 불러도 대답 없는 님이시여
그리워도 오지 못하는 님이여
천상 재회의 그날만 기다리옵니다.

감히 보쌈을 입에 올린 이무생에게 인간은 절대 고독한 존재라고 큰소리쳤지만, 그것은 묘덕 자신의 정신력을 강화하고 세뇌하는 주문이었다.

'이제현 선생이 이색 선생한테 배우라 했는데 원나라에서 이번에 같이 들어오셨다니 생각난 김에 내일 찾아뵙자.'

묘덕은 이참에 민이를 데리고 이색 선생 댁을 방문하기로 했다.

"어서 오세요. 군부인 마님. 오랜만이시옵니다."

"백운 선사님과 함께 들어오셨다는 말씀을 듣고 이렇게 연통도 없이 찾아왔사옵니다. 지난번 벽란정에서 말씀하시어 망설이다가 민이를 데리고 왔사옵니다. 공부하시기도 바쁘실 텐데 폐를 끼치는 게 아닐는지요."

"별말씀을요. 제가 자식같이 생각하고 놀이하듯 조금씩 가르치겠사옵니다."

"감사하옵니다. 조금씩 가르치시면 제가 기다렸다가 데려가도 되겠는지요?"

"아직 어리니 그리해주시면 민이가 더 안정되겠지요."

이색 선생은 젊어서 그런지 한층 더 사내다워지고 기개가 넘치면서도 절도가 있었다. 부자가 다 당대 석학 익재 이제현 선생의 문하생으로 젊어서부터 명성을 날리고 있다. 정안군 나리로 인하여 연행단 후에 초대하여 안면은 있지만, 이제현 선생의 말씀이 없었다면 감히 생각지도 못할 일이었다.

'살아 있으면 다 이렇게 재회를 하는데, 정안군 나리는 미리 가실 것을 어찌 알고서 그분들을 초대하여 안면을 틔워주고 어려운 일을 상의하라 하셨는지….'

묘덕은 민이를 기다리며 목이 메었다.

서당 밖에서 기다리자니 예의범절이랄 수 있는 자세부터 가르치고 서책을 다루는 방법 등을 자세히 알려준다. 묘덕도 학생이 된 듯 호기심이 일고 다시 배우는 느낌이 들었다.

"오늘 무엇을 배웠느냐?"

오는 길에 묘덕이 물었다.

"똑바로 앉아서 서책을 보고 대하는 자세를 배웠습니다. 그런 다음 하늘 천天 따지地 검을 현玄 누를 황黃 네 자를 배웠습니다."

"아니, 우리 민이가 어린아이인 줄 알았더니 벌써 다 컸구나. 기특하다."

'왕후장상의 씨가 따로 있다더니….'

묘덕은 내심 용기 있게 이색 선생을 찾아오길 잘했다는 생각이 들었다. 익재 이제현 선생께서 민이가 아비 없는 자식 소리 들을까 봐, 제자인 이색 선생한테 배우라 한 생각이 들어서 너무나 고마운 생각이 들었다. 잎은 한 나무에서 나고 자라지만 서로 손을 잡지 않고 잡을 수도 없다. 세상인심이 그러하다는데 아무리 친구 사이라 하더라도 그렇게 깊이 생각해주는 분이 있다는 게 정말 고마웠다.

'더군다나 나리는 이 세상 사람도 아닌데. 이러려고 미리 나를 연행단에 넣어 주시고 집으로 초대하여 안면을 틔워주셨는가. 이제 민이를 가르치고 석찬 스님도 돌아왔으니 활자소 일을 시작해야겠다.'

계획했던 일이 순조로이 되는 것 같아 묘덕은 모처럼 단잠을 잤다.

밀랍 주조

묘덕은 일찌감치 일어나서 목욕재계하고 서적점에 다녀온 후 기록한 것을 다시 한번 읽고 안국사로 향했다. 부처님께 합장하고 큰 스님을 뵈러 갔다. 초하루라서 마침 계셨다.

"여독은 다 풀리셨는지요? 이제 석찬 스님도 왔으니 활자소 일을 시작해야 할 것 같사옵니다."

"좋은 뜻으로 정안군 나리께서 설치하셨으니 안전하게 해야 한다. 세상에 쉬운 게 없다고 생각하고 무리는 하지 마라. 석찬의 할아버지와 아버지가 서적점에서 일한 것을 적어 놓은 게 있다고 하더라. 그리고 노비 중에 각수 일을 하던 김응노가 있어. 아무래도 석찬에게 책임을 맡기고 노비들을 활용하는 게 좋을 듯하구나."

"우선, 일머리를 알아야겠기에 제가 전 과정을 석찬 스님과 김응노와 한번 해보고 싶사옵니다. 지난번에 서적점에는 녹사

2명, 이송으로 기사 2명, 기관 2명, 서자 2명이 분담하여 일하고 있었사옵니다. 석찬 스님과 상의하여 먼저 해보고 일을 나누어서 하면 어떨까 하옵니다."

"그래, 쉽게 될 일은 아니니 석찬이와 상의해서 하고 민이를 생각해서 절대 무리하면 안 된다."

묘덕은 전에 정안군 나리가 김웅노를 쓰라고 하던 말씀이 기억났다.

석찬 스님도 중국을 다녀와서 시작하자고 전에 말해선지, 활자소 청소를 말끔히 다 해 놓았다.

"그게 하루 이틀에 될 일이 아니니 처음부터 책임을 부여해서 하는 게 좋을 것 같사옵니다. 분담된 일을 하며 손이 부족할 때는 서로 도우면 되지요. 아무래도 마님은 여기 거주하시는 게 아니고 민이를 봐야 하니 관심만 가져 주시면 되옵니다."

"…."

"우리는 서적점과 다르게 글자를 새기는 각자장, 금속활자를 만드는 주장, 인출한 여러 활자를 보관하는 수장, 서적의 초본을 부르는 창준, 대나무나 파지로 활자의 틈을 메워 움직이지 못하게 조판을 하는 균자장, 메운 판을 받아서 인출하는 인출장으로 정하는 게 좋을 것 같사옵니다. 그런 후 인출한 문서를 검수하는 감인관은 마님께서 1차로 해 주시고 최종적으로 백운 선사님께서 봐주셔야지요.

"벌써 그런 부분까지 다 생각했군요. 내가 무슨 감인관을 하오? 총괄은 석찬 스님이 하니 감인관은 응당 석찬 스님이 해야지요. 정안군 나라께서 이 활자소를 설치했으니 나는 여기 들어가는 재료를 다 공급할 계획이오."

"아니지요. 인삼을 재배하여 판매하고 있으니 만일 부족하면 그것만 해결해 주시어요. 그리고 여기에 사실 빠진 게 있어요. 용광로에 불을 때는 야장이 필요해서 그것을 제가 하려고 하나이다."

"그것은 노비를 시켜도 되지 않소?"

"그냥 불을 때는 게 아니고 쇠가 끓도록 온도를 올려야 하므로 제가 해야 할 것 같아요. 김웅노는 글자를 새겼다고 하니 각자장을 시키고, 주장은 법륜 스님께 부탁을 드려야겠나이다. 밀랍을 끓이고 정제하는 것과 거푸집을 만드는 일까지 포함하여 필요한 노비들과 함께 하는 것이지요. 이렇게 하여 나오는 여러 활자를 담아 보관하는 수장은 나이 어린 노비도 할 수 있으니 진식이를 시켜야겠사옵니다. 창준, 균자장, 인출장 일은 정혜 스님께 노비를 붙여주고 부탁을 드리려하나이다."

"마님은 차 한잔 드시고 계시어요. 마침 오늘이 초하루라 다 계시니 말씀을 드리고 활자소로 모이라 해야겠어요."

석찬 스님이 나간 뒤 석찬 스님의 할아버지가 적어 놓은 기록을 보았다. 할아버지도 반듯하게 정자로 적어 놓으신 것을 보니 꼼꼼한 게 집안 내력 같았다.

묘덕은 새삼 석찬 스님이 대단해 보였다. 인생 계획서를 세운다 하면서 그렇게 구체적으로 생각하지 못했다. 석찬 스님은 젊은 남자인데 더 세밀하고 꼼꼼하게 일을 시작하는 것 같아 참으로 믿음직스러워 보였다. 묘덕은 자신이 집사 일을 하느라 정말 선머슴이 된 것은 아닌가 싶기도 했다.

잠시 후 모두 활자소로 모였다.

"사실 이 활자소는 우리 절의 오랜 신도이신 정안군 나리께서 거금을 드려 설치하신 것이옵니다. 여기 마님의 뜻이었지요. 제 할아버지와 아버지가 서적점에서 일하며 기록을 남기셨고 지난번 마님과 법륜스님을 모시고 서적점을 다녀왔나이다. 처음에는 다 아셔야 하니 개괄적으로 대충 말씀드리겠사옵니다. 먼저 글자 본을 정하고 사봉인 밀랍을 끓여 정제하고 굳혀서 잘라놓사옵니다. 거기에 글자 본을 뒤집어 붙이고 어미 자를 만들어 밀랍 봉에 붙이나이다. 거기에 속 거푸집을 씌워 그늘에서 말리고, 그 위에 겉 거푸집을 씌워 그늘에서 또 말리나이다. 완전히 건조되면 불에 구워서 밀랍이 녹아 나오게 하나이다. 거기에 쇳물 끓인 것을 바로 붓사옵니다. 완전히 식으면 톱으로 잘라 쇠줄로 다듬나이다. 이 활자를 보관함에 부수대로 보관한 다음 조판을 하여 유연묵을 바르고 인체로 문지르옵니다. 이렇게 인쇄된 것을 서책으로 만드옵니다."

"아, 다 되었나이다."

"말로는 쉬운데 실지로 해보면 아마 보름 이상 걸릴 것이옵니다."

"석찬 스님은 노련한 활자장 같으시오."

"사무 분담은 아까 별도로 말씀을 드렸사옵니다. 주장은 법륜 스님께서 맡아 주시고 창준, 균자장, 인출장은 정혜 스님께 맡아 주시기로 했사옵니다. 김응노는 각자장이 되고 진식이는 수장 일을 하게 되나이다. 내일부터 시작이니 아침에는 목욕재계하고 오셔야 하옵니다. 앞으로 우리 계획대로 일이 되면 불경을 필사하거나 목판으로 몇 권 찍지 않고 한꺼번에 대량으로 만들 수 있나이다. 그러면 우리는 물론 신도들에게 보시할 수 있고 까막눈이 뜨이는 것이오. 반드시 그렇게 될 것이옵니다. 그런 날을 위해 다 함께 협력하십시다. 잘 부탁드리옵니다."

석찬 스님이 설명하고 합심하여 일하자고 헹가래를 치듯 함께 손을 잡았다. 금방 활자가 다 나온 듯 묘덕은 흐뭇했다.

이튿날 목욕재계 후 부처님 앞에 합장했다.

"대자대비하신 부처님, 저희는 오늘부터 금속활자로 서책을 만들어 도탄에 빠진 백성의 마음을 위무하고자 하옵니다. 저희가 하는 이 일이 계획대로 이루어지게 가피를 내려주옵소서. 나무아미타불."

김응노가 언제 준비했는지 백운 선사님이 쓰신 신묘장구대다라니를 내놓으며 말했다.

"제가 보기에는 이 글씨체가 좋고 신도들이 가장 많이 찾으니 이게 좋겠나이다. 길지도 않고…."

"잘 생각했네. 하루에 이십일 번 이상 지송 하면 좋다니까 일삼아 하는 분들도 있는데 역시 경험이 있어서…."

김응노는 절에서 키운 토종 벌집 찌꺼기를 가마솥에 넣고 불을 때더니 고운 체에 거른다.

"차게 굳혀야 하오."

"단단하게 굳기 전에 자네가 적당한 크기로 만들어 자를 거지? 밀랍 활자 제작과 조판할 때 접착제로 써야 하니까."

김응노와 석찬 스님이 주거니 받거니 손발이 맞는 것을 묘덕은 뚫어지게 보고 있다. 일정하게 자른 밀랍 막대기에 백운 선사님의 글자 본을 뒤집어 붙이고 인두에 열을 가하여 문지르니 종이에 밀랍이 스며들며 뒷면에 선명하게 글씨가 나타났다. 김응노는 밀랍이 단단하게 굳어지길 기다려 칼을 사용해 글자를 새긴다.

"이 사람아, 자네가 다하면 나는 감투만 쓰고 있으란 말인가?"

주장의 책임을 맡은 법륜 스님이 무안해서 농을 한다.

"제가 일하던 습관이 있어서 주제 파악을 못 하옵니다. 스님이 보시다가 잘못되는 부분이 있으면 지적해 주시지요."

김응노는 글자를 다 새기더니 밀랍 활자에 양각된 글자를 다듬는다.

"날이 저물었으니 오늘은 이만 마치기로 하겠나이다. 고생들 하셨사옵니다. 마님 조심해 가시어요."

이렇게 시작한 첫날은 참으로 의미 있는 초하루였다.

'시작이 반이라는데….'

묘덕은 집에 오는 길이 웃는 초하루 달 같이 흐뭇했다.

이튿날은 법륜 스님과 김응노가 밀랍 봉에 밀랍 활자를 붙여 어미 자 가지 쇠를 만들었다.

"밀랍 봉의 무게가 붙여진 전체 밀랍 활자의 무게보다 세 배 이상 무거워야 쇳물이 잘 들어가는 것 알고 있소?"

석찬 스님이 할아버지의 기록을 기억했는지 제때 묻는다.

"네."

둘째 날이 지나가고 셋째 날이다.

"그럼 김응노는 이제 좀 쉬고, 우리는 이 밀랍 봉과 어미자 가지에 씌울 거푸집을 만들지요. 먼저 속 거푸집을 만드는데 우선 이 황토를 고운체로 걸러요. 물을 부어 계속 저어서 점성은 따라 내고 다시 물을 붓고 반복을 하나이다. 대 여섯 차례 반복해야 해요. 쇳물의 표면을 매끈하게 할 앙금 처리를 하는 것이지요. 그리고 고운 모래를 불에 한 번 구워 황토 칠 할에 구운 모래 삼 할을 잘 섞어 약간의 점토와 물을 뿌리고 반죽을 하나이다."

"왜 생 모래를 쓰지 않소?"

"생 모래를 쓸 때 그 신축성으로 인해 거푸집이 갈라질 수 있기 때문이오. 불에 구운 모래는 쇳물을 부을 때 생기는 뜨거운 김을 배출하는 통로 작용을 하오이다."

묘덕은 서적점에 다녀온 후 기록한 과정을 머릿속에 떠올리며 눈은 열심히 과정을 따라간다. 벌써 다른 노비가 앙금 처리를 하더니 모래를 구워 섞고 있다. 법린 스님이 점토와 물을 부어 준다.

"속 거푸집은 두 식경 이상 반죽하고 겉 거푸집은 한 식경 이상 반죽하오. 황토 칠할 넣는 것은 같은데 구운 모래에 태운 왕겨를 조금 넣어요. 속 거푸집 반죽한 것을 밀랍 봉과 밀랍 활자에 끌 칼 같은 것으로 골고루 발라 그늘에서 말리나이다."

스님들이 할 새도 없이 노비들 손이 척척 맞는다.

"속 거푸집이 말라야 하니 이제 좀 쉬시지요."

"겉 거푸집에 왕겨를 조금 넣는다고 했는데 정확히 어느 정도이오?"

"제가 정확하게 말씀을 안 드렸군요. 구운 모래의 삼십 분의 일이면 되옵니다."

거푸집을 그늘에서 말리려면 마르는 시간이 꽤 걸릴 것이다. 묘덕은 순정이가 준비한 다과를 내놓았다.

벌써 또 날이 저물었다. 다음 날은 겉 거푸집을 만드는 날인데 묘덕은 민이를 데리고 이색 선생 서당에 가야 한다.

'내 사정을 다 알고 석찬 스님이 나한테 일을 배정하지 않았구나. 나보다 나를 더 잘 아는….'

다행히 거푸집이 마르지 않아 묘덕이 오지 못한 어제는 일하지 못했다고 한다. 다음 날은 속 거푸집을 만들던 노비가 황토에 구운 모래를 넣고 왕겨 태운 재를 일 푼 더 넣고 반죽을 하여 속 거푸집이 마른 위에 더 발라서 두 겹의 거푸집을 완성했다. 통풍이 잘돼도 겉 거푸집이 마르는데 이틀이 더 걸릴 것이다.

"백운 선사님의 성품을 닮았는지 어찌 이리들 알아서 일을 척척 하는지 고마울 따름이옵니다."

묘덕은 칭찬이 절로 나왔다.

호사다마라고 했던가. 모두 마음이 충만해 있는데 두 번째 거푸집 처리를 하고 응달에서 말린 것이 쫙 벌어졌다.

"황토와 모래 비율이 잘못된 것일까? 아니면 속 거푸집이 덜 마른 것일까. 왕겨 태운 재의 양이 안 맞은 것일까."

"그냥 한 번 구워 보시지요."

"구웠다가 더 벌어지면 어찌하오?"

"그러면 폐기하고 다시 해야지요. 청동값이 엄청 비싼데 그래도 활자 만들어 잘못된 것 보다 낫지요."

더 벌어져서 결국 처음부터 모든 절차를 다시 해야 했다.

"이 거푸집 만드는 것에 정성이 가장 많이 들어간다고 하옵니다. 다음 날은 이 마른 거푸집을 불에 구워 밀랍 활자와 밀랍 봉이 흘러내리게 하나이다. 그런 다음 바로 쇳물을 붓는 것이지요. 거푸집이 완전히 건조하지 않으면 거푸집에 남아 있는 밀랍 찌꺼기 같은 불순물로 인해 글자의 획이 제대로 나오지 않고 기포가 생겨 글자 형태가 말끔하지 않다고 했나이다. 서적점에 다녀온 지가 좀 오래되어서…."

"얼마나 섞는지와 반죽하는 시간, 말리는 시간을 잘 지켜야겠어요."

"그러면 이제 쇳물을 녹여야지요. 거푸집에 밀랍 활자와 밀랍 봉이 빠진 후에는 바로 쇳물을 부어주어야 불량 주자가 생기지 않는다고 하옵니다. 구리 팔 할 팔 푼에 주석 구 푼을 넣고 끓이다가 뜨거움이 최고점에 올라갔을 때 인을 세 푼 혼합하면 순간적으로 온도가 더 올라가 불순물을 제거하고 극대화한다고 해요. 천 이백 도라는데 목탄을 준비했지만 이게 제일 어려울 것 같아 제가 하려하나이다. 거푸집은 평평한 모래 위에 올려놓고 흔들리지 않도록 해야 해요. 만일 흔들리면 그 뜨거운 쇳물에 화상을 크게 입는 것이지요."

석찬 스님은 용광로에 목탄을 넣는다. 법륜 스님은 거푸집이 말랐는지 살펴보며 덧붙인다.

"이 거푸집이 마르면 쇳물을 붓기 직전에 불에 구워 어미 자와 밀랍 봉이 빠지게 해야 한다고 했으니 시간이 서로 잘 맞아야 하는데…."

"조금 더 기다리시지요. 쇳물 온도가 빨리 안 오르네요."

"지금이 가을로 접어드니 괜찮지, 여름에는 뜨거워서 못하겠어요."

한참을 기다려 거푸집을 구운 것에 쇳물을 조심스레 부었다.

"이제 쇳물이 완전히 식기를 기다려야 하옵니다."

또 한참을 기다리는데 어두워지니 오늘은 그만하자고 한다.

그 이튿날이다.

"밤새 다 식었으니 거푸집을 깨고 어미 자와 똑같은 금속 활자를 분리해 냅니다."

"이제부터 내 일이지?"

정혜 스님이 바짝 다가선다.

"아니, 아직 더 남아 있어요."

"쇠톱이나 실톱을 이용하여 활자를 하나하나 잘라내고 쇠줄을 이용하여 활자의 모든 면을 매끄럽게 잘 다듬어야 나중에 인쇄가 깨끗하게 나옵니다."

김응노가 또 달려들어 능숙하게 일을 처리한다. 그 모습을 보며 묘덕이 새삼 고개를 끄덕인다.

'저래 손이 빨라서 정안군 나리가 기억하고 말씀하신 게야….'

"다음은 진식이가 수장이니 네 차례다. 완성된 활자는 한자의 부수별 순서에 따라 분리하여 보관함에 넣어야 하느니라. 그래야 책을 찍을 때 찾기 쉽고 혼동이 없어. 진식이 한자 부수는 알겠느냐?"

진식이는 부수별 순서에 따라 물어 가며 넣는다.

"더 공부해야겠사옵니다."

"그다음은 정말 내 차례네."

다음 날 정혜스님이 신묘장구대다라니 글자 순서대로 활자를 보관함에서 차례차례 꺼내어 인판에 배열하고 흔들림이 없도록 가로 세로줄과 사방을 적당한 길이의 나무막대를 찾아 고정한다.

“밀랍은 비싸니 나무막대를 썼나이다.”

“이제 조판이 다 되었소?”

“바빠도 바늘허리에 실 꿰어서 못 쓰는데 유연묵 만드는 일을 잃어 버렸나이다.”

송연묵은 소나무 기름을 가득 담은 용기에 심을 꽂고 거기에 불을 붙이면 기름이 타면서 그을음이 생기옵니다. 그 그을음을 긁어모아서 물 아홉 근에 아교를 담가 구리로 된 동이에 넣어 녹이옵니다. 그런 뒤 송연과 아교가 섞일 때까지 나머지 한 근의 물로 씻은 뒤 별도의 기구에 담아서 굳혀요. 송연묵은 목활자에 주로 쓰는데 유연묵은 송연묵보다 기름이 더 많이 들어가 묵의 빛깔도 더 진하고 곱지요.”

“목활자 찍을 때 송연묵 만들어 보신 분 계시온지요?”

“제가 해 봤사옵니다.”

역시 김응노다.

“금속활자로 찍을 것이니 그럼 유연묵을 만들어야 하옵니다.”

“네. 유연묵은 오동나무 기름이나 삼나무 기름, 참기름도 종종 쓰긴 하옵니다. 그 기름을 태운 그을음을 받아내기란 여간 시간과 정성이 드는 게 아니어요. 물량도 한 번에 많이 나오지 않으니 비싸나이다. 오늘 여기까지 하고 내일 유연묵 만드는 일부터 하겠사옵니다.”

묘덕은 민망했다. 아침에 기록한 것을 읽고 참기름을 들고 온다는 게 그냥 온 것이다. 준비를 제대로 안 해서 석찬 스님을 거들지 못하고 참관만 한 꼴이 되어 미안했다. 묘덕은 밤새 참기름으로 유연묵을 만드니 집안이 온통 깨 볶는 냄새로 진동을 한다.

다음 날이다.

"활자의 면에 마님께서 어제 만드신 유연묵을 칠하고 한지를 올려놓은 다음 머리카락으로 만든 인체라는 솔 모양의 것으로 문질러요. 그런 뒤 한 장씩 인출해서 살피고 인출 후 교정을 보옵니다. 그런 후 표지를 만들기 위해 여섯 장을 겹쳐 기름과 밀랍을 먹인 황색 장지를 만드오. 책을 꿰매기 위해 삼끈도 준비하지요.

제본 작업은 책에 다섯 개의 구멍을 뚫어 구멍마다 종이 못을 박아 넣사옵니다. 종이 못을 만들기 위해 창호지를 꼬아서 책에 송곳으로 낸 구멍에 끼워 매듭을 만들었고 그것을 두들기는 방식으로 제작을 하나이다. 이렇게 실로 꿰매는 오 침 안정법은 끈이 끊어져도 원형이 유지된다고 하옵니다. 대개 두꺼운 오합 표지를 쓰지요."

이제는 일사천리로 척척 해낸다. 이윽고 금속활자 서책이 완성되었다. 묘덕은 만세라도 부르고 싶은데 눈물이 툭 떨어졌다.

"너무 좋아도 눈물이 나오는군요. 고생들 하셨사옵니다."

"고생들 많으셨사옵니다. 첫 실습작이라 마음에 들지는 않지만, 내부에서 그냥 쓸 수는 있겠어요. 무녀리는 원래 시원찮다고 하잖아요. 더 노력해서 점점 개선해 나아가야지요. 먼저 백운 선사님께 드리고 부처님 전에 올리겠사옵니다."

초하루에 시작했는데 벌써 휘영청 밝은 보름달이 떴다. 한 달 보름이 지난 것이다. 그 속에 정안군 나리가 흐뭇한 미소를 짓고 있다.

임이여
곰비임비 빚은 금속활자 보이시나요.
초가을 별빛 위에 담아냅니다.
어둡고 길이 막혀 못 오시다가
금속활자 보시고 달빛 미소 지으시네.

옹기종기 둘러앉아
도란도란 빚은 정성의 금속활자
임 생각하며 신묘장구대다라니 지송하옵니다.

흡족한 임의 마음 전해져서
제 마음속에도 달이 뜹니다.
임이 보신 그달 속에
잘 익은 금속활자가.

묘덕 계첩

경계를 넘은 듯 묘덕은 생각에 잠겼다.

'흡족한 완성품은 아니어도 금속활자로 서책을 만들었다. 앞으로 좀 더 개선해 나중에 큰 스님께서 기록한 설법을 서책으로 찍으면 되리라. 불심이 깊은 신도들은 삼시 세끼 밥을 못 먹어도 금은보화보다 더 애지중지하며 위무를 받겠지. 그런 날이 빨리 와야 할 텐데….'

세상에 태어나 넓은 세상을 보고 뜻을 세워 작성한 인생 계획서의 가장 비중 있는 부분을 이루었다. 꿈을 향해 달려갈 때는 외로움 속에서도 하려는 의지로 충만했다. 민이도 많이 컸고 호기심과 탐구심이 있어서 책 읽는 것을 좋아한다. 별고 없이 살며 이루었으니 기쁨만 충만해야 하는데 몸에서 기가 빠져 바람 소리가 나는 듯 허전하다. 묘덕은 자기 마음을 알 수 없었다.

마침 안국사에서 수계식을 한다고 한다. 수계식은 삼보에 귀의하고 법명과 계율을 받음으로써 불자가 되는 의식이다. 큰 스님은 말없이 참선하고 실천하시며 떠들썩한 것을 좋아하지 않지만, 중국 호주 하무산 천호암에 다녀오신 뒤로 전국을 돌며 설법을 하신다.

"서광이 비치시네."

"백운 선사가 오시는 절에는 서기가 서린대."

"설법을 들으니 완전 생불이야."

환관과 공녀 차출에 왜구와 홍건적의 침입으로 백성들은 불안하고 삼시세끼 해결하기도 힘들어 초근목피로 생명을 유지했다. 이러니 마음을 위무하는 백운 선사의 설법이 생명수 같지 않겠는가. 어디를 가나 인산인해를 이룬다고 한다. 불제자가 아닌 사람들까지도 안국사를 찾아서 스님들까지 긴장을 한다니.

더군다나 호주 하무산의 천호암을 다녀오신 뒤 이 년 후 56세 때인 공민왕 이 년, 1353년에는 마음을 밝혀 도를 깨달았다는 인정을 받았다. 57세가 되던 1354년 청공 선사의 제자인 법안 선사를 통하여 스승의 임종게臨終偈와 가사, 발우를 백운 선사에게 전했다. 가사와 발우는 계승자한테만 물려주는 증표이다.

> 푸른 산이 썩은 시체를 착(着) 하지 아니하니,
> 죽은 뒤에 어찌 땅을 파서 매장하겠는가.
> 돌아보건대 나는 삼매(三昧)의 불이 없으니,
> 앞을 비우고 뒤를 끊는 것은 한 무더기의 땔나무뿐이지.

흰 구름을 사려고자 청풍까지 다 팔고 나니
온 집안이 텅 비어 뼛속까지도 가난하도다.
무릇 겨우 남은 한 칸짜리의 초옥일지언정
떠나면서야 병정 동자에게 부탁 하련도다.

묘덕은 청공 선사의 임종게를 한 자 한 자 음미해 본다. 이 임종게를 제자인 법안 선사가 고려까지 전하러 왔다는 소문이 나며 백운 선사의 호칭도 백운 화상으로 자연스레 격상되었다. 묘덕은 아버지의 다른 이름인 양 큰 스님으로 호칭을 했는데 이제 자신도 호칭을 바꾸어야 한다는 생각이 들었다.

'백운 화상님, 백운 화상님'을 혼자 밖으로 소리 내어 반복해 본다.

묘덕은 청공 선사의 임종게를 다시 읽으며 다 부질없는 세상이지만 그래도 민이 어미로서, 정안군 나리의 지어미로서 품격을 지키고 살다 가자는 결심을 다시 했다. 묘덕은 사실 수계를 생각하고 싶지 않은 마음이 가슴 밑바닥에 내재하고 있었다. 왜냐하면 수계식이 끝나고 아버지로 알던 백운 화상님이 업둥이라는 사실을 알려주며 남장을 시켜서다. 그러나 나이를 먹고 민이를 키우며 생각하니 묘덕을 보호하려던 백운 화상님의 고육지책임을 알게 되었다.

고승인 지공 스님이 불교를 전파하려고 정안군 나리의 고모인 순 비順妃의 요청으로 불교적 신앙심이 깊거나 사회적 신분이 높은 계층의 많은 사람에게 하루에 수만 명씩 계戒를 주었다고 한다.

이렇게 일곱 살 때 받은 수계는 보호 차원에서 받은 무생계첩無生戒牒이지만 이번에는 순전히 내 의지로 수계를 받고 일신하자는 생각이 들었다. 날이 풀리며 얼음이 녹듯 자신의 긴장이 서서히 풀리고 보쌈을 하러 들어온 인간도 있었으니 자신을 재무장해보자는 굳은 각오였다. 묘덕은 백운 화상님을 뵙고 심경을 토로했다.

"백운 화상님, 지금 당장이라도 삭발을 하고 산문에 들어오고 싶지만, 아직은 민이가 어려서 성인이 된 뒤에나 가능할 것 같사옵니다. 대신 마음을 추스르고자 스님께 수계를 다시 받고자 하옵니다.

"큰 스님이라 부르다가 백운 화상이라니…."

"제가 습관이 잘못 들어 그렇게 버릇없이 불렀사오나 도를 깨달은 스님을 화상님이라 부른다고 하옵니다."

"묘덕이란 이름은 위로는 불법의 진리를 구하고 아래로는 중생을 제도하는 상구보리 하화중생上求菩提 下化衆生의 보살도를 두루 닦아서 미묘한 공덕을 원만히 갖추라는 뜻을 지닌 이름이다. 또한 정법안장正法眼藏에서는 뛰어난 덕이란 의미이고, 교행신증敎行信證에서는 묘덕 보살 즉, 문수보살文殊菩薩을 말하기도 하는데 그대로 이 이름이 좋으냐?"

"네, 나중에 삭발하고 중이 되어도 스님께서 처음 지어 주신 그 이름을 쓰겠사옵니다."

수계식 날이다. 소문대로 불제자 되려는 수많은 사람이 모여들었다. 묘덕은 이참에 민이도 같이 수계를 신청했다. 백운 화상님이 오른쪽 팔목에 향을 올린다. 따끔했다. 일곱 살 때 백운 화상님이

"그놈 참 당차다. 어른들도 잘 못 참는데…."

하시던 말씀이 어제 일인 양 들려온다.

수계 제자는 깨끗이 믿어야 할 사 귀를 받으라(淨信四歸依)

형상 없는 부처님께 귀의하옵니다.

무생(無生)의 부처님 교법에 귀의하옵니다.

다툼 없는(無諍) 스님께 귀의하옵니다.

최상승 무생계에 귀의하옵니다.

수계 제자는 모든 삼업 죄(三業罪)를 참회하여 없애라(懺除諸三業罪).

도는 본래 깨끗하건만

미혹하여 모른 까닭에

한량없는 죄를 짓게 되어

번뇌의 이 몸 받았네.

제가 이제 애달프게 참회하오니

불 보리를 속히 증득하게 해 주옵소서.

수계 제자는 육 대원(六大願)을 크게 발하라(發弘誓六大願).

일체중생이 성불하지 않으면 저 역시 성불하지 않겠사옵니다.

일체중생이 지닌 모든 번뇌를 제가 대신 모두 받겠사옵니다.

일체중생의 어리석음을 밝은 지혜로 바뀌게 하겠사옵니다.

일체중생이 지닌 모든 재난(災難)을 안온(安穩)하게 하겠사옵니다.

일체중생의 모든 탐·진·치(貪瞋痴)를 계·정·혜(戒定慧)로 바뀌게 하겠사옵니다.

일체중생이 모두 저와 더불어정 등각(正等覺)을 이루게 하겠사옵니다.

수계 제자는 최 상승 무상계를 발하라.

온갖 착한 일도 닦지 말고 악한 일도 짓지 말라(衆善不修諸惡不造).

위의 조항들은 옛날 법도를 갖추었으므로 또렷이 지닐 때 한 번만 귀에 스쳐 가도 모두 보리를 증득할 수 있나니 깊이 사유思惟하고 수습修習하여 영원토록 부처님 법을 신봉信奉함으로써 다 함께 어지러운 이 나루터를 떠나 깨달음의 저 언덕으로 올라가야 하느니라.

수계 제자는 다 같이 축원(祝願)하십시다.

황제의 성수(聖壽)가 만세(萬歲)에 이르소서.
태자와 여러 왕의 수명이 천수에 이르소서.
황후와 황비의 풍요로움이 영원토록 무성하소서.
국왕 전하의 복수(福壽)가 무강(無疆) 하시고,
문무 관료의 벼슬이 더욱 높아져
천하가 태평하여지고,
바람과 비가 알맞아 나라가 태평하여져
백성을 편안하게 하여 주소서.
부처님의 위대하심이 빛을 더해가고,
부처님의 법(法) 또한 늘 온 세상으로
전해지길 바라나이다.

계첩을 받은 시기, 수계자(授戒者), 수계자(受戒者)
공민왕 6년(1357) 5월 15일에 첩(牒)을 씀.
여래(如來)께서 제자들에게 유교(遺敎) 전수(傳授) 일 승계법(一乘戒法)을 선사(禪師) 백운(白雲)이 우바이(優婆夷) 묘덕(妙德)에게 내려 주노라.

수계식이 끝나고 백운 화상님의 서기를 통해 불심이 자신에게 전해진 듯, 묘덕은 발걸음이 가볍고 더 청정해졌음을 느낀다. 묘덕 계첩을 다시 받고 청정한 마음을 다짐했으니 아침 기도에 정성을 더하고 불경 공부에 더 매진해야겠다고 생각한다. 백운 화상님께서는 온 종일 고단하실 텐데 내일부터 또 설법하러 가신다고 한다. 이번에는 청주 목 쪽이라고 석찬 스님이 전해주었다.

무심의 대 명당

바위 사이로 노송이 우거진 숲속에 절이 있다. 깊숙한 솔숲 사이로 빛이 유난히 반짝인다. 앞으로는 시냇물이 평화롭게 흐르고 있다. 달밤에 그 내를 건너서 묘덕 계첩을 전해주려다 묘덕은 잠을 깼다. 꿈이었다.

무릇 무생계는 모든 성인(聖人)이 태어나는 땅(地)이요.
온갖 선(善)이 생겨나게 하는 터(基)이다.
터전(基地)을 닦지 않으면 성과 선이 어떻게 설 수 있으랴.
이것은 마치 모래를 삶아 밥을 지으려는 것과 같으니
어찌 이루어질 날이 있으랴.
또한 마치 똥 덩어리를 깎아 향을 만들려는 것과 같으니
끝내 이루어질 수 없도다.
괴로움의 바다를 건너려면 반드시 자비의 배를 빌려야 하고,

어두운 거리를 밝히려면 반드시 지혜의 횃불을 붙여야 하느니.

그러므로 일체중생들도 이 계법(戒法)을 받지 않고서

불도를 이루고자 하는 것은 옳지 않도다.

이 계법은 온갖 형상이 있는 존재이거나

형상이 없는 존재이거나를 막론하고

모두 받아서 지녀야 하도다.

'묘덕 계첩에 이렇게 쓰여 있었는데 수계를 받아서 꿈도 청정한 것인가. 묘덕 계첩을 내가 지니고 계율을 지켜야 하는데 주려고 한 것을 보면 희미한 얼굴은 분명 정안군 나리였으리라….'

묘덕은 어제 꿈에서 본 절이 청주 목에 있을 것만 같다. 말을 타고 가면 쉽겠지만 백운 화상님이 설법을 하며 걸어가실 테니 가마를 타고 가야 할 것 같다. 모처럼 민이와의 여행이다. 이색 선생도 한창 성장하는 민이에게 호연지기를 길러 주는 것도 더없는 공부라고 했다. 칩거하듯이 살아서 그런 생각을 못 했는데 뒤늦게라도 잘했구나 싶었다. 참으로 오랜만의 나들이다.

'정안군 나리가 있으실 때는 말을 타고 벽란정으로 바람도 쐬러 갔는데….'

묘덕은 벌써 추억에 젖는다. 가마 창틈으로 보는 하늘에는 어느새 달이 휘영청 밝다.

임과 같이 본 그달
임을 비추었던 달빛
그때는 속살거림도 기쁨이더니
창틈으로 보이는 달은
외로움에 떠는구료.
산천을 벗 삼아 노니는 달이여
달 밝은 하늘을 벗 삼아
달빛 훔치는 나그네여.

청주 목에 도착했다. 묘덕은 깜짝 놀랐다. 떠나기 전 꿈에서 본 그 절이 바로 이 흥덕사다. 야트막한 양병 산자락에 바위 사이로 우람한 노송이 우거지고 멀리는 무심천이 유유히 흘러가고 있다. 풍수지리를 잘 모르는 묘덕의 눈에도 한눈에 배산임수背山臨水의 명당으로 보였다. 밝은 기운이 솟아 기를 받는 집을 명당이라 하는데 묘덕은 몸이 상쾌해지는 느낌이 들었다. 묘덕은 마음이 상쾌해지면서 정신이 또렷해지고 기도가 자연스럽게 하고 싶어 법당으로 향했다.

'대자대비하신 부처님, 백운 화상께서 부처님의 설법을 잘 전파하도록 해주시고 정안군 나리가 극락왕생하게 해 주소서. 우리 민이가 무탈하게 무럭무럭 자라게 해 주시고 가솔들이 모두 건강하고 만사형통하도록 해주시옵소서. 제가 세운 인생계획을 제대로 실천하고 가도록 가피를 내려주옵소서.'

묘덕은 자기 정화가 되고 스스로 깨치는 느낌이 들어 눈물이 방울 되어 하염없이 떨어진다.

'땅의 기운은 인간의 욕심을 따르지 않고 구한다고 그저 얻어지는 것이 아니며, 삼대에 걸쳐 음덕이 있어야 한다는데….'

내 집인 양 편안하다.

'안국사에 계시던 달잠 스님이 이리로 오셨다고 했는데….'

주지 스님을 찾았다. 살아있는 부처같이 편안한 미소를 짓는 현우 스님이 달잠 스님과 함께 나오신다. 달잠 스님을 뵈니 얼마나 반가운지 친정도 없는 묘덕이 친정 오라버니를 만난 듯 반가웠다.

"백운 화상님께서는 몇 번 다녀가셨는데 지난봄에도 다녀가셨사옵니다. 오신다는 소문이 있어 모두 기다리는데 이번에는 아직 오지 않으셨사옵니다."

"저는 처음 왔는데 절이 내 집같이 아주 편안하옵니다."

"흥덕사는 봉황이 알을 낳는 형국인 황조 산란형이라 명혈이 많은 곳이 옵니다. 법당은 천기가 발달한 대 명혈의 천기와 지기가 만나는 영지이옵니다."

"제가 느끼기에도 그렇사옵니다."

"영이 맑은 보살님이라 그렇사옵니다."

"…."

"백두산 정기가 백두대간을 타고 남진하다가 소백산으로 갈아타서 속리산에 머물지요. 이 백두산의 산 정기가 국사봉을 거쳐 매봉산 잠두봉 아래 양손을 펴고 와혈 명당을 만드나이다. 양병산이 낮지만, 속리산 정기가 갈무리되어 머무는 땅이라 명당 중의 명당이라고 하오이다. 편안하게 머무르시지요."

"부처님의 가피가 있어 이리 편안하고 영험한 절에 오게 되었나 보옵니다. 폐를 끼치게 되었군요."

"오늘 편히 쉬시고 내일은 절 주위와 무심천, 미호천을 둘러보시고 용두사지 철 당간도 둘러보시지요. 미호천은 십여 리 떨어져 있어 보이지는 않으나 무심천과 합쳐져서 금강으로 같이 흘러간다고 하오이다. 유서 깊은 상당산성도 있나이다."

"무심천無心川이라니 불가에 흐르는 천같이 그윽한 이름이옵니다."

"무심천에 전해 내려오는 이야기가 있지요. 어느 청상 보살이 아기를 데리고 오두막 외딴집에 혼자 사는데 행자승이 시주를 왔대요. 그 스님한테 아기를 맡기고 여인은 볼일을 보러 갔지요. 행자승이 졸려서 깜박 조는 사이 아기가 돌다리에서 놀다가 물에 빠져 익사했다 하옵니다. 여인은 주검을 안고 울다가 삭발하고 산문으로 들어갔다 하옵니다. 슬픈 전설이지요. 이 사연을 모르는 무심천은 그때나 지금이나 아는지 모르는지 무심하게 흘러 무심천이라 한다 하옵니다."

"…."

묘덕은 그 여인의 이야기가 꼭 자기 이야기인 것만 같이 가슴이 아려왔다.

'무심천은 역시 나와 인연이 있는 게야. 나도 금속활자로 백

운 화상님의 서책을 찍고 민이가 다 크면 산문으로 들어갈 것이야….'

"용두사지 철 당간이라 하시었나요?"

"청주 지역의 호족 김예종金芮宗이 사촌 형 희일希一 등과 함께 철 당간을 주조하여 사찰에 시주했다고 하오이다. 특히 당시에 유행병인 염질染疾이 크게 일어났으므로, 부처께 재앙의 예방과 사후의 극락 천도를 기원하는 뜻을 담았다고 하오이다. 철 당간 기문에 준풍 삼년이라 쓰여 있는 것으로 보아 광종 13년인 962년에 건립되었음을 알 수 있다고 하오이다. 높이가 마흔두 척이고 공주 갑사 철 당간, 안성 칠장사 당간이 있다고 하지요. 청주는 읍성이 배 모양이라 주성舟成이라 불렀는데 홍수가 잦았다고 하오이다. 용두사지 철 당간을 세우고 배에 돛이 생겨서 홍수가 멈추었다고 전해지오이다.

용두사지 철 당간 세 번째 철통 표면의 당간 기에 세우게 된 동기와 과정, 지역 관리들의 관직이 두루 새겨져 있으오이다. 학원경과 학원낭중이라는 문구가 있는 것을 보면 체계적인 최고의 교육기관이 있다는 증거이지요. 그래서 교육도시라고 하오이다. 청주 목은 백제 시대에 상당 현이었다가 통일 신라 시대에는 서원경이었어요. 고려 초기에는 서원 부였다가 성종 이년(983년)에 12목을 설치하면서 청주 목이 되었다고 하오이다. 청주 목의 관할은 영동, 보은, 조치원, 아산, 온양, 천안, 안성, 평택

까지 꽤 넓고 군사적 요충지이오이다.

상당 산성은 청주가 백제 시대 상당현上黨縣이었던 점으로 미루어 보아 이곳에는 원래 삼국 시대부터 토성이 있었던 것으로 짐작이 되오이다. 김유신의 셋째 아들이 쌓았다고도 하고 신라 김유신의 전적지인 낭비성으로 보는 견해도 있어요. 유사시에 백성의 생명과 재산을 적으로부터 보호하는 보민保民 산성이라 아주 자랑스럽소이다."

"주지 스님은 이렇게 다방면으로 다 잘 아시옵니까?"

"아니 잘 안다기보다 청주 목을 사랑하지요. 제2의 고향이 되었소이다."

이튿날 묘덕은 무심천 천변을 거닐었다. 그새 민이는 많이 커서 장정 같다. 내 설움에 겨워 어미 노릇을 제대로 했던가. 아무 탈 없이 장성해준 민이가 고맙다.

'민이의 짝을 지어주고 나면 자신에게 약속한 대로 나도 출가를 해야겠지. 그러고 보니 민이와의 장거리 여행이 처음이자 마지막 같다. 아비 없는 자식 소리 듣지 않게 하려고 아이를 너무 다그치고 몰아세운 것은 아닌지. 가엾은 것….'

아이를 잃은 것도 남편을 잃은 여인의 마음도 모르고 무심천은 무심히 흐른다. 태고의 순수한 신비가 시방세계에 잉태되어 내음부터 다르다.

'내 모든 것을 무심천에 흘려보내고 인연이 된다면 여기에 정착하고 싶다. 출가하여 영혼을 흐르는 물에 씻으며 제2의 인생을 시작하고 싶다. 모든 것은 이렇게 흘러가는 것을. 그 무엇에 연연하랴.'

> 길섶 하얀 개망초 은하수 같아
> 철없는 달맞이꽃 부끄러워 고개 숙인다.
> 고방오리 한 쌍 날아와
> 갈대숲을 흔들고
> 왜가리는 반가워 날개짓 한다.
> 맑은 물속 피라미 떼
> 임의 몸짓 그림자 되어
> 걱정도 그리움도 다 잊고
> 무심히 흘러간다.
> 모두 잊고 흘러서 큰물이 되어라.

맑고 고요히 흐르는 무심천이 시심을 자극했다. 묘덕은 소싯적에 움직이지 않는 굳건한 것을 지조 있다고 생각하여 가치 기준을 더 높이 두었다. 이제는 무심천같이 흘러서 잊을 것은 잊고 변화에 적응하는 것이 좋으니 알 수 없는 것이 사람의 마음인가 싶다. 묘덕은 다시 행장을 꾸려 집으로 가야겠다고 생각한다.

'백운 화상님을 만나기로 약속한 것도 아니고 홀로 된 뒤에는 둘이 대면하는 게 괜스레 편치 않을 거라는 선입감이 일어 되도록 삼갔다. 서로 만나지 않아도 서로의 마음을 모르는 게 아닌데 굳이 여기서 그리움을 확인할 필요가 있을까. 설법을 기다리는 사람들로 홍덕사가 북적이는데 더 있는 것은 폐를 끼치는 짓이야.'

막 떠나려는데 백운 화상님께서 도착하신 것 같다. 인사를 드렸더니 어떻게 먼 길을 왔냐고 놀라신다. 불자들은 벌써 인산인해를 이룬다. 그 연세에 먼 길을 오셨는데도 도를 터득해서인지 세속을 떠난 신선 같이 느껴져 묘덕은 다시 경외감이 들었다.

백운 화상님이 주장자를 드니 신선 같다. 설법이 시작되었다.

"그대 대중들은 나에게서 무엇을 구하려 하시오.
그대들이 성불하고자 한다면
모든 불법을 다 배우려 하지 말고,
오직 구함이 없고 집착이 없기만을 배우시외다.
구함이 없으면 마음이 나지도 않고
집착이 없으면 마음이 멸하지도 않으오이다.
나지 않고 멸하지 않는 것이 곧 부처님인데
그대들은 어찌하여 마음이 곧 부처님이며
부처님이 곧 마음임을 알지 못하고
부처님으로 다시 부처님을 찾으면서
강서와 호남으로 저렇게 돌아다니고 있으시오.
한 가지 의심만을 풀고
다른 하 가지의 의심으로는 남의 문호를 찾아다니며

그것을 구하고자 총총히 달리는 것은
마치 목마른 사슴이 아지랑이를 물로 알고
달리는 것과도 같으나니
그 언제에 상응을 얻을 수 있겠사옵니까."

같은 말씀이라도 백운 화상님을 통해 들으면 부처님께서 직접 말씀하시는 것 같고 부처님 곁에 다가가는 것 같다. 마음이 청정해지고 더 인간답게 잘 살 것 같은 희망이 보이니 생불이라는 소리를 들으시고 불자들이 이렇게 구름같이 모여드는가 보다.

출가

민이가 어느덧 건장한 청년으로 성장했다. 민이의 스승님이 민이를 잘 보셨는지 종중의 참한 규수가 있다며 일사천리로 추진하여 성혼되었다. 아비 없다는 소리가 무서워 내색도 못 했는데 알아서 아버지 역할을 해주시니 어찌나 고마운지 머리카락으로 짚신을 삼아 드려도 부족할 것만 같다.

묘덕은 성혼식 날 정안군 나리가 계셨더라면 하는 생각에 눈시울이 뜨거웠다. 아이들의 장래를 위해 어미가 마지막으로 할 수 있는 일은 눈물을 일절 보이지 않고, 경건한 마음으로 축원을 하는 것이다. 묘덕은 기도하는 마음으로 축원의 마음을 적었다.

이제 두 사람은 하나가 되리
천생연분 맺어져 한 곳을 바라볼 테니

이제 두 사람은 외롭지 않으리
서로 존중하고 배려하는 동행이 될 터이니

내게 집중하는 그대 있어 비바람이 두렵지 않네
서로 바람막이 되고 지붕이 될 터이니

이제 두 사람 앞에는
사랑의 꽃길만 펼쳐지리

이 축복의 대지 위에서
늘 지금처럼 건강하고 연모하며 행복하리라

묘덕은 이제 본격적으로 출가를 준비했다. 공양주 보살은 묘덕이 정안군 나리 댁으로 간다고 할 때, 사가에서 절로 들어가는 것을 출가라 하는 데 그럼 역 출가냐고 반문했다. 이제는 부처님의 진정한 제자가 되기 위한 진의의 출가다.

묘덕은 며늘아기가 허씨 집안에 자리 잡기를 일 년여 기다려 둘을 불렀다.

"내 젊은 시절에 뜻한 바 있어 민이가 성혼하면 출가하기로 입지를 적어 놓았다. 며늘아기가 새로 들어왔는데 시어미가 출가한다는 게 불편할 수도 있지만, 연경을 다녀오며 생각한 인생 계획이다. 너희들도 알다시피 나는 어려서부터 백운 화상님의 은혜로 크지 않았더냐. 그분의 저서를 금속활자로 찍어 불쌍한 백성들을 위무할 수 있게 하는데 일생을 바칠 것이야."

"어머님, 제가 배운 바가 없어서 어머님을 불편하고 서운하게 한 것 같사옵니다. 말씀해 주시면 당장 고치겠사옵니다."

"전혀 아니니라. 며늘아기가 들어오면 혹시 그리 생각할까 봐 성혼 전에 출가할까도 생각했지만, 민이가 혼자니 이날을 기다렸다. 내 인생 계획서를 보여주마."

묘덕은 사행단으로 연경을 다녀오면서부터 기록한 것을 며느리에게 보여 주었다.

"이것은 내가 계속 기록하다가 나중에 너희들에게 남기려 한다. 너희들도 알다시피 대각국사 의천도 왕자의 신분이었지만 출가하여 나라와 백성을 위해 기도하고 불경을 연구하며 도를 닦았다더구나."

"어머님, 그 계획을 변경할 수 없으시온지요?"

"한시도 이것을 잊은 적이 없구나. 집안 어른들께서도 다 허락하셨고 민이의 스승님께서 사돈 양 외 분께 미리 말씀드렸으니 이해하실 것이다. 그렇게 하는 것만이 내가 은혜를 갚고 아버지의 유지를 받드는 길이라고 생각해서다."

"…."

"금속활자로 서책을 만들려면 큰 비용이 들어간다는구나. 아버지 살아생전에 허락하신 일인데 안 계시니, 너희들 동의가 있어야 한다. 의견을 말해 보아라."

"집이 있고 나라에서 계속 녹祿을 주니 기본 전田과 사패賜

牌는 다 처분하여 시주하셔도 되옵니다."

"아버지 서거하시고 모자 생존 시까지 녹祿을 세배로 내리고 전田 100 결結과 노비를 내리셨다. 법령에 큰 결격 사유가 없으면 모자의 뜻을 평생 지원한다는 교지를 직접 가지고 오셨더구나. 그 돈을 모아 놓은 것이 꽤 많은데 서운하지 않겠느냐?"

"아닙니다. 조상님과 부모님의 은덕으로 아무 불편 없이 살았사옵니다. 의술을 배워 의원을 찾지 못하는 백성들에게 의술을 베풀며 봉사하고 사신 아버님의 유지를 받들어야지요. 큰 뜻을 실천하시려는 어머님을 충분히 이해하옵니다. 이 큰 집도 처분해서 가지고 가시지요."

"키만 큰 줄 알았더니 언제 이렇게 생각이 깊어졌을꼬. 모아 놓은 게 많으니. 그렇게 까지 하지 않아도 된다. 며늘아기의 몸종과 가마꾼들이 따라와 머무르니, 상서도관尙書都官에 가서 상의하고 가지고 있던 노비 문서를 태워 면천을 시켜야겠구나."

"어머님, 그렇게 앞서가는 생각을 하시는지 몰랐사옵니다."

묘덕은 이튿날 상서도관으로 향했다. 쭉 이야기를 듣던 담당 선비가

"마님께서 출가하시니 몸종은 마님 뜻대로 하시는데 사패에 딸려 농사를 짓던 노비들은 곤란하오이다. 토지가 가는 곳으로 따라가는 게 맞는데 곤란하시면 아드님이 계시니 그냥 놔두시지요."

하는지라, 생각해보니 맞을 듯하다. 이럴 때 정안군 나리가

계시면 길을 알려주시련만 답답하다. 그때 책임자인 듯한 선비가 다가왔다.

“아니, 군부인 마님께서 예까지 웬일이시온지요?”

“저는 정안군 나리의 초대로 댁에도 한번 갔었고 백운 화상님의 문도이기도 한 김계생이옵니다.

“여기서 뵈옵니다.”

이야기를 다 듣고 나더니 김계생이 시원한 대답을 했다.

“내린 노비들은 사패를 따라가는 게 원칙이나 이런 선례가 오래전에 한 번 있었사옵니다. 마님의 뜻대로 하시지요.”

그러고 보니 절에서도 본 듯하고 연경을 다녀온 후 사행단과 함께 집에 왔던 낯익은 얼굴이다. 정안군 나리는 먼저 가시려고 이런 일까지 예감하시고 나리들을 초대해서 안면을 틔워주었나 싶어 또 속울음이 터진다.

묘덕은 다녀와서 순정이를 먼저 불렀다.

“그동안 부족한 나의 수족 노릇 하느라 고생이 많았느니라. 상서도관에 상의하고 노비 문서를 다 태웠으니, 고향에 가서 좋은 사람 만나 아이 낳고 편하게 살 거라. 고향에 갈 여비와 적으나마 은자를 넣었느니라.”

“….”

순정이는 말을 못 하고 닭똥 같은 눈물을 흘리며 계속 운다.

“마님, 제가 한 일도 없사온데 이 은혜를 어찌 갚아야 하는지요. 나중에라도 제가 필요하면 부르시지요. 즉시 달려오겠나이다."

"내가 속세의 연을 다 끊고 출가를 하는 것이니라. 네가 필요할 일이 무에 있겠느냐. 부처님께 너를 위한 기도는 매일 할 것이니라."

노비들에게도 뜻을 전달하고 차비와 적으나마 은자를 넣어줬더니 잔칫집 분위기다. 민이 눈물을 보이지 않으려는 듯 돌아서는데 묘덕은 가슴이 찢어지는 듯하다.

'모든 인연을 끊고 비우러 떠나는 몸이….'

묘덕은 가슴이 미어지는 듯 아팠으나 오래전부터 계획하고 준비한 일이라 정리가 빨리 되었다.

묘덕은 홀가분한 차림으로 안국사로 향했다. 금속활자 주조를 하면서부터 자주 올라왔지만, 오늘은 새로운 마음으로 시작하는 날이라 다르다. 부처님께 합장하고 활자소를 둘러본 뒤 석찬 스님을 비롯한 스님들께 내일부터 같은 모습일 것이라고 인사를 했다. 의아해하는 석찬 스님에게

"스님이 워낙 잘하시니 다시 말씀드릴 것도 없지만 약속한 대로 내가 백운 화상님께서 남기시는 서책의 금속활자 주조 비용은 다 댈 것이니 잘 부탁드리나이다."

인사를 하고 공양간 보살에게 들렀다. 세속의 연화 공주로 마지막이라고 하직 인사를 했더니 눈물을 주체하지 못한다.

"내 업보로소이다. 나무아미타불."

공양주 보살은 또 알 수 없는 후렴을 내뱉는다.

묘덕은 내일 삭발식이 있을 신광사로 향했다. 신광사는 나옹 화상께서 주지로 있던 유서 깊은 절이다. 부지런히 걸었더니 발이 아파서 쉬고 걷기를 반복했는데도 너무 아파서 보니 발에 물집이 잡히고 뒤꿈치에 피가 맺혔다. 가마를 타거나 말을 탔지, 이렇게 걸은 적이 없기 때문이다.

'백운 화상께서 신광사 주지로 가셨으니 참으로 인연은 인연이다. 인연을 끊으러 가는 중생이 인연을 입에 올리고, 이런 몸으로 어찌 12 두타행을 실천할꼬….'

백운 화상은 마침 설법을 하고 계셨다.

"온 대지가 바로 해탈문이로소이다.
들어가고 들어가 내부가 없는 곳에 들어가고,
나오고 나와서 밖이 없는 곳까지 나아가야 하리로다.
여기에 이르러 어떤 것을 삼 문의 중문이라 하고,
어떤 것을 주방과 창고라 하며
어떤 것을 승려라 하고 속이라 하겠습니까.
자 말씀해보시오. 무슨 인연으로 이렇게 되었는가를.
고 선덕께서 제아무리 넓다 해도 밖이 아니며,
제아무리 고요하다 해도 안이 아니도다.
적나라하고 적쇄쇄하여 잡을만한 것도 없도다. 할~"

묘덕은 부처님에게서 나오는 서광을 보았다.

'스님이 도를 득하면 서광이 비친다는데….'

"묘덕아, 어서 오너라."

"민이도 성혼했으니 저도 이제 출가를 하려 하옵니다."

"절에서 스물여섯 해를 살고도 자르지 못한 속세의 연을 자를 때가 되었더냐?"

삭발식을 기다리며 그렇게 다짐을 했는데도 속울음이 터진다.

'백운 선사님을 끔찍이도 연모했는데 나를 평생 지켜본 정안군 나리의 사람이 되어 사랑을 배우고 민이의 어미로 살았다. 나 이제 모든 속세의 연을 끊는 삭발을 백운 화상께 의탁하니 참으로 기이하구나. 결자해지인가.'

삭발식이 시작되었다.

"삭발은 출가자의 기본이오이다. 해탈의 길, 열반의 길로 나가는 결단의 시간이오이다. 지난 시간 진흙탕 속을 빠져나올 수 없는 삶을 살았소이다. 모든 인연의 줄을 무명초 끊듯 삭발을 하여 끊어 내는 것이오이다. 법신, 반야, 해탈 일심 삼덕을 이루어 마음이 청량하고 번뇌가 사라져 깨끗한 삶을 살기 위해 삭발을 하오이다."

"자아를 세우지 않고 무아를 실천하겠소이까?"

"네."

"착한 업을 짓고 깨어 있는 삶을 살겠소이까?

"네."

스님께 삼배하고 복창하였다

"삭발하여 큰 소원을 이루오니,"

"삭발하여 큰 소원을 이루오니,"

"모든 생명이 고통에서 벗어나 번뇌를 여의고"

"모든 생명이 고통에서 벗어나 번뇌를 여의고"

"몸과 생각과 행동을 따라지었기에"

"몸과 생각과 행동을 따라지었기에"

"제가 이제 진심으로 참회하나이다."

"제가 이제 진심으로 참회하나이다."

"옴 살바 못자 못지 사다야 사바하."

"옴 살바 못자 못지 사다야 사바하."

가위로 앞머리를 먼저 한 줌 잘라내더니 사각 사각 밀기 시작한다. 눈물과 콧물이 범벅되어 버무려진 욕망의 끈이 참회 진언 속에 싹둑싹둑 잘려 나간다. 참회 진언을 계속 지송했다

"옴 살바 못자 못지 사다야 사바하. 옴 살바 못자 못지 사다야 사바하."

"나무 문수보살 마하살. 나무 문수보살 마하살."

"부처님의 가르침을 배우고 익혀서 일체중생을 지도하겠나이다."

"부처님의 가르침을 배우고 익혀서 일체중생을 지도하겠나이다."

다시 복창하고 스님께 삼배를 올리고 동행한 가족들과 삼배를 한 후 삭발식이 끝났다. 묘덕은 인연을 독하게 끊자 하고 아무도 오지 못하게 했으므로 백운 화상께 삼배를 올렸다.

'이제 묘덕은 중이다.'

"이제 묘덕 스님이시네. 이 절에 머무르겠소이까? 묘덕 스님은 이미 작은 스님 소릴 들을 정도로 불경을 공부하고 수양을 쌓아 사미승의 단계를 넘어섰소이다. 나는 또 내일부터 법을 설하러 떠나야 하오이다."

"…."

"부처님께서는 '이제 전법 하러 떠나라. 두 사람이 한길로 가지 마라. 처음도 좋고, 중간도 좋고, 끝도 좋으니, 많은 사람의 이익과 행복과 안락을 위하여 법을 설하라'라고 하셨소이다."

"중이 되었다고 그렇게 깍듯하게 존댓말을 하시니 거리감이 느껴지옵니다. 내일부터 한동안은 백운 화상님을 수행하며 배우고, 부처님의 말씀을 좇아 홀로서기를 하겠사옵니다."

"좋은 생각이구나. 부처님의 연이 닿겠지."

이튿날부터 백운 화상은 12 두타행을 하시며 설법을 하셨다.

"묘덕아, 발이 괜찮더냐?"

"저도 이제 오십 대지만 백운 화상님보다 훨씬 젊사옵니다."

묘덕은 뒤꿈치가 까지고 선홍색 피가 맺혀 아픈데도 내색을 할 수 없었다. 몇 달이 걸려서 다시 청주 목의 흥덕사에 도착했다. 묘덕은 내 집에 온 것 같다. 현우 스님과 달잠 스님이 환하게 반긴다.

신도들이 구름같이 몰려와서 묘덕이 모처럼 농담을 했다.

"백운 화상님의 호를 백운白雲으로 해서 신도들이 구름같이 몰려오나 보옵니다."

"허허허, 모처럼 무심천을 보고 싶도다."

흰 구름은 두리 둥실하여
큰 허공에서 출몰하도다.
흐르는 물은 흐르고 흘러서
큰 바다로 흘러드는 도다.

물은 굽거나 곧은 곳을 만나려나
이러지도 또 저러지도 않도다.
구름은 절로 모이고 흩어지나니
친하거나 서먹하지도 않도다.

모든 것이 본래부터 고요하나니
푸르다 누르다고 말을 않도다.
사람들만이 스스로 시끄러우나니
좋다 나쁘다고 마음을 내도다.

경계에 부딪혀도 마음은 구름과 물의 뜻 같나니
세상살이가 모두 자유로워 아무 일도 없는 도다.
사람의 마음으로 억지로 이름을 짓지 못하나니
좋거나 나쁨이 그 어디를 쫓아서 일어나련도까.

우인은 경계를 잊으나 마음만은 잊지 못하나니
지자는 마음을 잊으려나 경계는 잊지 않는 도다.
심경을 잊으면 저절로 고요해지고
경계가 고요해지면 자심이려니
무릇 이를 일컬어 무심의 진종이라 하려는 도다.

"내가 묘덕 스님을 위해 머리를 쥐어짜서 무심가無心歌를 지었소. 연모하는 마음도 서운한 마음도 다 무심천에 흘려보내시오. 그리될 것이오. 내가 여기를 자주 오는 것도 저 흐르는 물이 번뇌를 다 흘려보내 주기 때문이라오."

"…."

묘덕은 백운 화상님이 그저 감정이 없는 목석인 줄 알았다.

'그도 오욕 칠정의 감정이 있는 한 인간이었으니 얼마나 힘들었을까, 12 두타행을 실천하고 도를 닦아서 이제는 해탈한 고승이 되셨는데. 나는 언제 백운 화상님의 흉내라도 낼 수 있을지….'

"가는 곳이 다 내 집이니 내일 다시 전법 하러 떠나오. 묘덕 스님은 흥덕사가 연이 닿는 듯하니 여기에 행장을 푸는 게 좋겠소.

부디 건강히 지내시오."

백운 화상은 묘덕의 마음을 읽었는지 현우 스님께 부탁하고 설법을 하러 떠났다. 묘덕은 돌아서 가는 친정아버지의 뒷모습을 보듯 눈물을 삼키며 한참을 바라보았다.

천붕지통天崩之痛

묘덕은 오래 살던 내 집에 온 듯 홍덕사가 편안하다. 참선하고 불경을 공부하느라 심혈을 기울인다. 그러다 보니 탁발 수행을 다니며 들르는 스님들을 일일이 만나지는 못하나, 그들을 통해 백운 화상의 소식을 듣는다.

백운 화상은 신광사에서 오래지 않아 노국 공주의 원당이었던 홍성사의 주지가 되었으나 그곳도 오래지 않아 그만두었다고 한다. 나옹 화상의 추천으로 공부선功夫選의 시관試官이 되었으나 지금은 저술에 진력하신다고 한다. 태고 국사의 천거로 공민왕의 부름을 받았으나 사양하신 적도 있다고 전한다. 참선에 주력하고 12 두타행을 실천하는 백운 화상의 성정으로 미루어 보아 지금이 당신한테 가장 잘 맞는 옷이라고 묘덕은 생각했다. 성불사에서 스승인 청공 선사의 뜻을 계승한 서책을 만들고 계시니, 금속활자로 찍으면 되겠거니 묘덕은 내심 기다려졌다. 백운 화상님의 생불같이 인자한 모습이 선연히 떠오른다. 그립다.

'안국사는 집에서 가까워 그래도 자주 뵐 수 있었으나 뵌 지가 언제던가. 장거리라도 한번 시간을 내어 찾아봬야 하겠구나….'

묘덕은 하늘의 하얀 구름을 백운 화상인 듯 바라본다.

홍덕사에 오고 나서 마음이 사뭇 평안한지 꿈도 꾸지 않았으나 어금니가 빠져 어떻게 하나 안절부절못하다가 눈을 뜨고서 어금니를 만져 봤다.

'아니 이런 해괴한 일이 다 있는가. 꿈에 이가 빠지면 부모가 돌아가신다고 했는데 부모도 안 계신 내게 이런 망측한 꿈이….'

탁발 수행을 온 석찬 스님이 들렀다. 얼마나 반가운지 쫓아나가서 맞았는데 서찰과 곱게 싼 것을 내미는 석찬 스님의 표정이 어두워 보인다. 공양주 보살이 돌아가시며 나중에 홍덕사 가는 길에 전해달라고 해서 가지고 왔다고 전한다. 묘덕은 급하게 피봉을 열었다.

연화 공주님, 아니 묘덕 스님
모든 것을 용서하시고
내가 평생 모은 것이니 좋은데 써주시오.
연화 공주님을 보고 살아서 행복했소이다.
저승에 가서도 업보를 참회하고
연화 공주님의 복을 빌겠소이다.

다 읽고 난 묘덕의 손이 부르르 떨렸다.

'내 또래의 여식이 있다고 그렇게 살갑게 챙기더니 그럼 나를 낳은 어머니였단 말인가. 그래서 그렇게 끌렸던 것인가. 나의 친아버지는 내가 그렇게 싫어하던 나라님이고…. 안타까운 처지를 이해해서 몹쓸 말은 하지 않은 것 같은데 더 잘했을 것을. 불쌍한 보살님….'

"배가 아프다고 하더니 며칠 후에 돌아가셨는데 일주일 됐나이다. 화장해서 벽란도에 뿌려 달라고 하시더이다. 묘덕 스님 금속활자 찍는 데 쓰라 하셨지요. 관심이 많으시더니…."

"…."

"아시지요. 법륜 스님은 신광사로 백운 화상님을 모시고 떠나셨사옵니다. 활자소는 정혜 스님하고 잘하고 있나이다. 지난번에 천수경을 인쇄했는데 쇳물을 붓다가 김웅노가 다리를 데었나이다. 불구 되는 줄 알고 걱정을 많이 했는데 지금은 걸어 다니지요. 그래서 새로 오신 주지 스님이 걱정을 많이 하시옵니다."

"걷는다니 다행이옵니다. 다리를 많이 다쳐서 어떻게 하지요?"

대화를 나누는데 말발굽 소리가 일주문 앞에서 멈추었다.

"히이잉 히잉~"

"묘덕 스님, 계시는지요? 오늘 새벽 백운 화상님께서 혜목산 취암사에서 입적하셨나이다."

'아니 큰 스님께서 나를 데리고 오셨던 게 마지막일 줄이

야….'

묘덕은 앞이 캄캄하고 가슴이 미어지는 것 같더니 말이 나오지 않는다. 다리가 허방을 디디는 듯 허청허청했다.

'천붕지통이로구나.
내게 부모 없으니 지아비를 그리 생각했지만
큰 스님 가시니 그 슬픔을 알겠네.
내게 은혜 베푸신 세 분이 차례로 서거하시고
이제 나는 정말 혼자가 되었구나.
든든한 어깨로 비바람을 막아 주신
은혜로운 분들이 다 떠나셨구나.
오호통재라.'

묘덕은 말을 할 수 없어 답답하고 얼굴에 눈물이 질펀하다.

"아니, 여기 오기 전 뵈었을 때 건강하셨는데…."

석찬 스님이 주지 스님께 알리고 달잠 스님을 찾아 십여 명이 급히 출발했다. 혜목산 취암사는 안국사보다 훨씬 가까워서 다행이다.

일주문 앞에는 백운 화상 경한 대선사 영결식이라 쓰여 있고 조금 기다리니 다비식이 시작되었다.

"백운 화상 경한 대선사께서 사바세계의 인연을 다하시고 무위 적멸의 세계로 가셨나이다. 한생을 부처님과 함께하셨고 부처님의 마음으로 중생과 함께 한생을 나누셨던 위대한 수행자 백운 화상 경한 대선사의 영결식을 경건한 마음으로 봉행하겠나이다. 삼계 제천이시여, 부디 오늘의 영결 법단을 옹호하여 주시옵소서. 먼저 삼귀의 의례가 있겠나이다.

귀의불 양족존(歸依佛兩足尊)

거룩한 부처님께 귀의하나이다.

귀의법 이욕존(歸依佛離欲尊)

거룩한 가르침에 귀의하나이다.

귀의승 중중존(歸依僧 衆中尊)

거룩한 스님들께 귀의하나이다.

그다음 약력 보고가 있었다.

"백운 화상 경한 대선사께서는 충렬왕 24년 1298년에 전라도 고부 현에서 태어나 공민왕 23년 1374년 본 취암사에서 입적하기까지 77세의 세수를 누리셨나이다. 임제종臨濟宗의 정전자인 원증 태고 국사와 조계 선교의 중흥조인 나옹 혜근 화상과 더불어 이 시대의 선교사에서 삼대 선걸로 꼽히는 조계曹溪의 대선사이셨나이다. 어려서 출가를 하셨고 12 두타행을 실천하여 후학들에게 모범을 보이셨나이다. 안국사에서 11년간 주지로 계셨고 51세가 되던 충정왕 3년 1351년에는 노령에도 불구하고 중국으로 건너가 호주 하무산 천호암의 석옥 청공 선사에게 법을 물었으며, 그로부터 2년 뒤 56세 때인 공민왕 2년 1353년에는 마음을 밝혀 도를 깨달았나이다. 57세가 되던 1354년 청공 선사의 제자인 법안 선사를 통하여 스승의 임종게臨終偈를 전해 받았으며 68세 때인 1365년에는 해주 신광사의 주지가 되셨나이다. 1368년 홍성사 주지를 거쳐 1370년 9월 공부선功夫選의 시관試官을 하셨고, 75세 때인 1372년에는 스승인 청공 선사의 뜻을 계승하여 불조직지심체요절 두 권을 저술하였나이다."

묘덕은 이 대목에서 휘청했다.

'불조직지심체요절을 완성하시느라 진이 다 빠지셨구나.'

그다음 태고 국사 보우 스님과 나옹 혜근 화상님이 청혼을 부르고, 취암사 주지 스님, 문도 대표 추충보절동덕찬화공신 삼중대광 한산군 영예문추추관사 목은 이색 선생이 헌당 헌화를 했다. 독경과 추도사, 소향 순서가 끝나고 사홍서원을 지송했다.

중생 무변 서원도(衆生 無邊 誓願度)
한량없는 모든 중생 남김없이 건지리다.
번뇌 무진 서원단(煩惱 無盡 誓願斷)
번뇌 망상 끝없지만 남김없이 끊으리라.
법문 무량 서원학(法門 無量 誓願學)
한량없는 모든 법문 남김없이 배우리라.
불도 무상 서원성(佛道 無上 誓願成)
부처님 법 드높지만 남김없이 이루리라.

만장에 둘러싸인 꽃상여가 절 마당에 높이 쌓인 장작 위에 올려졌다. 그 위에 백운 화상님께서 누워계신다. 묘덕은 정안군 나리께서 가시던 날이 생각나 한숨인지 비명인지 질렀으나 말이 되어 밖으로 나오지 못한다. 불을 붙인다. 묘덕은 차마 볼 수 없어 파리한 얼굴로 뒷걸음질 쳤다.

백운 화상님은 며칠 전 성불사에서 돌아와 임행하실 무렵 두세 사람의 형제들에게 말씀하셨다. 항상 일체가 공적함을 알아서 한 가지의 법도 마음에 걸리지 않게 하는 것이 여러 부처님께서 마음을 쓰시던 바이도다, 라고 하시며 각성과 해탈의 임종게를 남기셨다.

무릇 사람으로 일흔까지 살아가기란
자고로 드물고 또한 드문 일 인도다.
일흔일곱 해 동안을 살아서 왔나니
일흔일곱 해 만에야 돌아가는 도이다.
이르는 곳곳마다 돌아가는 길이 나니
머리를 두는 곳곳마다 고향인도이다.
어찌 나룻배를 고쳐 몰아 내달으면서
유별난 곳으로 귀향코자 하리련도까.
내 본래부터 지닌 것 전혀 없었나니
마음 또한 머물 곳도 전혀 없는도다.
모름지기 재로 만들어 사방에 뿌리어

단나의 성역을 범하지 말리렷도이다.

불조직지심체요절 두 권을 법린 스님께 전하며 석찬과 묘덕에게 전하라 하셨다고 한다. 승방의 벽에 등을 기댄 아주 평온한 모습으로 새벽 시간에 잠자듯 입적하셨다고 법린 스님이 전했다. 불가에서 죽을 때 잘 죽는 것이 좌탈입망座脫立亡이다. 앉아서 입적하셨다는 것은 죽음의 순간에도 의식이 또렷했다는 증거다. 다비식이 끝날 때까지 향내가 방안에 그윽했다고 한다.

'난초가 깊은 산에서 아무도 보아주지 않는다고 그 향이 없어지랴. 꽃도 좋아하셨지만 썩은 풀 속에서 반딧불이 태어나 여름밤을 빛낸다고 하시더니 이 여름에 가셨구나….'

보아주지 않는다고 향이 없어지지 않으며 청정한 것은 더러움에서 나오고 밝음은 어두움에서 시작된다고 하시던 말씀이 묘덕의 가슴에서 되살아났다.

다비식이 다 끝나고 석찬 스님이 법린, 정혜, 달잠 스님을 불렀다.

"함께 자리하기 어려우니 지금 말씀을 드리겠나이다. 법린 스님으로부터 백운 화상님의 저서 불조직지심체요절 두 권을 받았소이다. 오늘 돌아가면 한군데 모여서 금속활자로 주조하는 데 진력하려고 하오이다. 안국사는 활자소가 있으나 노비가 다쳐, 주지 스님께서 걱정을 많이 하시어 활자소 문을 닫았으면 하시나이다. 묘덕 스님, 달잠 스님이 홍덕사에 계시니 거기 모여서 같이 했으면 하옵니다. 저는 이번에 홍덕사로 옮길까 하옵니다. 백운 화상님의 유지를 받들어 금속활자로 인쇄해서 여기 다비식에 참석하신 스님들께 다례식 때 나눠드리면 좋겠소이다. 이 주기 때 나누어 드리게 최선을 다하고 안 되면 삼 주기 다례식 때 배포를 하겠소이다. 묘덕은 말이 쉽게 나오지 않아 손뼉을 힘껏 쳤다.

비망록, 직지로 피어나다

석찬 스님과 법린 스님이 홍덕사로 옮겨 오고 활자소를 준비하는데 구 개월이 지났다. 정혜 스님까지 도착하니 안국사 스님들이 다 모인 것 같다. 홍덕사에 목판 인쇄술로 불교 경전을 찍던 활자소가 있어서 다행이었다. 홍덕사 스님들이 목판 인쇄로 하면 빠르고 위험하지 않다는 의견을 냈으나 많이 찍지 못하는 단점이 있다. 백운 화상의 영결식에 모인 스님들에게 배포하려면 적어도 삼백 부는 찍어야 하니 계획대로 금속활자로 찍자고 의견이 모였다. 다행히 주지 스님은 백운 화상님을 살아 있는 생불이라고 흠모를 했던지라 금속 활자로 찍는 것을 적극 지지했다.

금속 활자로 하는데 밀랍 주조로 할지 주물사 주조로 할지 또 논의하였다. 안국사는 사봉을 쳐서 자연스레 밀랍주조법으로 했으나 여기는 사정이 다르다.

"예로부터 종을 만들 때도 세밀하고 곱게 처리할 아랫부분은 밀랍 주조법으로 했고 나머지 윗부분은 주물사 주조법으로 했소이다. 백운 화상님께서 심혈을 기울여 저술하신 서책을 인쇄하는데 수고로워도 우리의 정성과 최상의 금속 활자를 인출하기 위해 밀랍주조법으로 하는 게 좋겠소이다."

모두 석찬 스님의 말씀에 동의했다.

"백운 화상님께서 남기신 불조직지심체요절은 불조佛祖와 선승禪僧들의 가르침이나 중요한 말씀을 요약한 책이 옵니다. 직지의 내용 구성은 과거 칠 불과 인도의 마하가섭에서 보리 달마까지 28조의 법어, 중국 110 선사가 부처의 공덕을 기리는 게, 송, 찬, 명, 서, 가, 법어 문답 등 145 가로 구성되어 있나이다. 직지의 상권에는 과거 칠 불과 인도 28조사, 중국 6조사, 중국 5가 7종 기연상편이 수록되어 있소이다. 하권에는 좌선명, 5가 7종 기연하편, 설법, 가송, 경론 서장, 경훈 등이 수록되어 있나이다. 고승들의 어록들이 가지런히 적혀있지요. 직지를 편저하는데 인용한 문헌은 치문경훈, 경덕 전 등록, 릉엄경, 대승기신론, 무문관, 벽암록, 선문념송, 송고승전, 오가정종찬, 오등회원, 종용록, 조당집 등이나이다. 불조직지심체요절 주제는 직지인심 견성성불直指人心 見性成佛의 도를 깨닫는 것이 옵니다. 사람의 마음을 바로 볼 때 그 마음이 바로 부처님의 마음임을 깨닫게 된다는 뜻이지요. 스님들께서 이 책을 보신다면 많은 공부가 될 것이 옵니다. 설법하실 때도 백성들을 크게 위무할 수 있을 것이

나이다."

모두 손뼉을 쳤다.

"법어, 문답은 알겠는데 게, 송, 찬, 명, 서, 가는 배경지식이 없어선지 구분이 잘 안 되옵니다."

"불조나 선승들의 깨달음을 전하는 말씀의 종류이옵니다. 불조佛祖는 불교의 한 종파를 새롭게 창시한 사람이지요. 종조宗祖 또는 조사祖師라고도 불리나이다. 게偈는 조사나 선승이 부처의 가르침을 찬탄하는 노래 글귀이옵니다. 송頌은 조사나 선승이 부처의 공덕을 기리는 글이나이다. 찬讚은 조사나 선승이 부처의 가르침을 칭찬하는 글이 옵니다. 명銘은 조사나 선승이 마음에 새기어 교훈으로 삼고자 하는 어구이지요. 서書는 불승들 사이에 주고받은 글을 말하옵니다. 가歌는 조사나 선승이 부처의 가르침을 담은 노랫말이지요. 법어法語는 진리를 그 내용으로 하는 말씀인데 초기에 시 형태의 운문이었다가 산문 형태로 변한 말이지요. 문답은 말 그대로 묻고 대답하는 말씀이옵니다."

또 박수가 나왔다.

"참고로 칠 불은 비바시불, 시가불, 비사부불, 구류손불, 구나함모니불, 가섭불, 석가모니불이옵니다."

석찬 스님은 참으로 불경 공부를 많이 했구나 묘덕은 감탄을 했다.

"화두에서 진리를 찾는 설법이 간화선看話禪임을 지공 스님께서 말씀하셨나이다. 불조직지심체요절은 간화선의 필요성은 인정하되 간화선을 중시하는 게 아니라 묵조선을 중시하는 쪽으로 작성되었어요. 이러한 측면은 직지의 화두 전부에 의해 드러난다기보다는 그 주석과 관련 화두에 의해 드러나오이다. 백운 화상님은 이 주석과 화두의 중요성을 부각하셨나이다. 마음의 본체를 바로 짚으면서 또 그 핵심을 가려 뽑은 묵조선의 실례들이 이 부분에서 지시되옵니다. 십이 번 가섭존자의 화두는 그 대표적인 예이나이다. 백운 화상님은 교종의 아난존자와 선종의 가섭존자를 함께 존중하면서도, 진리를 가리고 있는 '저 막대를 치우시오.'라고 한 가섭존자 쪽을 더 선호하는 편이셨지요."

불조직지심체요절 저술 시 늘 곁에서 시중을 들었던 법린 스님이 자세하게 부언했다.

활자소는 내부만 새로 변경 설치를 하고 재료를 구입하기로 했다.

'안국사는 사봉을 해서 밀랍이 걱정 없었는데….'

석찬 스님과 양강도 인제로 밀랍을 구하러 출발했다. 벌집은 부피가 커도 실제로 밀랍으로 추출되는 것은 아주 소량이어서 비싸다는 생각이 들었으나 벌의 노고에 비하랴. 안국사는 활자소에서 일하던 김웅노가 심하게 화상을 입어, 주지 스님이 찜찜하던 차에 석찬 스님이 떠나오고 활자소 문을 닫았다고 한다.

용광로와 남은 재료들을 다리가 불편한 김웅로가 가지고 와서 황토는 그것을 쓰기로 했다. 구리, 주석, 인이 조금밖에 없어서 문제인데 마침 가까이 상산 석장리에 철 주산지가 있다고 한다. 묘덕은 석찬 스님을 앞세우고 가서 광석을 제련로에 넣고 녹여 금속을 만드는 작업인 제련製鍊 과정을 보았다. 원료에서 금속을 뽑아내 정제하는 작업인 정련精鍊 과정도 직접 보았다. 그런 후에 철을 달구고 두드리는 작업인 단야鍛冶 과정까지 지켜보았다. 철이 무기를 만드는 재료라 출납이 엄격하고 통제한다고 했는데 그것을 확인했다고나 할지. 묘덕은 어려울 때 상의를 하라던 정안군 나리의 말씀이 생각나서 문도 대표에게 부탁한 게 주효했던지 일을 무난히 마칠 수 있었다.

안국사 활자소는 정안군 나리가 다 준비해서 별 어려움이 없었지만 홍덕사 활자소에서는 재료 구입이 이렇게 어려운 줄 몰랐다. 재료부터 최상품을 써야 한다고 이리저리 뛰다 보니 신경이 많이 쓰였고 품이 많이 들었다. 묘덕은 잠시 정안군 나리와 함께 하던 시절이 불현듯 떠오르며 그리워졌다.

'세상에 쉬운 일이 어디 있을꼬. 속세의 인연을 다 끊고 산문에 들어온 중이 이 무슨 해괴한 망상 일꼬.'

"묘덕 스님, 묵언 수행 중이시지요? 백운 화상께서 입적하신 후부터 말씀하시는 것을 못 봤나이다."

묘덕이 손짓을 해도 못 알아듣는 것 같아지자 석찬 스님은 필담을 했다.

"제가 아는 신도 중에 명의가 있사옵니다. 금속활자 주조 시작을 하면 시간이 없을 테니 오늘 가는 길에 헛일 삼아 들러 보시지요."

묘덕은 아픈 데가 없어 손을 저었으나 석찬 스님이 하도 간절하게 이야기하여 그러마 하고 대답했다.

"언제 매우 놀라시지 않으셨사옵니까? 주무시다가 불이 났거나, 사고 현장 또는 누가 돌아가시는 현장을 보셨던지…."

묘덕은 고개를 흔들었다.

"실어증이옵니다. 대개 뇌졸중 후에 나타나는데 스님은 다른 증상이 없는 것으로 보아 원인이 소멸하면 원 상태로 회복이 될 것이옵니다. 걱정하지 않으셔도 되옵니다."

의원은 침을 놓더니

"마음을 편안히 하시고 기다리시지요. 직성直星이 풀리면 되옵니다. 직성이 풀린다는 말은 그 사람의 운명을 주관하는 별이 숙직宿直에서 풀린다는 의미이지요. 인간은 말을 하고 살아야 하는데 안으로 쌓기만 하면 한이 되옵니다."

라고 한다. 묘덕은 돌아 나오며 명의가 맞나 하는 생각이 들었다.

'백운 화상님께서 입적하셨다는 말씀을 듣고 말이 나오지 않았는데….'

백운 화상 초록 불조직지심체요절을 금속 활자로 주조를 시작하는 날이다. 모두 목욕재계를 하고 부처님 앞에 합장하고 경건한 마음으로 기도를 올렸다.

"기도는 대자연과 일체가 되는 마음이옵니다. 자, 경건한 마음으로 기도하시지요.

대자대비하신 부처님, 저희가 백운 화상 초록 불조직지심체요절을 금속활자로 인쇄하여 배포하고자 하옵니다. 저희의 뜻을 가상히 여기시어 다치는 사람 없이 최상품으로 완성하여 백성을 위무할 수 있도록 가피를 내려 주시옵소서. 나무아미타불. 관세음보살.

이미 다른 서책을 다 찍어 보신 분들이라 다시 자세한 설명은 하지 않겠소이다. 다만 같은 글자라도 큰 글자와 작은 글자가 있소이다. 예를 들면 같은 글자라도 본문에는 큰 글자를 쓰고 주석에는 작은 글자를 써야지요. 따로 새겨서 조판할 때도 신경을 쓰셔야 하옵니다. 부처님의 가피가 내리도록 경건한 마음으로 정성을 다하여 시작하시지요. 진인사대천명盡人事待天命이옵니다."

김웅노가 불조직지심체요절을 들여다보더니 망설인다. 김웅노는 일머리를 알아 다리가 성치 못해도 글자 본을 준비하러 선뜻 달려들었다. 그것이 하나밖에 없는 서책임을 알고는 자르지 못하고 망설인다. 그 마음을 법린 스님이 알고 설명을 한다.

"백운 화상님의 필체로 하는 것이 더 의미가 있을 것 같아 제가 상하 두 권 다 필사를 하였으니 원본을 글자 본으로 하고 조판할 때 제 필사본을 보고하시면 되네."

달잠 스님이 불조직지심체요절을 일정하게 잘라내며 무척 조심스러워한다. 대신 김응노는 밀랍 찌꺼기를 가마솥에 끓여 정제한 후 식기를 기다려 일정하게 자른 밀랍 막대기에 백운 선사님의 글자 본을 뒤집어 붙이고 인두에 열을 가하여 문지르니 종이에 밀랍이 스며들며 뒷면에 선명하게 글씨가 나타났다. 김응노는 밀랍이 단단하게 굳어지길 기다려 칼을 사용해 글자를 새긴다. 법린 스님, 정혜 스님 등 모두 달려들어 같이 하는데 전체가 일만 사천 자가 넘는다니 밀랍 막대기에 뒤집어 붙여서 글자를 새겨 어미 자를 만들고 밀랍 봉에 붙이는 데만도 오랜 시간이 걸릴 것이다. 밀랍 봉은 나중에 쇳물이 흐르는 통로가 된다. 이미 다들 숙련공이 되어 들어보아도 밀랍 봉의 무게가 어미자 합한 무게보다 세 배는 넘는 것 같다.

오늘 일을 마칠 어슴푸레한 시간인데 밖이 시끄럽다. 묘덕은 짚이는 데가 있어 밖을 내다보았다. 상산 철 주산지에 다녀올 때부터 누가 미행을 하는 것 같아 뒤를 돌아보았다. 아무도 보이지 않아 신경이 예민해져서인가 했다. 그런데 두 사람이 활자소를 계속 들여다봐서 누구를 찾느냐고 물었더니 도망을 갔다고 한다.

"튀었는데 꼭 쪽발이 같이 생겼어요. 어제도 왜놈들이 동네에 들어와서 쌀을 훔쳐 갔는데 이놈들이 들키면 칼로 찌르기도 했다 하옵니다."

오랑캐나 왜구가 시도 때도 없이 약탈해가니 백성들은 점점 살아가기가 힘들다. 그런 백성들을 위무하기 위해 하는 작업인데 이것까지 탐내는 사람들이 있는가 보다.

묘덕은 서적점이나 상산 철 주산지에서 엄격하게 통제하고 감시하던 장면이 떠올랐다. 이제 시간이 더 걸려도 안전하게 일을 마치려면 활자소를 철통같이 경비해야 한다는 생각이 들어 필담으로 석찬 스님과 상의했다. 무기를 사용한 경험이 있는 날쌘 노비 네 사람을 계속 앞뒤 문지기로 세워 교대를 시켰다.

"백운 화상님의 서책을 빨리 완성해야 한다는데 정신이 나가서 활자소 경비를 생각 못 했는데, 왜놈들이 어찌 알았는지 들여다보고 갔답니다. 그래서 앞뒤로 보초를 세웠어요. 스님들도 마음이 바쁘시겠지만, 하루 이틀에 끝나지 않으니 점심 공양 후 호신술을 시작하겠나이다. 자신을 보호하는 운동을 연마하려고요."

'스님 다례식 2주기에는 될 줄 알았는데 이렇게 방해물이 나타날 줄이야. 늦어도 안전하게 주조를 해야지.'

묘덕은 말을 못 하니 가슴이 더 답답했다.

그믐밤이라 세상을 온통 검정으로 칠한 듯 깜깜했다. 묘덕은 활자소 가까이서 무슨 소리가 나는 것 같아 둘러봐야겠다는 생각으로 발길을 옮겼다. 왜놈들이 이제는 갔겠지 하며 다가가는데

"휘이익 휙 휙."

소리가 요란하다.

묘덕은 괴한의 등을 삼단 발차기로 내리찼다. 깜깜해도 스님 옷은 잘 보인다. 괴한이 칼을 놓치더니 주워서 도망을 갔다. 그 새 스님들이 다 쫓아 나왔다.

"묘덕 스님, 무공 실력이 대단하시어요."

묘덕은 말을 못 하니, 석찬 스님에게 무엇이 없어졌나 보라고 손짓을 했다.

불조직지심체요절 한 권을 가지고 튀었다고 한다. 김응노는 피범벅이 된 얼굴로 죽을죄를 지었다고 연신 읍소를 한다. 석찬 스님 안색이 파리하게 변했다. 묘덕도 숨을 쉬지 못한다. 법린 스님이 확인하더니

"잃어버리지 않은 것보다는 못하지만 제가 쓴 필사본 상권이옵니다."

라고 한다.

"백운 화상님께서 쓰신 원본은 글자 본으로 잘랐기 때문에 제가 필사한 것을 보고 조판을 하려고 놔두었던 것이옵니다."

"필사본인 줄 알면 그놈들이 또 오겠소이다. 경비를 철저히 해야 하겠구먼요."

"그럼 무엇을 보고 조판을 하오리까?"

"한 권을 필사해서 부처님 전에 올린 게 있사옵니다. 제가 급히 취암사를 다녀오겠나이다."

"노파심이지만 아무래도 혼자는 위험하니 정혜 스님과 동행해서 다녀오시지요."

석찬 스님이 걱정한다.

"네 저희는 지금 바로 출발하옵니다."

"그놈들이 그동안 어디 있었겠소?"

"양병산이 은거지인 것 같아요. 산이 낮아도 큰 바위 밑에 굴이 있다는 소문이 있어서요."

"그런데 그놈들이 사람들까지 다치게 하고 뭐 하러 그것을 가지고 갔겠소?"

"그 쪽발이들 습관적으로 약탈하잖아요. 그것을 가지고 가면 자기 나라에 없는 것이라고 상이라도 내릴 줄 아오?"

묘덕은 참 알 수 없는 일이라는 생각이 들었다.

한 파수 만에 법린 스님과 정혜 스님이 돌아왔다. 석찬 스님이 또 감시하고 주의할 것을 강조하고 작업이 다시 시작되었다.

다음날부터 황토에 구운 모래를 섞어 속 거푸집을 만들고 씌워서 그늘에 말릴 때도 스님들이 계속 지켰다. 겉 거푸집에 왕겨 태운 재를 넣어 한 번 더 싸서 그늘에서 말렸다. 이미 경험을 했고 서두르지 않아 안국사에서처럼 터지는 시행착오를 겪지 않아 다행이었다. 석찬 스님은 그 더위에도 용광로에 불을 때는 일을 마다하지 않았다. 때맞추어 거푸집에 열을 가하여 밀랍이 녹아 나온 공간에 쇳물을 부었다. 김웅노가 전에 화상을 입어 장애인이 될 뻔해서인지 혼자서 그 어려운 일을 다 처리했다.

'저러니 백운 화상님께서 믿고 석찬 스님에게 갖다주라고 이

르셨구나.'

묘덕은 석찬 스님이 볼수록 믿음직스러웠다. 쇳물이 다 굳으니 흙을 부수어 글자를 다듬고 활자를 정리해서 부수 순서대로 분리하여 보관함에 넣었다.

묘덕은 처음에 전체가 일만 사천 자가 넘으니 그렇게 많이 새겨야 하나 생각했다. 금속활자는 목판인쇄처럼 갈라지고 퍼지지 않으니 같은 글자를 찾아 쓰는 장점이 있다는 것을 이제 터득했다. 다만 같은 글자라도 큰 글자와 작은 글자는 별도로 새긴다는 것도 알았다.

"그리고 일日 자와 일一 자의 경우 언뜻 보면 위아래가 같은데 거꾸로 활자를 조판하지 않도록 하시오."

조판 들어가기 전 시의적절하게 석찬 스님이 주의를 줬다.

그다음 활자를 찾아 배열한 위에 유연묵을 칠하고 한지를 올려놓은 다음 머리카락으로 만든 인체라는 솔 모양의 것으로 문질렀다.

"서책을 만드는 일에도 힘의 절제와 균형이 필요하오. 인체에 적당한 힘을 주어야 하오이다."

석찬 스님이 다시 주의를 환기했다.

주의하며 한 장씩 인출해서 살피고 교정을 봤다. 그런 후 표지를 만들기 위해 여섯 장을 겹쳐 기름과 밀랍을 먹인 황색 장지를 만들고 책을 꿰매기 위해 삼끈도 준비했다. 표지를 만드는데 턱도 없이 모자라서 모두 고개를 갸우뚱했다. 원인을 분석하니

상 하 두 권의 삼백 부 표지를 하려면 육백 장이 있어야 했는데 삼백 부만 만들어서 모두 바람 빠진 공처럼 피식 웃었다. 그 새에도 석찬 스님은 출간된 서책을 계속 살핀다.

"드디어 우리가 금속활자로 백운 화상 초록 불조직지심체요절을 꽃으로 피어나게 하는 대역사를 이룩했습니다."

모두 감격했다. 부처님 전에 한 부를 먼저 올렸다.

'신묘장구대다라니를 인쇄하고 백운 화상님께 직접 드렸었는데….'

그 서책을 눈으로 보고 그 소리를 듣자 묘덕은 삼 년 만에 기적같이 말문이 터졌다.

"아! 큰 스님 감사하옵니다. 저를 살리는 분도, 저를 병들게 하는 분도 큰 스님이시옵니다. 직성直星이 풀리게 하시는 분도 큰 스님이시지요."

묘덕은 공손히 합장했다. 두 눈에서는 이제껏 참았던 눈물이 초로의 주름살에 골을 내듯 흘러내린다.

'원인이 소멸하면 낫는다고 하여, 돌아가신 큰 스님이 살아오실 리 없으니 명의가 아니고 돌팔이 아닌지 했는데 진짜 명의였네. 벙어리의 말문을 틔워주는….'

"백운 화상님의 초록 불조직지심체요절 금속활자 인쇄를 무사히 마쳤습니다. 감사드리옵니다. 모두 고생 많으셨어요. 한마음으로 최선을 다했는데 삼 주기 다례식에는 배부를 해야 할 것 같아 서둘렀더니 미진한 부분이 적잖이 보이나이다. 미리 말씀 드렸는데 일日 자가 거꾸로 식자된 것이 세 번 나오고 일一 자의 경우도 거꾸로 활자를 심은 예가 있소이다. 큰 자를 작은 자로 백십팔 회나 처리했고 작은 자를 큰 자로 처리한 예가 있나이다. 주석이기 때문에 작은 자를 써야 하는데 큰 자를 쓰기도 했소이다. 시행착오가 있기 마련이지만 잘못된 부분을 우리가 알고 있어야 할 것 같으니 말씀해 주시지요."

"네, 본문의 행과 열이 바르지 않고 좀 삐뚤어져 있고, 큰 자의 경우 활자의 크기가 일정하지 않은 느낌이 있나이다. 글자가 옆으로 비스듬히 기울어진 것도 있고요. 활자의 모양이 일정치 않아 활자 면의 생김새에 따라 활자의 여백을 제거한 것으로 보이옵니다. 그러다 보니 조판 시 글자가 상하좌우로 엇물리고 맞물린 예가 있나이다."

"글자의 먹 색깔이 농 박의 차이가 심하여 어떤 글자는 진하게 나타나고 어떤 글자는 희미하고 획의 일부가 인쇄되지 않은 예도 있나이다. 아마 조판 미숙으로 활자 면의 수평을 맞추지 못하거나 보자의 경우에 생길 수 있는 현상이라 생각하옵니다."

"활자가 부족했는지 글자를 빠뜨린 데가 있나이다. 이장 후면 팔 행 아홉 번째 부동지의不動之義의 원문에서 동東 자가 빠져 주칠로라도 써넣어야겠소. 삼십 구장 판심제에서 지指라든가요."

"이것 어떻게 하지요? 글자를 잘못 심은 예가 있나이다. 대우大雨의 우를 양兩으로 피차彼此의 피를 피被로 잘못 식자하였소."

"글자의 획에 너덜이와 티가 남아 있으며 글자 중에는 주조 시에 생긴 기포 현상이 보이는 것도 있소이다.

"더 없소이까? 비망록이 직지로 피어나 쾌재를 불렀으나 잘못된 점이 발견되었나이다. 목판이 아닌 금속활자라 나타날 수 있는 실수를 예상하고 더 주의했어야 했는데 안타깝습니다. 크다면 크고 옥의 티라 할 수도 있지만, 지금 다시 할 수는 없고 만약에 번각을 하게 되면 수정하도록 하겠나이다."

큰 스님의 다례식 삼 주기를 앞두고 백운 화상 초록 불조직지심체요절이 사바세계에 뽀얀 얼굴을 내밀었다. 묘덕은 마지막 장을 다시 읽어 보고 부처님의 말씀을 소리 내어 음미했다.

백운 화상초록불조직지심체요절권하
선광 칠년 정사 칠월 청주 목 외 흥덕사 주자인시
연화 문인 석찬 달잠.
시주 비구니 묘덕

입으로 읽지 말고
뜻으로 읽으며
뜻으로 읽지 말고
몸으로 읽자

길을 내다

기현과 정진은 쿠자누스 신부와 구텐베르크가 교황청 외교사절단의 숙소를 다녀오는 동안 배가 고파 으름같이 생긴 파초 열매로 허기를 채웠다. 코끼리가 먹는 과일이니 사람이 먹어도 괜찮으려니 하고 먹어 봤는데 아주 달콤하고 맛이 있다.

쿠자누스 신부와 구텐베르크가 드디어 나타났다.

"기현, 정진이 가려는 소항주는 동남쪽이라 좀 가깝고 우리가 가려는 칸발리크는 소항주를 지나서 멀리 동북쪽에 있소. 길을 모른다니 우리가 그곳을 거쳐서 칸발리크로 갈 테니 따라서 오겠소? 그런데 카타이는 워낙 넓어서 가까워도 꽤 오래 걸리오."

기현과 정진은 소항주를 어떻게 찾아가나 고민이 많았는데 참으로 다행이라는 생각이 들었다.

"방법이 없구나. 이분들을 따라가자."

한참을 걸어가다 보니 기현과 정진은 발이 부르트고 물집이 잡혀서 아팠다. 쿠자누스 신부와 구텐베르크는 육로로 많이 걸어서 꾸덕 살이 박혔는지 젊은 그들보다 더 건장하다. 기현과 정진은 마음은 급한데 몸이 따라 주지 않고, 그들은 급한 게 없으니 걷는 듯 쉬고 쉬는 듯 걷는다. 한참을 그렇게 가다 보니 얍이 나타났다. 여행자를 구분하지 아니하고 재워주고 두 끼를 무료로 제공한다는 것을 증조모님의 비망록에서 보아 기현은 반가웠다.

행장을 풀고 쉬는데 두 사람이 다가왔다.

"꼬레아에서는 오래전부터 금속활자로 책을 만들었다잖소?"

"이백 년 전부터 금속활자로 서책을 만들었소이다. 계미자 경자자를 거쳐 이제는 갑인자를 만들었소이다. 아름답고 선명한 인쇄는 물론이고 종전보다 2배나 빨리 인쇄할 수 있지요."

우리와 필담을 나눈 후 쿠자누스 신부가 다시 구텐베르크에게 이야기한다. 갑인자 이야기가 나오니 구텐베르크가 눈을 반짝이며 집중해서 듣더니 질문을 한다.

"이십여만 자가 넘고 두 배로 빠르다고?"

"네, 우리가 찾아가는 장영실 스승님께서 만드셨소. 그것 말고도 우리 스승님은 물시계를 만드셨소. 낮에는 해 그림자를 통해 시간을 측정했고, 밤에는 별자리의 움직임을 관찰하여 시간을 측정하는데 날이 흐리면 해도 별도 보이지 않지요. 그래서 물시계인 자격루를 발명하셨소. 그다음 농사짓는데 필요한 측우기도 만드셨지요. 이것 말고도 이용후생에 필요한 많은 천문학 기구를 만드셨소. 조선 최고의 장인 이시옵니다.

"그럼 기현, 정진도 그쪽의 장인이지 않소?"

"저희는 아직 배우는 단계이오. 그보다 우리 임금님께서 얼마나 어지시고 백성을 사랑하시는지 소리글자를 창제하셨소이다. 중국 글자를 쓰고 있는데 백성들이 배우기에는 어렵다고 쉬운 스물여덟 글자를 새로 만드셨지요. 곧 반포하실 것이외다."

"그런 성군이 조그만 꼬레아에 있다니 부럽소이다."

구텐베르크는 신바람이 나서 콧노래를 흥얼거리더니 쿠자누스 신부의 손을 잡는다.

"쿠자누스 신부, 내가 쿠자누스 신부를 믿고 따라오길 잘했소. 자다가도 떡이 생기네. 내가 칸발리크까지 갈 필요가 없겠어. 이 사람들만 따라가면 답이 나와. 허 허허."

잠도 잘 자고 배도 부르니 육로가 해로보다 안전하다는 생각이 들었다.

점점 길이 좁아지고 산림이 울창하게 우거져 참 청정하다고 했는데 음습한 기운이 감돌았다. 길이 거미줄같이 여러 갈래로 나 있는데 쿠자누스 신부가 가는 쪽으로 뒤따라갔다. 인기척이 계속 나더니 산적같이 험하게 생긴 사람들이 갑자기 길을 막는다. 무어라고 하는데 알아들을 수가 없다. 쿠자누스 신부도 못 알아듣는 것 같다. 기현도 필담을 해 볼까 했으나 토착민 산적이라면 통하지 않을 테고 더 불리할 것 같아 그만두었다.

그들은 무엇을 내놓으라는 시늉을 계속했다. 우리는 모두 없다는 뜻으로 고개를 흔들었다. 산적들이 다가와 눈을 부라리더니 우리들을 큰 나무에 한 사람씩 묶고 따귀를 때렸다. 그리고는 소지품을 다 뒤졌다. 원하는 물품이 나오지 않으니 주먹질을 하고 우리를 나무에서 모두 풀고 옷을 홀딱 벗겼다. 삽시간에 당한 일이라 숫자적으로도 열세인 우리들은 꼼짝없이 그들한테 당했다. 서로가 바라보기 민망해서 눈을 떨구었다.

주머니에 조금 남아 있던 은자를 모두 빼앗겼다. 열흘 전 기현이 주워 주었던 쿠자누스 신부의 묵주와 시계도 그들 수중으로 다 들어갔다. 이제 목숨을 구걸해야 할 지경에 이르렀다. 다행히 그들은 다른 것에는 관심이 없는지 옷을 입으라는 시늉을 했다. 옷을 주워 입고 터덜터덜 걸어가는데 기가 막혔다. 이제 다 빈손이 되었으니 소항주까지 어떻게 가고 스승님을 어찌 찾을 수 있을지 앞이 캄캄했다.

"주여, 주님의 보살핌이 있어서 목숨을 부지했나이다. 감사하옵니다. 아멘."

쿠자누스 신부가 기도했다.

"하긴 카타이에 인육을 먹는 토착민도 있다고 하던데 목숨을 부지한 것만 해도 고마운 일이지…."

해로도 죽을 고비를 몇 번이나 넘겼지만 그래도 빨랐다. 육로는 오래 걸려서 먼저 생각을 접었는데 이렇게 산적한테 옷까지 벗기고 부지하세월이니 언제 스승님을 찾을 수 있을지 기현은 속이 답답했다. 그때 뻐꾸기가 울었다. 산천은 달라도 새소리는 같아서 반가우면서도 슬픔이 가슴을 쳤다. 기현은 철이 들고 타의에 의해 옷을 벗고 보니 행자승 때 신도가 하던 소리가 생각났다.

"스님, 뻐꾸기가 어떻게 노래하는지 잘 들어보세요. '홀딱 벗고, 홀딱 벗고' 하고 운대요. 스님 앞에서 못 하는 말이 없지요?"

하던 말이 생각나 기현은 속없는 사람처럼 피식 웃으며 기분 전환을 해본다.

'그 신도는 새의 노래가 존재를 확인하는 대화나 구애의 호소로 들렸을까. 아니면 그냥 우스개로 한 말일지도 모르지….'

운 좋게 암이 나타나면 거기에 들러서 숙식하는 게 그나마 다행이었다. 세상에 나와 이렇게 많이 걸어 보기는 처음이다. 땅 위에서 여러 날이 걸리다 보니 거지 행세가 따로 없다. 상대방을 보며 내 꼴이 별반 다르지 않으리라고 생각한다. 이제는 더 걸을 수 없을 만큼 다리를 질질 끌었다. 그때 소주蘇州가 보여 소항주로 알고 반가웠으나 중국인들이 쑤저우라고 부르는 도시였다. 실망이 커서 일천 구백 년의 역사를 가진 호수와 정원이 어우러진 강남 정원문화의 중심지라는데 아름다운 줄을 몰랐다. 다만 새겨져 있는 장계의 시가 자신들의 모습 같아 그냥 지나칠 수가 없었다.

달은 지고 까마귀는 우는데 천지 가득 서리가 내리네.
풍교에는 고깃배 등불 마주하여 시름 속에 졸고
고소성 바깥 한산사에
한밤중 종소리 울릴 제 객선이 닿았네.

한산사는 육조시대에 세워진 고찰로 당나라 시인 장계의 '풍교 야박'이란 이 시로 세상에 유명해졌다고 한다. 주소를 가지고 필담으로 물었더니 소주蘇州와 항주杭州를 합해서 소항주라 한다며 항주로 가는 길을 알려주었다. 주소대로 항주 장서蔣壻의 8세손 장성휘蔣成暉가 살던 곳을 찾아갔다. 중원에서 원나라가 축출되고 명나라가 기세를 올리는 때이다. 중국에서 왕조가 흥망하면 수많은 망명객이 조선으로 몰려갔는데 장영실의 아버지 장성휘도 그중의 한 사람이었으므로 소식을 아는 사람이 없었다.

'하긴 나도 왕실이었는데 고려가 망하고 조선이 들어서며 복천암에 은거하게 되었지. 행자승의 솜씨를 가상히 여긴 신미 대사님이 스승님에게 배우라 데려다주신 게 인연이 되었지. 어디서든 흥망성쇠는 같고 망하는 나라의 백성은 이런 처지가 되는 것이니….'

다리에 힘이 쭉 빠졌다. 그 동네를 몇 바퀴 돌며 물어보았으나 허사였다.

"이곳은 그 유명한 시인 백거이와 소동파가 관직의 수장으로 있으면서 고장을 발전시키고 아름답게 가꾸었어요. 다시 보기 힘든 빛나는 물의 도시 유람하고 가시어요."

행인은 남의 속도 모르고 열심히 홍보한다.

'우리가 스승님을 찾아 여기 온 것이 무모한 일이었던가. 해로와 육로로 죽을 고비를 여러 번 넘기며 여기까지 왔는데 소식도 모른다니. 그러면 스승님은 어떻게 되신 걸까.'

기현과 정진은 한 발자국도 옮기지 못하고 나무가 부러지듯 그 자리에 털썩 주저앉았다.

"스승님 안위가 급해서 우리가 잘못 생각한 것 같아. 망명한 사람이 출세해서 고향에 돌아가고 싶지, 만신창이가 되어 고향에 가고 싶겠나? 그 노인장의 말씀을 믿은 게 아니었어. 우리가 어리석었지."

"아니, 조선 최고의 장인이 실종되었다고 했소?"

구텐베르크가 더 실망한 모양이었다. 그는 한숨을 땅이 꺼질 듯 쉬더니 쿠자누스 신부에게 상의한다.

"이제 나는 어떻게 하나?"

"처음부터 장영실을 만나려고 했던 것은 아니잖아. 꼬레아의 금속활자 기술을 배우려고 왔던 것이지."

"그러니 쿠자누스 신부를 따라가느냐, 아니면 이 청년들을 따라서 꼬레아로 가느냐. 한쪽을 택하면 우정이 울고…."

그때 파발이 도착해

"장인匠人 허기현과 최정진의 주자소 복직을 명하노라. 속히

귀청하라.”

라는 교지가 내려졌다. 기현과 정진은 정신이 번쩍 들며 허망한 패배감에서 벗어났다.

‘어찌 우리가 여기 온 줄을 알고….’

훈민정음 반포 후에는 백성들에게 대량으로 배포해야 하니 초보보다는 장인이 필요했을 것이다. 더군다나 신미 대사가 여기 온 줄을 알고 있고, 기현이 증조모의 비망록을 훈민정음으로 다시 쓰려는 것을 알고 있으니 불러들였을 것이라는 짐작이 갔다.

칸발리크 행이냐 꼬레아 행이냐를 저울질하던 구텐베르크는 두말없이 꼬레아로 따라가겠다고 한다. 역시 장사꾼다운 통찰력과 배포가 보인다.

‘증조모님의 비망록을 훈민정음으로 쓰는데 이보다 더 좋은 길이 어디 있으랴. 우리도 그도 그 길 위로 가서 다시 길을 내겠지.’

비범한 역사는 평범한 누군가의 시간으로 빚어낸 덩어리니까.

해설

간절한 염원이 피어올린 직지의 세상

-이영희 장편소설 『비망록, 직지로 피어나다』

김성달(소설가·문학평론가)

1.

직지문학상 수상작인 이영희 작가의 장편소설『비망록, 직지로 피어나다』는 인간 묘덕에 관한 이야기이다. 대부분의 직지 관련 소설에서는 묘덕을 홍덕사에서 주조한 최고의 금속활자본 직지를 만드는데 시주를 한 비구니로 묘사하는데 그치고 있지만, 이영희 작가의 소설에서는 그의 일생과 염원을 자세하게 다루고 있다. 세종시대 장영실의 제자인 묘덕의 증손자 기현을 화자로 묘덕의 비망록을 풀어가는 이야기인데 겹서사 구조가 흥미를 배가시키고 있다.

이영희 작가는 장편소설『비망록, 직지로 피어나다』에서 역사적 사실들을 소설 인물들이 자연스럽게 생동하는 삶으로 드러내는데, 특히 묘덕의 삶과 염원을 치열하게 묘사해 뛰어난 현실감을 얻고 있다. 역사소설의 특성은 과거의 사실을 소재로 삼고 있어 조사와 취재를 통해 그 이야기를 재구성하는데, 『비망록, 직지로 피어나다』 자료조사에 많은 공력을 들인 게 확연히 나타난다. 그것이 뛰어난 세부묘사의 동력으로 작용하고 있다. 작가가 조사를 통해 여러 가지 사실들을 아무리 풍부하게 찾아낸다고 하더라도 그것을 꿰맞추는 일은 여간 어렵지 않다. 사실들 사이의 공백을 메우고 과거의 사실을 최대한 여실하게 드러냄으로써 그것을 읽는 독자들이 그 역사적 사실에 대한 올바른 이해와 실감을 느끼게 해야 하는데 『비망록, 직지로 피어나다』는 그 부분에 일정한 성공을 거두고 있다.

'직지直指'란 이름을 풀이하면 '곧바로 가리킨다'는 뜻인데 대체 무엇을 가리킨다는 것일까? 이는 『직지』의 중심 주제인 '직지심체直指心體'를 말하는데, 선종의 직지인심直指人心, 견성성불見性成佛에서 나온 것이다. 『비망록, 직지로 피어나다』에서는 이런 직지의 뜻을 백운 화상의 입을 빌려 반복해 들려주면서, 우리들의 '견성성불'을 염원하고 있는 뛰어난 불교 소설이기도 하다.

『비망록, 직지로 피어나다』는 천애 고아 묘덕의 출생부터 결혼, 출가, 금속활자의 직지 제조 등으로 이어지는 삶의 애환과, 큰스님 백운 화상에게로 향하는 연정 그리고 직지 세상에의 간절한 염원에 이르기까지 풍요롭고 다양한 이야기를 담고 있다.

주관적이지 않은 자연스러운 흐름으로 서사를 이끌어 내는 작가의 상상력과 창조력은 만만찮은 내공을 보여준다. 여러 가지 자료들을 섭렵하고 적절히 취사선택해서 이야기를 만들어가는 것은 작가의 풍부한 독서의 힘에 기인한 것이라는 것을 소설을 읽어보면 확인할 수 있다.

역사적인 시간의 흐름에 따라 줄거리가 전개되는 『비망록, 직지로 피어나다』는 묘덕이 직지를 만들어가는 시대적 배경과 함께 많은 에피소드들이 곁가지를 뻗고 있으며, 인간 내면 심리의 저 깊은 질곡에서 흘러나오는 이야기들이 감칠맛 나면서도 유장하게 어어진다. 특히 백운 화상에 대한 묘덕의 연정은 시종일관 소설을 긴장감 있게 만들면서, 묘덕의 인간 됨이나 성격을 다각도로 부각시킨다. 묘덕을 키워준 공양주보살의 정체에 대한 궁금증 역시 소설의 긴장감과 흡입력을 불러일으키는 요소이다. 또한 여자인데도 남장을 하고 살아야 했던 묘덕의 모습을 통해 남성 중심 양반 사회의 가치에 대해 대담하고 당차게 대응하는 묘덕을 그리고도 있다. 생불의 경지에 도달한 백운 화상의 정신적인 측면의 몰입도를 극한으로 밀어붙이는 장면들도 실감 나게 와닿는다. 또한 54세의 나이에도 중국으로 건너가 당시 수행으로 명성을 얻고 있던 석옥 청공 선사를 만나 열심히 좌선하면서 선의 요지에 대해 끝없는 열정을 바친 백운 화상에게 스승 석옥 선사가 사제지간의 정표로 『불조직지심체요절』이라는 책을 주는데, 이것이 나중에 『직지』의 근간이 된다는, 직지에 관한 다양한 이야기가 펼쳐지고 있다.

그렇지만 이 소설의 백미는 금속활자본 직지를 인쇄하기 위한 묘덕의 출판 프로젝트이다. 마치 그 시대를 살고 있는 것 같은 뛰어난 현장감과 주조방법의 철저하고도 세밀한 묘사를 통해 직지 제작에 대한 깊이 있는 성찰의 화두를 던지고 있다. 보편적으로 소설을 통해 목적을 가진 하나의 세계를 설명하려는 경우에 자칫하면 삶의 다양성을 무시하는 가능성이 크진다. 하지만 이영희 작가는 직지 이야기의 기반을 역사적인 사실에 기초하면서도 현실적인 조건에 대한 역사적 사유에 상당히 공을 들이면서, 묘덕을 둘러싼 여러 가지 현실적 조건 그 자체를 넘어설 수 있는 가능성도 열어놓고 있다.

2.

『비망록, 직지로 피어나다』는 묘덕의 증손자인 기현이 스승 장영실의 자취를 찾아 소항주로 들어가는 여정과, 기현이 묘덕의 비망록을 들려주는 이중구조의 소설이다. 기현의 스승인 장영실은 아버지가 귀화한 중국인이고 어머니는 동래현의 관기인 천한 신분이었지만 그의 타고난 재능과 기술을 알아본 세종 덕분에 정3품까지 오른다. 하지만 그가 심혈을 기울여 만든 임금이 탄 어가 연이 부서지는 사고가 나자 비천한 신분을 못마땅해하던 대신들의 주창으로 왕에게 위해를 끼친 대역죄로 처벌받고는 종적이 묘연하다. 제자 기현은 스승의 안부가 걱정되어 수소문하지만 스승은 아주 이 나라를 떠나 중국의 소항주로 간 듯하다는 말을 듣는다.

기현은 고려 왕실의 후손이었는데 조선이 들어서자 살아남기 위해 절에 숨어들었었다. 기현은 조부가 충선왕의 부마였고, 증조모가 청주 흥덕사에서 금속활자로 직지심체요절을 찍는데 들어가는 비용을 전액 시주한 묘덕이라는 것도 알고 있다. 그는 증조모가 당신 인생 이야기와 직지를 만들 당시의 일을 자세하게 적어 놓은 비망록이 있는데, 그것을 제대로 기록하기 위해 활자에 매달리고 있었다. 기현은 반드시 증조모의 비망록을 세상을 알리고 싶어 스승의 지도를 받으며 금속활자에 대한 연구에 집중하던 터였다. 그래서 기현은 친구 정진과 함께 스승을 찾아 중국으로 떠나기로 결심한다.

그때 독일의 마인츠에 거주하는 인쇄 기술자 구텐베르크 역시 친구인 쿠자누스 신부와 함께 수백 년 전부터 금속활자로 책을 찍어냈다는 꼬레아(조선)에 관심을 가지면서 중국을 향해 길을 떠난다. 작가는 천지동근天地同根 물아일체物我一體, 즉 하늘과 땅의 뿌리는 하나이고 나와 더불어 일체라는 말로 우주는 다 연결되어 있어서 동양과 서양이 떨어져 있지만 많은 게 같다는 이야기로 우주적인 연결고리를 만든다. 그런 다음 기현 자신과 묘덕의 삶의 흐름을 과거, 현재, 미래라고 하는 시간적 형식을 통해 형상화하면서 이야기 사유의 토대를 만들고 있다. 이 토대

위에서 다양한 인물들의 주관적인 판단들이 대화 공간에서 이루어지는 상호 소통의 과정을 거치게 만든다. 그렇기에 구텐베르크의 등장이 전혀 낯설거나 어색하지 않다. 중국 소항주로 건너가기 위해 기현과 정진은 산전수전을 겪으면서 참파(베트남)까지 가는데 그 과정에서 두 번이나 목숨을 구해준 구텐베르크와 니콜라우스 쿠자누스 신부를 만난다. 그들도 소항주로 가는 중이다. 구텐베르크와 쿠자누스가 교황청 외교사절단의 숙소를 다녀오는 동안 기현은 묘덕 증모할머니가 남긴 비망록을 펼치고 상상의 나래를 펴기 시작한다.

이야기가 본격적으로 시작되기 전인데도 무척 흥미진진하고 궁금증을 불러일으킨다. '직지'라는 역사적 의미가 삶의 다양한 세목들로 드러나는 것에 초점을 맞추는 방식을 밑자락에 깐 소설의 서두는 구체적인 묘덕의 삶과 직지의 다양성을 조화시키는 암시로 작가의 소설 미학이 잘 나타나고 있다.

출가한 것도 아닌 몸으로 절에 사는 묘덕은 술기운에 석찬 사미승이 어리다고 경계하지 않아 저지른 실수에 얼굴이 화끈거려 뒷산에 오르지만 풍경이 제대로 눈에 들어오지 않는다. '마음 속에만 간직한 큰 스님에 대한 연모의 마음을 내보일 수도 말할 수도 없고, 다리가 있으나 가고 싶은 곳을 마음대로 갈 수도 없는' 처지에 제 몸 관리까지 못 했으니 암담하다. 그렇게 뒷산을 배회하던 묘덕은 화살에 다리를 다친 정안군을 만나 상비약으로 치료해주고 부축해 절로 데려온다. 정안군은 묘덕이 집사로 있는 안국사의 오랜 신도이다. 며칠 동안 그가 절에서 상처를 치료하는 동안 세숫물도 떠다 주고 공양도 날라주는 게 묘덕의 일이다. 정안군은 정성을 다해 치료를 해 준 묘덕에게 보답하고 싶으니 원하는 것을 말하라고 한다. 그러자 묘덕은 대국을 구경하고 싶다고 한다. 그토록 연모하는 큰스님이 어떻게 하나 보고 싶고, 어린 석찬 스님을 볼 면목이 없어 안국사를 떠나고 싶었다.

> "지금부터 내가 무슨 말을 해도 놀라지 마라. 달라지는 것은 아무것도 없느니라. 너는 어려서 봉황과 연꽃문양이 있는 강보에 싸여 내게로 왔구나. 말을 시작하면서 나를 아비로 공양주를 엄마로 불렀지. 어떤 피치 못할 사정이 있어 내게 왔지만 나는 너의 재롱에 빠져서 참선도, 중이라는 것도 다 잊어버릴 지경이었다. 오해도 많이 받았지만 모든 것을 세월이 덮어주더구나. 묘덕 계첩도 받고 했으니 이제부터 너는 사내아이니라."

절에 버려진 여자이지만 사내아이로 키워진 묘덕은 남장을 하니 자연스레 행동거지도 사내같이 되었고 연화라는 호칭도 점차 묘덕으로 바뀌었다. 오래되니 이제는 집사인 묘덕을 남장한 여자로 보는 사람은 없는 듯하지만 점점 성장하면서 자신을 키워 준 큰 스님 백운 화상에 대한 연모의 정 때문에 괴롭다. 묘덕은 잠이 오지 않아 밖으로 나갔다가 해우소에서 짐승처럼 꺼억꺼억 우는 석찬 스님을 위로하기 위해 공양간에서 공양주 보살이 감춰둔 밀주를 찾아내 같이 마시면서 동병상련의 정을 느낀다. 여기 들어온 지 일 년이 되었다는 석찬은 어제가 어머니 기일이고 아버지가 왜놈에게 끌려간 지 일 년이 되었다며 출가하면 속세 일을 다 잊어버릴 줄 알았는데 그렇지 않아 중노릇을 계속할 수 있을지 장담할 수 없다고 울상이다. 석찬 스님은 할아버지와 아버지가 주자와 서적 인쇄를 맡아보는 관청인 서적점에서 일하는 기술자였는데, 할아버지는 나무에 글을 새기는 사람이었고 아버지는 금속활자를 만드는 사람이었다. 할아버지는 주조와 인쇄에 관한 비법을 적어 놓은 책을 가보같이 소중하게 여겼는데 왜놈들이 어떻게 알았는지 그것을 찾아다니다가 찾지 못하고 기술자인 아버지를 끌고 갔다. 다행히 그 책은 왜놈들에게 뺏기지 않아 석찬 스님이 큰 스님을 따라오며 가져왔다는 것이다. 석찬 스님 집안의 내력을 들으며 묘덕은 기회가 되면 그 인쇄술을 배워서 나중에 직접 해 보고 싶다는 생각이 간절했다. 술이 술을 먹은 그날 밤, 묘덕과 석찬은 술에 취해 인사불성이 되어 한방에서 잠들었다.

작가는 이렇게 소설의 주요 인물의 시간과 공간을 효과적으로 결합하기 위해 그들이 겪은 일과 시간의 추이를 번갈아 살피기를 거듭한다. 그러면서 그들이 어떻게 '직지'의 길로 들어가게 되었고, 왜 '직지'의 세상을 염원했는지 하는 연유를 밑자락에 자연스럽게 깔아둔다. 이런 진행을 통해 공시성과 통시성을 결합하고 있어 작가의 서술적 흐름을 통해 드러나게 되는 수많은 순간을 연속으로 연결해 큰 서사의 끈으로 단단하게 묶는다. 이러한 패턴이 반복되면서 소설은 점점 입체감을 얻어가게 된다. 그래서 장 하나하나 제목에 맞춤한 내용과 내적 통일성을 맞추어 '직지'가 깔끔한 절제의 미학으로 승화되어 나타난다.

정안군은 묘덕의 청을 들어주었고, 큰 스님도 스님들께 필요한 약재나 경전을 구해오고 싶다면서 '나라 간 경계와 제 마음속의 경계를 한번 넘어 보고 싶다'는 묘덕에게 '마음을 비워야 한다. 무릇 채우려는 마음이 일을 그르치게 된다는 것을 잊지 말라'며 중국행을 허락한다. 그러면서 '불성의 이치를 알려면 시절의 인연을 관찰하거라, 시절이 이르게 되면 그 이치도 저절로 잘 나타나게 될 것이라고' 연을 말씀하신다. 이에 묘덕은 큰 스님이 이 불안한 시절 왕의 부마인 정안군과 인연이 닿았으면 하는 바람으로 시절 인연을 미리 말씀하시고, 그래서 대국행을 허락하신 것이라고 미루어 짐작한다. 하필이면 석찬을 데리고 가라는 큰 스님의 말씀을 거역하지 못한 묘덕은 자기 마음을 모른 채 철벽같이 꿈쩍도 하지 않는 큰 스님이 얼마나 야속하고 속이 상하던지 눈이 붓도록 울면서 떠날 채비를 한다.

소설은 큰 스님에 대한 묘덕의 연모를 스스럼없이 다룬다. 어쩌다 한 번씩 인물들의 대화나 지문 속에서 잠깐씩 언급하는 것이 아니라 작가의 지속적인 관심으로 나타나고 있는데, 묘덕의 큰 스님에 대한 이런 간절한 연모의 정이 직지 세상에 대한 간절한 염원으로 승화시키는 과정을 리얼하게 보여주기 위한 뛰어난 소설적 장치로 읽힌다. 즉 묘덕은 그런 감정의 숱한 사실과 의미의 운반자로 다양한 역할을 감당하고 있다.

벽란도에서 출발하면서 뱃멀미로 고생을 하던 묘덕은 침을 맞은 덕택에 겨우 정신을 차리자 과묵하고 선비의 풍모가 밴 키 큰 나리가 눈에 들어오고 학문에 대해 끊임없이 논하는 이상적인 선비 부자도 보았는데, 키 큰 선비는 이제현 선비이고, 제자는 이곡, 이색부자이다. 이처럼 소설에 등장하는 많은 인물은 결국은 굵은 뼈대를 이루고 있는 몇 가닥으로 수렴되어 앞으로의 길을 열어 주는 역할을 하고 있다.

> 묘덕은 개안이 된 듯 눈이 뜨이고 정신적으로 굉장한 부자가 된 것 같이 기뻤다. 근본도 모르는 우물 안의 개구리가 감히 세상을 쥐락펴락하는 당대의 훌륭한 석학들과 같은 배 안에 있다는 게 꿈만 같았다. 벼슬아치에겐 백성이 안전에도 없고 자신의 안위만 생각하는 위인들이라는 묘덕의 고정관념이 당장에 깨졌다. 밥값을 제대로 하는 선비다운 벼슬아치들과 눈이 마주치자 묘덕은 가슴 속으로부터 우러나오는 깍듯한 묵례를 보냈다. 이런 기회를 주신 부처님께 합장했다. 정안군 나리와 큰 스님께도 다시 한번 큰 고마움을 느꼈다.
>
> '나무아미타불 관세음보살.'

닷새만에 덩저우에 도착한 묘덕은 국경을 넘을 때 아슬아슬한 위기를 정안군 덕분에 넘기고 '얌'이라고 불리는 객사에 짐을 푼다. 묘덕은 그곳에서 원나라에 사신으로 왔다가 누명을 쓰고 억울한 귀양살이를 하면서 삼 년 동안 이곳에서 목화재배 기술을 배운 선비를 만난다. 그는 한밤중에 목화꽃을 보며 저 꽃씨만 반출해 가면 고려의 백성들이 따뜻한 겨울을 날 수 있을 것이라고 걱정한다. 그런 선비를 보면서 묘덕은 '나는 어떻게 백성을 위할 것인가.'하는 깨달음을 얻는다.

> 깊어가는 달빛에 배시시 미소를 짓는 여린 목화꽃이 묘덕이 살아갈 방향을 알려주는 것 같아 흐뭇한 미소가 얼굴 가득 번져갔다. 대국을 구경하고 싶다는 욕망을 정안군 나리에게 말씀드린 게 참 잘했다는 생각이 들었다.

작가는 이렇게 묘덕이 개안하는 순간을 빛나게 표현하고 있다. 큰 스님을 향한 연정에 사로잡혀 있던 묘덕이 개안 된 세상을 꿈꾸는 이 장면은 소설적 구도를 완벽하게 충족시킨다. 즉, 개인적이고도 주관적인 수준에 머무르던 묘덕의 생각을, 객관적인 삶과 공의적인 의미 속에 용해시켜 그의 의지를 강하게 부각시킨다.

묘덕은 연경의 유리창을 구경하면서 큰 문화적 충격을 받는다. 이십칠만 칸이나 된다는 가게에서 취급하는 골동품이나 서적, 서화 등에 눈이 휘둥그레진다. 수많은 책 중에서 농상집요, 선문염송, 벽암록, 경덕전등록 등을 뚫어져라 바라봐 눈이 아플 지경이다. 정안군의 도움으로 원하는 책을 구입한 묘덕은 '일체유심조一切唯心造'라고 모든 것은 마음먹기에 달렸으니 백성들의 마음을 먼저 위무하면서, 귀족이나 일부 스님들만 볼 수 있는 서책을 대량으로 찍어보자, 다짐하며 석찬의 의사를 묻는다. 석찬으로부터 서책을 찍기 위해서는 많은 돈이 필요하다는 것을 알게 된 묘덕은 이곳에서 구입한 서책을 보고 농사를 지어 그 비용을 만들어 서책을 많이 만들고 싶다는 포부를 밝힌다. 또한 앞으로의 세상은 지식을 많이 가지고 있는 것도 중요하지만 어떻게 활용하고 재창출할 수 있느냐가 중요하다는 큰 깨달음을 터득한다.

작가는 묘덕 마음속 갈등을 집요하게 추적하면서 이러한 힘들의 움직임을 구체적인 상황과 인물을 통해 드러내고 있는데, 이것이 이 소설의 서사를 끌어가는 상상력의 요체이다. 때로는 시대적 분위기를 드러내거나 깨달음을 주는 인물들과의 조우를 통해 독자들이 묘덕의 마음속 변증법적인 힘의 움직임과 변화를 감지하게 만든다.

개안 된 눈으로 큰 목표를 가진 사람으로 일신해 고국으로 돌아온 묘덕은 큰 스님에게 밭에 인삼을 대량으로 재배해 벽란도 상인에게 팔아 남긴 이익으로 금속활자를 새겨 서책을 만들고 싶다고 한다. 큰 스님은 '세상은 큰 책이고 책은 작은 세상이라지만 어찌 그리 기특한 생각'을 했냐며 칭찬한다. 묘덕은 그날부터 정신이 온통 인삼재배와 활자소에 빠져 있는데 뜻밖에도 정안군이 찾아와 마음을 털어놓는다. 그는 묘덕이 남장을 하고 있었지만 일찌감치 여인이라는 사실을 알았는데 연경을 다녀오면서 흠모하는 마음을 더 누를 수 없다며 청혼을 한다. 오랫동안 안국사에 갔던 것은 백운 선사에 대한 존경심도 컸지만 묘덕에 대한 마음이 더 컸음을 고백한 그는 오랑캐들이 환관과 공녀를 데려가고 있는데 묘덕이 빼어난 미색이라 남장을 하고 있어도 위험하다는 것과, 자신에게 아직 후사가 없어 집안에서 다그치고 있어 마음이 급하다는 것이다. 묘덕은 후실이지만 연륜이 있는 부원군의 보호를 받을 수 있고, 재력이 있으니 하고 싶은 것을 다 해주겠다는 그의 말이 허언으로 들리지 않는다. 묘덕은 금속활자로 백운 화상의 어록을 서책으로 만들어 스님들에게 보급하고 백성들에게도 주고 싶다는 자신의 간절한 염원을 밝힌다. 이에 정안군은 물질적 지원을 아끼지 않겠노라고 하며 활자로 서책을 만드는 방법을 알아보려고 성불사를 찾아가는 묘덕을 위해 말을 내어주기까지 한다. 하지만 자신의 염원을 이루기 위해 삼천 배를 올리고 나오던 묘덕은 몸이 다른 것을 느낀다.

'자식은 부모 팔자를 닮는다지만 근본도 모르는 업둥이가 또 업둥이를 생산할 수가 없어. 뿔이 있는 짐승은 이가 약하다고 하는 각자무치(角者無齒)라는 말이 떠올랐다. 한 사람에게 두 가지 기회나 복을 다 주지 않는다더니 모처럼 큰 뜻을 세우고 일을 시작하려는데 이 무슨 변고인가….

십여 년 딱 한 분만을 연모했는데 사미승한테 생각지도 않는 큰 실수를 범하여 엮이고, 이십여 년 오매불망 나만 생각했다는 그분을 따라가야 한다니 참 기구한 운명이다. 하긴 그토록 정안군이 나를 원하고 자식을 원하니 어찌 보면 잘된 일이 아니던가.'

묘덕은 이런 발칙한 생각을 하는 자신이 너무 낯설고 가소로웠지만 마음은 자꾸 정안군으로 향한다. 정안군과 함께 서적점을 방문한 묘덕은 그곳 관원으로부터 주조와 인쇄에 관해 자세한 설명을 들으면서 참 대단하고 어려운 작업이라는 생각이 들었지만 반드시 해내고 싶었다. 정안군과 헤어져 안국사로 돌아온 묘덕은 대웅전 부처님께 합장하며 앞도 못 보는 어리석은 중생이 어찌해야 하는지 가피를 내려달라고 기도한다. 묘덕은 결국 정안군과 혼인을 하고 안국사를 떠난다. 못내 아쉬워하는 공양간 보살이 "연화 공주님 잘 살아야 해요. 다 내 업보인 것을…."이라고 이상한 말을 한다. 집사님이 여자였느냐고 놀라는 석찬은 그날 일을 전혀 모르는 눈치이다. 묘덕은 인삼은 오륙 년 후에나 수확이 나오니 올가을 인삼 파종하는 일을 석찬 스님에게 부탁하고 안국사를 떠난다.

소설에서는 같은 길을 가면서도 의견이나 이해가 엇갈리는 순간의 크고 작은 사건이 발생한다. 이런 상황은 소설의 흥미를 위해 지어낸 것이라기보다는 삶의 여러 차원에 존재한 이해관계들이 불가피하게 겉으로 드러난 것으로 묘덕의 상황을 집약

적으로 나타내기 위해서는 필연적인 방식이다. 이것은 사건들의 평면적인 나열이나 상황에 대한 설명이 아니라 철저하게 극한의 상황 설정과 전개 과정을 통해 강한 흡인력을 만들어가려는 작가 나름의 전략이다.

묘덕은 바뀐 환경에 적응하느라 걱정이 꼬리를 물지만 정이 넘치는 눈길과 따스한 말로 다독여주는 정안군이 있어 별문제가 되지 않는다. 정안군은 사냥도 가지 않고 두문불출하며 묘덕의 곁을 떠나지 않는다. 묘덕은 속이 메슥거려 태기가 확실하게 느껴진다. 그사이 정안군이 요사채에 활자소를 설치해 주어 묘덕을 감동하게 만든다.

"내 약속하지 않았소. 임자가 하고 싶은 것은 다 해 주겠다고. 인삼을 수확하려면 오륙 년이 걸리고 아직은 서적점 외에 활자로 책을 찍는 곳이 없어서 이게 빠르다 싶어 백운 선사님께 허락을 얻었지요. 저번에 들으니 금속활자 인쇄는 경제 능력이 있어도 철의 생산과 유통을 허가하고 통제한다고 하오. 도움이 필요할 때는 연행단으로 갔던 나리들의 도움을 받고, 실습을 할 때에는 김응노의 도움을 받으시오. 예전에 각수 일을 했다는데 정변 후 노비가 되어 우리 집으로 왔어요. 사람이 아주 진국이지요."

정안군은 몸이 점점 무거워지는 묘덕을 위해 집에 부처님을 모시는 배려를 했고, 연행단에 함께 갔던 당대의 석학들을 집으로 초대해 뱃속 아이의 교육을 부탁하고, 태교에 불교음악이 좋다며 약사를 부르는 정성을 들인다. 그렇게 행복에 겨운 꿈같은 날들이 흐른다. 정안군이 오랜만에 왕을 모시고 사냥을 나간 사이 사내아이를 순산한 묘덕은 대자대비한 부처님께 감사를 올린다. 첫 미역국을 달게 먹고 정안군의 안부가 궁금해 물으니 사냥을 끝내고 돌아오다가 낙상하는 바람에 선왕이 어의까지 불러 치료 했지만 맥이 뛰지 않아 집으로 모셔오는 중이라는 청천벽력 같은 이야기를 듣는다. 묘덕은 모든 게 자신 탓이고 업보인 것 같아 정안군을 따라 죽고 싶었다. 결국 정안군은 묘덕이 출산한 아이를 보지도 못하고 죽는다. 묘덕은 정안군의 갑작스러운 죽음이 마치 아이를 너무 빨리 낳아 의심을 받을 수 있는 자신의 허물을 덮으려고 하는 게 아닌가 싶어 더욱 괴로우면서 넋이 나간다. 그 모습을 본 백운 선사가 "다 내 업보이다. 정안군 나리는 가시면서 귀한 자식을 대신 주고 가셨으니 자식을 위해 살아야 한다. 그것도 공덕을 쌓는 일이다. 인명은 재천이고 정안군 나리는 살아생전 좋은 일을 많이 하셨으니 극락왕생하실 것"이라며 묘덕을 위로한다. 정안군의 삼오제가 끝나고 선왕이 묘덕을 찾아와 많은 전답과 녹을 내린다는 교지를 내린다. 묘덕은 그게 무슨 소용인가 싶지만 아이를 위해 잘 보관해둔다. 마음을 추스를 겸 안국사에 인사차 들렀던 묘덕은 백운 선사의 설법을 듣는다.

"성불하고자 한다면 일체의 불법을 다 배우려 하지 말고,/오직 구함이 없고 집착이 없기만을 배우시외다./구함이 없으면 마음이

나지도 않고/집착이 없으면 마음이 멸하지도 않으오이다./나지 않고 멸하지 않는 것이 곧 부처님인데/그대들은 어찌하여 마음이 곧 부처님이며/부처님이 곧 마음임을 알지 못하고/부처님으로 다시 부처님을 찾으면서/강서와 호남으로 저렇게 돌아다니고 있으시오이까./한 가지 의심만을 품고/다른 한 가지의 의심만으로는 남의 문호를 찾아다니며/그것을 구하고자 총총히 달리는 것은/마치 마른 사슴이 아지랑이를 물로 알고/ 달리는 것과도 같으니/그 언제 상응을 얻을 수 있겠나이까./ 나무아비타불."

'집착이 없으면 마음이 멸하지도 않으오이다'하는 말이 묘덕의 귀에 꽂혔다. 이 소설에서 등장하는 인물들은 매우 다양하고 그들의 성격은 단순하지 않고 중층적이다. 그중에서 백운 화상에게 부여된 역할은 참으로 다양하다. 묘덕이 연모를 품은 남자로, 대중을 교화하는 설법을 하는 큰 스님으로, 또한 정진을 위해 먼 길을 떠나는 수도자로 살아가는 그는 일주문 앞에 버려진 핏덩이를 길러 온 속 깊은 남성이자 자상한 아버지의 인간미가 실려있다. 묘덕은 큰 스님의 설법을 듣고 집착을 버리자고 자신을 세뇌하지만 눈만 감으면 정안군의 얼굴이 떠올라 미칠 지경이다. 그러다 정신이 번쩍 나며 아이를 위해서라도 정신 차려야 한다고 스스로 다독이며 자신의 인생을 설계한다. 우선 아들 민이를 잘 키우자. 뿐만 아니라 서적점에 다녀온 뒤 적어둔 것을 시간 날 때마다 반복해 읽고 절에 가서 실습을 해야 한다. 정안군 나리가 활자소를 설치해 놓은 뜻을 받들어 활자로 백성을 위무하는 서책을 찍고, 큰 스님의 설법이 스님과 백성들에게 전해지게 해야 한다. 훗날 민이가 성인이 되고 계획이 다 이루어지면 삭발하고 절에 들어가 불제자가 될 것이라는 인생계획을 세운다.

작가는 묘덕의 롤러코스터 같은 인생 여정을 치밀한 심리묘사와 체험을 통해 생동감 있게 보여주어 소설 공간에 삶의 실감과 무게를 실어준다. 극도의 슬픔과 불안 속에서도 인간의 도리와 긍지를 지키려고 애쓰면서, 활자를 찍어 직지를 널리 보급하려는 간절한 염원을 결코 놓으려고 하지 않는다. 그의 개인적인 고통이 커지면 커질수록 직지 세상을 염원하는 강도는 점점 강렬해진다.

백운 화상이 많은 나이에도 불구하고 선 수행을 위해 절강성 호주 하무산 천호암으로 떠나는데 석천 스님을 데리고 간다. 석천 스님은 어느덧 스무 살이 넘었다. 백운 화상이 떠나자 묘덕은 아무도 없는 추운 벌판에 혼자 서있는 천애 고아가 된 느낌이다. 하지만 다녀 온 뒤에 활자소 일을 본격적으로 해 보자는 석찬 스님의 말을 위로 삼아 새벽에 부처님께 합장하고 천수경을 지송한다. 신묘장구대다리니를 이십일 번 하고 백팔배를 올린다. 시간 나는 대로 불경을 읽고 연경에 가면서부터 적기 시작해서 서적점에 다녀온 후 적어 놓은 내용을 다시 읽는다. 그러면서도 이따금 어쩌지 못하고 흔들리는 여인의 마음을 시심으로 달래고는 한다.

내리누르던 먼 산꼭대기 잿빛 구름/작달비 되어 내린다./달빛 훔친 밤비 되어 속살거린다./꽃망울 고운 꿈 적실까 봐 고이고이 내린다./이 밤의 고요가 꽃에 스미어/봉긋이 내린 꽃망물이 애처롭다./꽃망울 적시지 말고/ 이 마음이나 푹 적셔다오/잎새마다 물기 터는 소리/일렁이는 바람 따라 사운 대누나./짙푸른 녹음 따라 여름은 깊어가는데/띄엄띄엄 뭉게구름 힘들게 산허리를 넘고/바로 식힌 한숨을 한껏 토하니/나도 구름 따라 산허리를 넘고 싶네.

묘덕의 심경을 고스란히 드러내는 절창이다. 소설에는 이처럼 묘덕의 속내를 보여주는 시가 심심찮게 등장하는데, 그것이 백운 화상의 설법과 묘한 대조를 이루어 묘덕의 인간적인 고뇌에 필연성을 부여하는데 일조하고 있다. 이 역시 고도의 소설적 장치이다.

어느 덧 세월이 흘러 중국으로 떠났던 백운 화상과 석찬 스님이 귀국했고, 석찬 스님은 여독도 채 풀리기 전인데도 본격적으로 활자소의 운영을 시작하면서 각자장, 수장, 창준, 균자장, 인출장, 감인관을 정하고는 그들을 모두 활자소로 부른다.

"처음에는 다 아셔야 하니 개괄적으로 대충 말씀드리겠사옵니다. 먼저 글자 본을 정하고 사봉인 밀랍을 끓여 정제하고 굳혀서 잘라 놓사옵니다. 거기에 글자 본을 뒤집어 붙이고 어미 자를 만들어 밀랍 봉에 붙이옵니다. 거기에 속 거푸집을 씌워 그늘에서 말리고, 그 위에 겉 거푸집을 씌워 그늘에서 또 말리나이다. 완전히 건조되면 불에 구워서 밀랍이 녹아 나오게 하나이다. 거기에 쇳물을 끓인 것을 바로 붓사옵니다. 완전히 식으면 톱으로 잘라 쇠줄로 다듬나이다. 이 활자를 보관함에 부수대로 보관한 다음 조판을 하여 유연묵을 바르고 인체로 문지르옵니다. 이렇게 인쇄된 것을 서책으로 만드옵니다."

김응노가 준비한 백운 선사의 '신묘장구대다리니'를 인쇄 서책으로 결정하고 일을 시작해 각종 크고 작은 어려움을 견디고 드디어 흡족한 완성품은 아니지만 금속활자로 찍은 서책을 만든다. 묘덕이 세상에 태어나 넓은 세상을 보고 뜻을 세워 작성한 인생 계획서의 가장 비중 있는 부분을 이룬 것이었다. 그러나 기쁨이 충만해야 하는 몸에서 기가 빠져 바람 소리가 나는 듯 마음이 허전한 까닭을 묘덕은 알 수 없다. 혼자서 '백운 화상님, 백운 화상님'을 소리 내어 불러보면서 수계를 생각한다. 묘덕이 일곱 살 때 받은 수계는 보호 차원에서 받은 무생계첩無生戒牒이지만, 이번에는 순전히 자신의 의지로 수계를 받고 일신하자는 결심을 한다. 백운 화상에게 자신의 그런 심경을 말씀드리자, 이렇게 묻는다.

"묘덕이란 이름은 위로는 불법의 진리를 구하고 아래로는 중생을 제조하는 상구보리 하화중생(上求菩提 下化衆生)의 보살도를 닦아서 미묘한 공덕을 원만히 갖추라는 뜻을 지닌 이름이다. 또한 정법안장(正法眼藏)에서는 뛰어난 덕이란 의미이고, 교행신증(教行信證)에서는 묘덕보살, 즉 문수보살(文殊菩薩)을 말하기도 하는데 그대로 이 이름이 좋으냐?"

묘덕은 나중에 삭발하고 중이 되어도 스님께서 처음 지어 주신 그 이름을 쓰겠다며 수계를 받는다. 수계식이 끝나고 묘덕은 백운 화상님의 서기를 통해 불심이 자신에게 전해진 듯 발걸음이 가볍고 더 청정했다는 것을 느낀다. 이 부분의 울림은 매우 강렬하며 감동적이다. 첫 번째의 수계는 그야말로 자신의 몸뚱이를 살리기 위한 것이었다면, 두 번째 수계는 영혼을 살리는 수계였기 때문이다.

중국에서 돌아와 전국을 떠돌며 설법을 하는 백운 화상이 이번에는 청주목 쪽으로 설법을 하러 가신다는 석찬 스님의 말을 듣고 묘덕은 이상하게 마음이 끌려 그곳으로 달려간다. 청주 목 흥덕사에 도착한 묘덕은 깜짝 놀란다. 떠나기 전 꿈에서 만나본 절이 바로 이곳이기 때문이다. 또한 안국사에 있던 달잠 스님을 이곳에서 만나니 마치 오라버니를 만난 듯이 반갑다. 이튿날 묘덕은 장성한 민이와 무심천을 거닐며 민이의 짝을 지어주고 출가를 할 결심을 굳힌다. 맑고 고요히 흐르는 무심천을 보며, 이제는 무심천 같이 흘러서 잊을 것은 잊고 변화에 적응하는 것이 좋다는 생각이 든다. 알 수 없는 것이 사람의 마음인가 싶다.

민이를 성혼시킨 묘덕은 본격적으로 출가 준비를 한다. 민이와 며느리를 불러 어려서부터 큰 은혜를 입은 백운 화상님의 저서를 금속활자로 찍어 불쌍한 백성들을 위무하는데 일생을 바친다고 말하고 집을 떠나 삭발을 위해 신광사로 향한다. 신광사는 나옹 화상께서 주지로 있던 유서 깊은 절인데 백운 화상이 주지로 있었다. 묘덕은 '백운 선사님을 끔찍이도 연모했는데 나를 평생 지켜본 정안군 나리의 사람이 되어 사랑을 배우고 민이의 어미로 살았다. 나 이제 모든 속세의 연을 끊는 삭발을 백운 화상께 의탁하니 참으로 기이하여 결자해지인가' 싶다. 삭발식이 끝난 묘덕은 백운 화상을 수행하며 청주 흥덕사로 오는데 내 집에 온 것 같이 편하다. 백운 화상은 무심천을 보며 묘덕을 위해 무심가를 지어 들려주면서 연모하는 마음도 서운한 마음도 다 무심천에 흘려보내라고 한다. 묘덕은 그가 감정 없는 목석인 줄 알았지만 그도 오욕 칠정의 감정이 있는 한 인간이었다는 것을 느낀다. 흥덕사에서 참선하고 불경 공부에 혼심의 힘을 다하던 묘덕은 석찬 스님으로부터 공양주 보살이 돌아가셨다는 소식을 듣는다. 자신의 어머니일지도 모르는 여인의 죽음 앞에서 오열하는데 곧이어 백운 화상이 혜목산 취암사에서 입적하셨다는 소식이 들려온다. 묘덕은 백운 화상이 남긴 임종게를 가슴에 새기고 또 새긴다.

무릇 삶으로 일흔까지 살아가기란/자고로 드물고 또한 드문 일 인도다/일흔일곱 해 동안을 살아서 왔나니/일흔일곱 해 만에야 돌아가는 도이다./이르는 곳곳마다 돌아가는 길이 나니/머리를 두는 곳곳마다 고향인도이다./어찌 나룻배를 고쳐 몰아 내달으면서/유별난 곳으로 귀향코자 하리련도까./내 본래부터 지닌 것 전혀 없었나니/마음 또한 머물 곳도 전혀 없는도다./모름지기 재로 만들어 사방에 뿌리어/ 단나의 성역을 범하지 말리련도이다.

백운 화상은 불조직지심체요절 두 권을 묘덕과 석찬에게 남긴다. 다비식이 끝난 후 석찬 스님이 묘덕, 법린, 정혜, 달잠 스님을 불러 그 두 권의 책을 금속활자로 주조하는데 진력하자고 한다. 석찬 스님과 법린 스님이 흥덕사로 옮겨오고 활자소를 준비한다. 묘덕은 백운 화상 입적 직후부터 말이 나오지 않았는데 주위에서는 묵언 수행에 들어간 것으로 안다. 하지만 삼 년 만에 금속활자로 '백운화상초록불조직지심체요절'을 꽃으로 피어나게 하는 순간 기적같이 묘덕의 말문이 트인다. 큰 스님의 다례식 삼 주기를 앞두고 '백운화상초록불조직지심체요절'이 사바세계에 뽀얀 얼굴을 내민다. 묘덕은 마지막 장을 읽어보고 부처님 말씀을 소리 내어 음미한다.

백운화상초록불조직지심체요절권하
선광 칠년 정사 칠월 청주목 외 흥덕사 주자인시
연화문인 석찬 달잠
시주 비구니 묘덕

입으로 읽지 말고/뜻으로 읽으며/뜻으로 읽지 말고/몸으로 읽자

직지의 판권을 보여주는 비망록의 이 마지막 장면은 마치 시적 여운이나 상징처럼 풍부한 울림으로 다가온다. 작가가 이 페이지에 부여한 상징성은 비교적 단순한데, 그것은 간절한 염원이 만들어 낸 '직지 세상'을 펼쳐 보이는 것이리라. 그것은 앞으로 펼쳐질 미래이기도 하다.

기현과 정진은 소항주를 가기 위해 칸발리크로 향하는 구텐베르크와 쿠자누스 신부를 따라 간다. 육로를 걷다가 산적을 만나기도 하고 증조모의 비망록에 기록된 얌을 만나 잠시 쉬어가기도 하면서 걷고 또 걷는다. 구텐베르크는 장인답게 금속활자에 관심이 많았는데, 기현이 꼬레아에서는 이백 년 전부터 금속활자로 서책을 만들었고 계미자 경자자를 거쳐 이제 갑인자를 만든다고 하자 부쩍 장인다운 흥미를 보인다. 기현 일행이 소주蘇州에 당도했을 때 '장인 허기현과 최정진의 주자소 복직을' 명하는 교지가 당도한다. 기현이 그 교지를 받들어 조선으로 방향을 바꾸자 구텐베르크도 칸발리크 대신 인쇄술이 뛰어난 꼬레아로 방향을 바꾼다. 장인이자 장사꾼다운 통찰력이다. 기현은 '증조모님의 비망록을 훈민정음으로 쓰는데 이보다 더 좋은 길이 어디 있으랴. 우리도 그도 그 길 위로 가서 다시 길을 내겠

지.'하며 걸음을 재촉한다.

기현과 구텐베르크가 함께 동행하는 이 장면은 동서양을 막론하고 자신만의 언어와 자장에 머무르고 있는 경험적 지혜에 만족하지 않고, 그것들을 상호교환하고 뜨겁게 달구어 새로운 시대 새로운 것으로 가공하려는 의지를 상징적으로 보여준다. 작가는 이렇게 시간과 공간이라는 사유형식을 끊임없이 부수면서 새로운 시대에 대한 역동하는 기대를 발산하고 있다.

3.

위에서 살펴본 것처럼 작가는 평범한 묘덕이라는 인물이 변모해가는 과정을 미시적인 표현으로 상세하면서도 역동적으로 보여주어 독자들이 금속활자로 직지 세상을 이루어내는 아름다운 순간을 경험하게 한다. 그 과정은 세상의 통념과 위선을 극복하는 감동의 언어적 형상화로 나나타기도 한다. '비범한 역사는 평범한 누군가의 시간으로 빚어낸 덩어리이다.' 이 소설의 마지막 문장이다. 바로 묘덕의 인생 전부를 대변하는 말이다. 묘덕의 간절한 염원이 피어 올리는 향기와 같이 여운이 짙은 사유이다.

이영희 작가는 그 특유의 성실성으로 먼 과거의 시간을 우리 앞에 끌어다 놓고 자료에 대한 충실성과 객관적 타당성에 대한 가치부여를 통해, 묘덕의 심리적 차원의 굴절이나 입체적인 형상화와 함께 직지의 드넓은 세상을 확보하고 있다. 묘덕을 이야기하는 작가의 태도는 위악적인 데가 없고 허세를 부리지 않고 지나치게 근엄하지도 않다. 작고 사소한 에피소드로 삶에 대한 깊이 있는 생각을 살려내려고 한다.

작가는 부피와 실감을 지니면서도 초월성을 느끼게 하는 언어 선택을 통해, 묘덕의 소용돌이치는 의식과 염원의 언어들을 빚어내고 있다. 이렇게 잉태한 문장들은 낯설 만큼 새로운 느낌과 깨우침으로 부풀어 오르면서 또 그만큼 내밀하게 응축된 감응력으로 독자들에게 다가간다. 이러한 감응력은 간절한 염원의 심층에서 발효한 직지의 세상 그 자체를 독자들에게 고스란히 보여준다. 그 비장한 아름다움은 깊은 인상을 남기기에 손색이 없고, 애절한 그리움을 환기시키기에 부족함이 없다.

『비망록, 직지로 피어나다』는 역사적 사건의 시간적 추이와 묘덕의 행적에 대한 서술이 한쪽으로 치우치지 않고 균형 있게 유지되고 있다. 이러한 균형감각은 선택된 대상의 모습에 생동감과 실감을 자아내고 있다. 생동감과 실감이 어우러진 문체는 직지를 염원하는 묘덕의 정신과 감정, 그리고 주변 인물들에 대한 작가의 표현 욕구를 잘 수용하고 있어 직지 제조를 둘러싼 당시의 역사적 총체성 모습을 자연스럽게 독자들의 마음에 올려놓는다.

『비망록 직지로 피어나다』의 시대 배경은 시간적 거리에도 불구하고 독자들에게도 여전히 의미 있는 공간으로 다가온다. 그것은 '직지'라는 소재의 역사적 성격이 작가의 폭넓은 관심 속에 재창조 과정을 거쳐 역사소설의 의미로 새롭게 구성되었기 때문이다. 그 결과 단순한 과거의 재현을 넘어 우리에게 의미심장한 질문을 던진다. 그것은 과거와 현재를 뛰어 넘어 직지에 내포된 의미가 무엇인가 하는 것이다. 이제 그 의미를 찾아 길을 떠나야 하는 우리는 묘덕과 기현이 만들어 놓은 그 길 위에 다시 길을 만들어야 한다.

비망록, 직지로 피어나다

초판 1쇄인쇄 2021년 12월 8일
초판 1쇄발행 2021년 12월 10일

저 자 이영희
발행인 박지연
발행처 도서출판 도화
등 록 2013년 11월 19일 제2013 - 000124호
주 소 서울시 송파구 중대로34길 9-3
전 화 02) 3012-1030
팩 스 02) 3012-1031
전자우편 dohwa1030@daum.net
인 쇄 (주)현문

ISBN | 979-11-90526-59-3 *03810
정가 13,000원

*이 책은 충청북도, 충북문화재단의 후원으로 예술창작활성화 특별지원사업 일환으로 지원받아 발간되었음.

도화道化, fool는
고정적인 질서에 대한 익살맞은 비판자,
고정화된 사고의 틀을 해체한다는 뜻입니다.